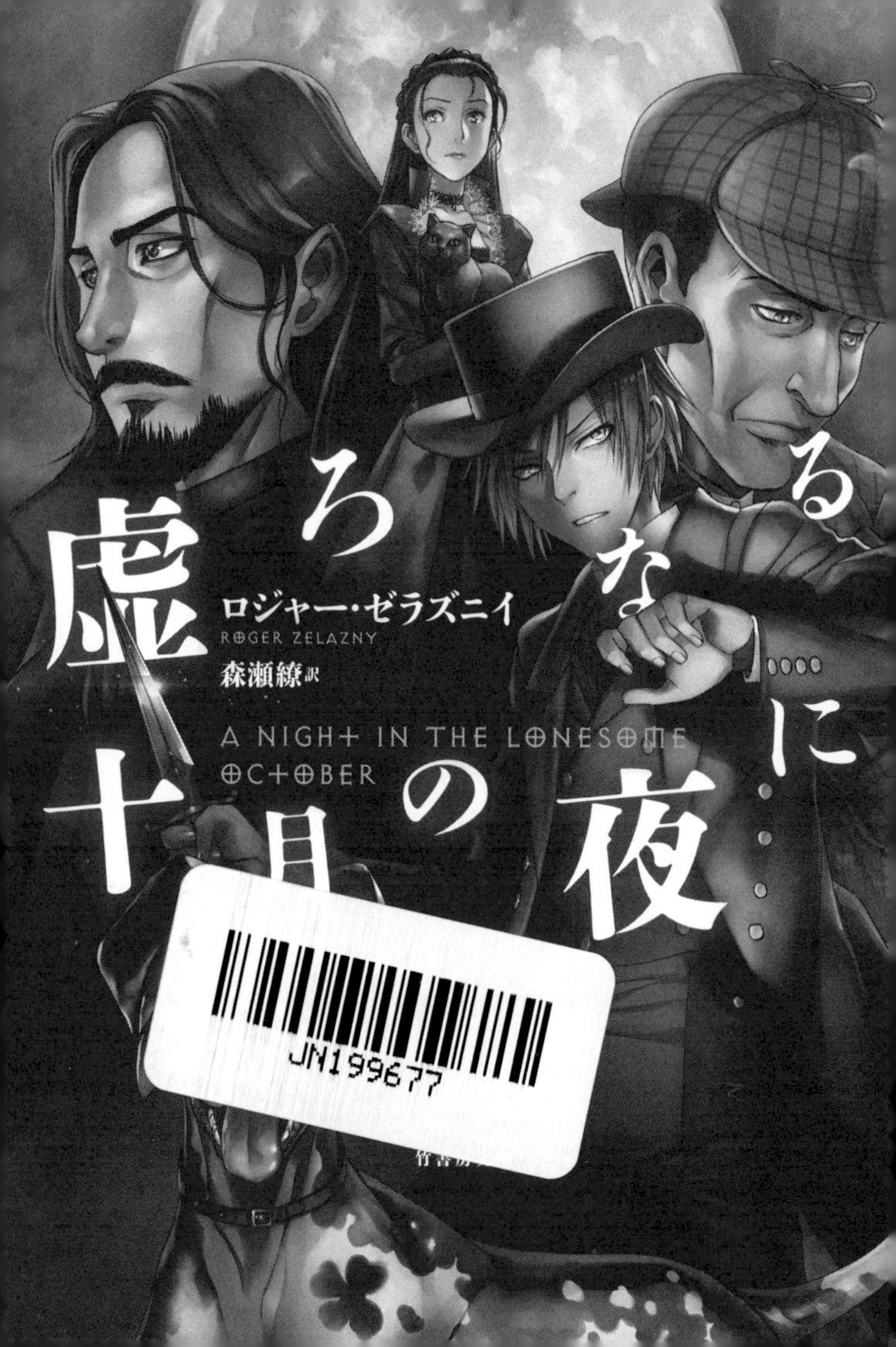
虚ろなる十月の夜に
ロジャー・ゼラズニイ
ROGER ZELAZNY
森瀬繚 訳
A NIGHT IN THE LONESOME OCTOBER

A NIGHT IN THE LONESOME OCTOBER
by ROGER ZELAZNY

虚ろなる十月の夜に

私は番犬《ウォッチ・ドッグ》だ。名前はスナッフ。

ロンドンの郊外で、御主人《マスター》のジャックと同居している。

臭い霧と暗い通りのある、夜のソーホーは実に好みだ。

静けさに包まれた夜、私たちは長い散歩に出かける。

遠い昔から、ジャックはある呪いにかかっている。悪《あ》しき事態が起きるのを妨げるべく、夜の間にあれこれの仕事をしなければならないのである。

彼の作業中、私は見張っている。誰かが来たら、遠吠《とおぼ》えをするのだ。

我々はもろもろの災禍《さいか》の番人で、そいつはすこぶる重要な役目だ。私には《円の中のもの》《衣装簞笥《だんす》の中のもの》《旅行鞄《かばん》の中のもの》を見張る義務がある。《鏡の中のもの》については、言うまでもない。

奴らが出てこようとしたら、私はやかましく吼えかかる。奴らは、私を恐れているのだ。連中が皆一斉に出てこようとした時、どうすべきかはわからない。ともあれ、良い運動にはなるだろう。私は大いに吼えついてやるつもりだ。

私はしばしば、ジャックのために棒や、刀身の両側に古い銘が入った大きなナイフやなんかをとってくる。見て、知るのが私の仕事だ。だから、彼がいつそれを必要とするか、知り尽くしていたのである。彼が私を召喚し、この仕事を任せた。番犬の仕事は、以前の仕事よりも気に入っている。

我々――ジャックと私が散歩する時、他の犬たちは大抵、私を恐れた。

時には彼らと語らい、番犬の仕事と御主人《マスター》について情報を交換したいのだが、私は彼らを威圧してしまいがちだった。

もっとも、我々が墓地にいた少し前の夜のこと、年取った番犬が近くにやってきた。

しばし、私たちは語り合った。


「やあ。儂《わし》は番犬じゃ」

「俺《おれ》もさ」

「儂は、お前さんたちを見張っておった」

「俺もあんたを見張ってるよ」

「お前さんの相方《にんげん》は、何のためにでっかい穴を掘っているのかね？」

「いくつか入《い》り用のものがあってね」

「おお。できれば、やめてもらえんものか」

「あんたの歯はどんなもんだい？」

「うむ。ほら、これだ。お前さんのはどうかね」

「ふむ、まあよかろう。ところでお前さん、この辺にでっかい骨を置き忘れたりしないもんかのう？」

「そら、どうだ」

「手配しとくよ」

「あんたがたは、先月にもここに来たかね？」

「いや、そいつは競争相手だな。俺たちはよそで買い物中だった」

「連中には、番犬がおらなんだ」

「ずさんなこったな。どうしてやったんだ？」

「大いに吼えついてやったわい。奴ら、ちぢみあがって逃げ出しおった」

「いいね。そういうことなら、俺たちの方がまだ、かなり先行してるってわけだ」

「相方とは長いのかい？」

「かなりね。あんたは、いつ頃から墓地犬に？」

「生まれてからずっとじゃよ」

「仕事は好きかい？」

「こいつは、仕事というよりも生活じゃな」と、彼は言った。

でかい仕事《ヤマ》が迫っていたので、ジャックは数多くの《素材》を必要としていた。だから、毎日それを集めるのがたぶん一番の近道だった。

10月1日

家の中をぐるりと巡回した。《円の中のもの》は形を変え、最終的には魅力的な雌犬の姿になって、こちらに誘いをかけてきた。

だが、騙《だま》されて魔法円を崩したりはしない。嗅覚まで鈍らされてはいないのだ。

「惜しかったな」と、私は言った。

「身の程をわきまえやがれ、犬《マット》め」と、そいつは言った。

私は、いくつもの鏡の前を通り過ぎた。

鏡に閉じ込められた怪物《シング》どもは、わけのわからないことをまくしたて、のたうった。

歯を剥《む》いてやると、連中はのたうちながら離れていった。

私が嗅ぎまわっていることに気づくと、《旅行鞄の中のもの》は鞄の両側を連打し、しゅうしゅう、パチパチと音をたてた。

私が唸ると、そいつは再び音をたてた。私が怒って吼えると、そいつは黙った。

それから屋根裏部屋に赴き、《衣装箪笥の中のもの》をチェックした。部屋に入った時、そいつは側板をカリカリと引っ掻《か》いていたが、私が近づくと静まり返った。


「居心地はどうだい？」と、私は尋ねた。

「どこかの誰かが前足で鍵を回してくれりゃあ、ずっと快適になるんだがね」

「まあ、そうだろうな」

「たくさんの素晴らしい骨、でっかい骨、新鮮で汁っ気たっぷりの肉を、あんたのために見つけてやれるのになあ」

「結構だ。飯を食ったばかりでね」

「何か望みはないのかい？」

「特に何も。今はね」

「なあ、とりあえず出してくれよ。あんたにとって価値があることをよく考えて、話し合おうじゃないか」

「いつかは、そんな機会もあるかもな」

「俺は待つのが嫌いなんだよ」

「ご立派なことだ」

「くたばっちまえ、犬っころ《ハウンド》」

「チッ、チッ」私は答えた。

そいつがさらなる罵詈雑言を連ね始める頃には、私はそこから立ち去っていた。

私は下の階に引き返し、黴《かび》くさい書物やお香、香辛料、ハーブやその他もろもろの興味深い香りを嗅ぎながら、書斎経由で客間に向かった。

その日はずっと窓の外を眺めて過ごした。もちろん、見張りこそ我が仕事である。

10月2日

昨晩、私たちは散歩に出た。以前、誰かが殺された遠くの畑で、マンドレークの根を手に入れるためだ。御主人《マスター》はそれを絹で包み、仕事場に直接持ち込んだ。

彼が《円の中のもの》と軽口を叩《たた》きあうのが聞こえてきた。

ジャックの持つ《素材》の一覧表は長い。スケジュール通りに事を進めなければ。

猫のグレイモークがこそこそと忍び足でやってきて、窓を覗きこんだ。普段、猫が嫌いだというわけではないが、好きだというわけでもない。連中を捕まえることもできるし、放っておくことだってできる。

だが、グレイモークは街に臨んだ丘の上に住む気ちがい《クレイジー》ジルの飼い猫で、当然ながら女主人のスパイでもあった。

彼女を見つけたことを報《しら》せようと、私は唸り声をあげてみせた。


「また素早く見つけたものね、忠犬スナッフ」と、彼女は怒ったように言った。

「また素早く探りあてたものだな」と、私は応じた。「グレイ」

「私たちのお仕事だもの」

「そうだな」

「始まってしまったものはしかたがないわ」

「まったくだ」

「順調？」

「今のところはね。きみの方は？」

「ご同様。今のところは、こんなふうに話ができれば楽なんだけどね」

「……だが、猫はこそこそしてるからな」と、私は付け加えた。

彼女は頭を反《そ》らせ、足をあげてそれをじっくりと眺めた。

「忍ぶってことにはね、喜びがあるの」

「猫にとっては」と、私は言った。

「……で、わかったことがあるんだけど」

「何がだ？」

「今日、ここに来たのは私が最初じゃないみたいね。私の前に来た、誰かさんの痕跡が残っていたわ。忠実なる番人さんは御存知だった？」

「いや」と、私は答えた。「どいつだ？」

「フクロウのナイトウィンド。モリスとマッカブの使い魔《コンパニオン》よ。彼が夜明けに飛び去るのを見たし、ここの裏で羽も見つけた。羽はミイラの粉末で穢《けが》れていたわ。あなたたちを病気にかからせるためかしらね」

「どうしてそのことを俺に？」

「たぶん私が猫で、あなたにいいことをしてあげるのが楽しいからよ。私はこの羽を持ち去って、灌木《かんぼく》の中に隠されてるあいつらの窓のところに置いてきてやるつもり」

「昨晩の散歩の後なんだが」と、私は言った。

「あんたの家の近くの丘を越えていた時、クイッククライムを見たよ。狂える修道僧《マッド・モンク》ラストフの腹の中に棲《す》んでる黒蛇《くろへび》さ。奴はあんたの家の門柱に体をこすりつけて、鱗《うろこ》を落としていた」

「あらやだ！　だけど、どうしてそのことを私に？」

「借りは返さないとな」

「私たち同胞の間で、貸し借りがあるべきじゃないんだけどね」

「俺たち同士のことさ」

「あなたはおかしな猟犬だわ、スナッフ」

「きみはおかしな猫だ、グレイモーク」

「敢《あ》えて言うけど、かくあれかしってとこね」

そして、彼女は影の中に消えた。かくあれかし。

10月3日

昨晩、私たちは再び散歩に出て、御主人《マスター》は狩りをしていた。

彼は外套《がいとう》を着て、私に言った。

「スナッフ、とってこい！」

その言い方で、彼が必要としている刃物のことだとわかった。私は彼にそれを渡して、それから我々は出発した。

幸運とも不運とも言える一日だった。《素材》を手に入れることはできたものの、結構なトラブルと時間の浪費があったのだ。

我々は、作業の最中に発見された。私は警告し、我々は逃亡する羽目に陥った。長い追跡の末、私は一人をまいて、もう一人の足に嚙《か》みついて服を引っ張ってやった。我々は、《素材》を持ったまま脱出を果たした。後になって、ジャックは私を洗いながら、私が優秀な番犬だと話してくれた。私はとても誇らしかった。

その後、彼が解放してくれたので、私はラストフの暗い棲家《すみか》をチェックした。ラストフは外出中で、仕事中なのだろうと私は考えた。

私は、気ちがい《クレイジー》ジルの家にほど近い灌木の背後に寝ころんだ。ここなら、彼女がグレイモークと笑ったり話したりする声を聞けるのである。だけど、彼らは出払っていて、裏口の近くにある箒《ほうき》はまだ、温みを残していた。

モリスとマッカブの棲家では、特に慎重に行動した。日が沈んだあとのナイトウィンドはおそろしく手強《てごわ》いし、どこにいてもおかしくないからだ。

桜の樹の裸の枝から、小さなくすくす笑いが聞こえた。嗅ぎとった空気の匂いには、ナイトウィンドのざらめいた徴候《しるし》はなかった。その代わり、別のものがあった。

人間には聞き取れないかもしれない高音の、小さな笑い声が再び聞こえてきた。

「そこにいるのは誰だ」と、私は尋ねた。

一群の葉っぱが樹から解き放たれ、めくるめくスピードで宙を裂き、私の頭のあたりに飛んできた。

「君とは別の、見張り番だよ」と、小さい声が告げた。

「このあたりも、混み入ってきたもんだな」と私は言った。

「スナッフと呼んでくれ。あんたのことはどう呼べばいい？」

「ニードル」そいつは答えた。

「あなたは、誰に仕えているので？」

「ジャックだ」と、私は答えた。「で、お前さんは？」

「伯爵」と、そいつは言った。

「モリスとマッカブが《素材》を見つけたかどうか知ってるかい？」

「ええ」と、それは答えた。「狂った女性《ジル》の方は、《素材》を見つけたんですかね？」

「間違いなくね」

「なら、彼女は僕たちに並んでいるわけだ。でも、ゲームはまだ序盤だし……」

「伯爵はいつゲームに加わったんだ？」

「二夜前に」と、そいつは言った。

「プレイヤーは何人いるんだ？」

「知らないよ」そいつは答えた。それから高く上昇し、去っていった。

世界はにわかに、複雑さをいや増していた。私には、誰が《開く者《オープナー》》で、誰が《閉じる者《クローザー》》なのか判別がつかなかった。

帰途の道すがら、私は見られているのを感じた。誰かはわからないが、腕の立つやつだ。そいつの姿を見つけられなかったので、私はわざと遠回りをした。

彼が私から離れ、別の誰かを尾《つ》けはじめたので、私は報告するべく帰りを急いだ。

10月4日

雨の日も風の日も、私は巡回を続けた。


「くたばっちまえ、野良犬」

「お前もな」

「よう、怪物《シング》ども」

ずるずる、ずりずり。

「外に出してくれないかね？」

「いやだ」

「やがて我が御代《みよ》が来るぞ」

「今日ではないさ」

いつもどおり。すべては、順調に見えた。

「コリー犬はどうだい？　赤毛の子がお好みかな？」

「まだわかっていないようだな。あばよ」

「畜生！」


私は全ての窓と扉を内側からチェックしてから、暗い自室で眠るか休むかしているマスター・ジャックのところに、自分専用の出入り口を使って戻っていった。

私は外側からも全ての箇所を確認した。

先日、グレイモークと話したような類《たぐい》の意外な発見はなかった。

とはいえ、見つかったものもあった。私のものよりも大きい、特定の何者かの足跡が、家の横にある木造のシェルターにあったのである。

付随する香りや、前後の痕跡は雨に洗い流されていた。さらに多くの侵入者の痕跡を探し出そうと、私は遠く離れたところへ足を向けたのだが、他に何も見つからなかった。

この先に住んでいる老人が裏庭にいて、小さな、輝く鎌《かま》で木からヤドリギを収穫していた。彼の肩には、リスが座っていた。これは新たな展開だった。

私は、生垣越しにリスに話しかけることにした。

「ゲームの参加者なのか？」

そいつは男の肩にいっそうすがりついて、あたりを凝視した。

「話しかけたのは誰？」囀《さえず》るような声で言った。

「スナッフと呼んでくれ」と、私は応じた。

「チーターと呼んでよ」と、そいつは答えた。「うん、僕たちは参加者だと思う。時間がないんだ。急がなくちゃ、急がなくちゃ」

「《開く者《オープナー》》？　それとも《閉じる者《クローザー》》？」

「無礼者！　それを聞くなんて、何て無礼な！　あんたもわかってるだろ！」

「聞くだけ聞いてみただけだ。お前さんは初心者かもしれないからな」

「むやみに情報を漏らすほどの素人じゃない。それくらいにしといてくれよ」

「そうするよ」

「待った。参加者の中に黒い蛇はいるかい？」

「お前さんの方は、俺に情報を漏らせと頼むわけだ。まあ、いいさ。いるぜ。クイックライムってやつだ。気をつけろ、奴のマスターは狂人だ」

「みんなそうだろ？」

私たちは忍び笑いをした。そして、私は立ち去った。

その晩、私たちは再び外出した。橋を渡って、長い間、歩き続けた。陰気な探偵と、まるまると太った彼の相棒《コンパニオン》がいた。後者は、この前の夜の冒険で怪《け》我《が》をして、足を引きずっていた。我々は、霧の中で二度、彼らを追い越した。ちなみに、ジャックは今夜、杖《つえ》を携えていた。町の中心に立って、時計が一二時の鐘を鳴らしている間、星明かりの特定の光線を水晶の小瓶に捕まえるためである。容器内の液体はすぐに、赤い光で輝き始めた。

ややあって、どこか遠くで遠吼えが発せられた。それが誰なのか、犬なのかどうかすら、私にはわからなかった。

それは、私の種族が用いる、長く引っ張られた単一の言葉だった。

「何《ロ》という《ス》こと《ト》だ！」

首周りの毛が逆立った。

「友よ、何を唸っているんだね?」

ジャックの質問に、私は頭を横に振った。確信が持てなかったのだ。

10月5日

私は暗がりで朝食をとり、家を巡回した。全てが上々だった。御主人《マスター》が眠っていたので、私は自力で外に出て、周囲をうろついた。

陽が昇るまでには、今しばらく時間がある。

私は丘の向こう、気ちがい《クレイジー》ジルの家に歩いて行った。


家は暗く、静まり返っていた。私はラストフの今にも崩れそうな棲家に向かおうと、引き返した。その時、私はある匂いを捉え、その源を捜した。

庭の壁の上に、身じろぎひとつしない小さな姿があった。

「グレイモーク」と、私は言った。「眠ってるのかい?」

「ぐっすりとじゃないわ」という答えが返された。「うたた寝《キャットナッパリー》って便利よね。何かご用かしら、スナッフ？」

「ちょっとした思いつきがあるんだ。きみや、きみの女主人《マスター》に直接関係あることではないがね。俺は今から、ラストフの棲家に行くつもりなんだよ」

突然、彼女の姿が壁から消えた。次の瞬間、彼女は私の近くにいた。

私は彼女の眼に、黄色い光が輝くのを垣間見た。

「ヒミツの任務ってことでないなら、私も一緒に行くわ」

「構わんよ」

歩き始めてしばらくしてから、私は尋ねた。

「静かなものだな」

「このあたりは、そうね」と、彼女は答えた。「だけど、早朝の町で殺人があったと聞いたわ。あなたのお仕事かしら？」

「いや。俺たちも町にいたけど、それは別の仕事のためでね。誰から聞いたんだ？」

「ナイトウィンドよ。私たち、少し話したの。彼は川向こうにいてね。とんでもなく凶暴な犬に、男がバラバラにされたんですって。あなたのことを思い出したんだけど」

「俺じゃない、俺じゃないよ」と、私は言った。

「他の人たちが《素材》を探していけば当然、こういうことはいくらでも起きるんでしょうね。人々は慎重になる。《大いなる儀《ビッグ・イベント》》までの間、通りの巡回も増強される」

「俺もそう思うよ。遺憾《いかん》だがね」

我々は、ラストフの棲家に着いた。小さな灯《あか》りが点っていた。

「遅くまで活動してるみたい」

「あるいは、朝早くから」

「そうね」

心の中で、私は自分の家に戻る道を辿《たど》った。それから私は迂回《うかい》して、モリスとマッカブが住んでいた古い農家へと、野原を渡っていった。グレイモークが私に続いた。月のかけらが昇り始めた。雲は空をすばやく滑り、横腹で月光をくすぐった。グレイモークの両眼が輝いた。私たちがその家に到着した時、私は長く伸びた草の中に立っていた。家の中には、灯りがついていた。

「ほら、仕事よ」と、彼女は言った。

「誰だ？」納屋の上から、ナイトウィンドの声がした。

「答えましょうか？」

「いいぜ」と、私は言った。

彼女は名乗った。私も自分の名を唸り声で告げた。ナイトウィンドは止まり木から飛び立って私たちの頭上を旋回した後、やがて近くに降り立った。

「お前たちが、知り合い同士だったとはな」と、彼が述べた。

「私たち、面識があるのよ」

「ここに何しにきた？」

「町であった殺しについて、あんたに聞きに来たんだ」

と、私は言った。「見たんだろ？」

「殺しが起きて、発覚した後にな」

「つまり、俺たち《プレイヤー》の誰かを見たわけでもないってことか？」

「うむ。そもそもあれは、我々の誰かがやったことなのだろうか」

「いったい何人いるんだ、ナイトウィンド？　教えてくれないか？」

「その知識を分け与えるべきかどうかわからない。禁則事項に該当する可能性がある」

「なら、取引しようじゃないか。俺たちが知っている参加者を列挙する。あんたが知らない奴がいたら、代わりに俺たちの知らない参加者を教えるってのはどうだ」

彼は、考えを巡らせようと頭を背後に回転させ、それから言った。

「公正だと思う。時間の節約にもなる。いいだろう。お前たちは私のマスターを知っている。私はきみたち双方のマスターを知っている。これで四人だ」

「クイッククライムが仕えるラストフがいるわ」グレイモークが提示した。「五人ね」

「私も知っている」と、彼は応じた。

「俺の家から上がったところの通りに住む老人は、ドルイド教派の人間らしい」と、私は言った。「俺は、彼が昔ながらのやり方でヤドリギを収穫しているのを見た。加えて、彼にはチーターと呼ばれるリスの友人がいる」

「ほほう？」と、ナイトウィンドが言った。「それは知らなかった」

「男の名前はオーウェンよ」と、グレイモーク。「私も彼らを見たわ。これで六人ね」

「ここ三夜の間、背を丸めた小柄な男が墓地に侵入していた。私は巡回の折りに彼を見た。二夜前に、私は満月の灯りで彼の後を追った。彼は拾い集めたものを、ここから南にある大きな農家に運んでいった。そこには数多くの避雷針があって、永遠に続く嵐が猛威をふるっていた。そして、彼は博士《グッド・ドクター》と呼ばれている背の高い、生真面目そうな男にそれを渡していた。七人目か、それとも八人目なのかもな」

「その場所を教えてくれないか？」と、私は尋ねた。

「ついてくるがいい」

長く骨の折れる旅路を経《へ》て、我々は農家に辿りついた。

地下に灯りがついていたが、窓がカーテンで閉ざされていて、博士が何をしているのかはわからなかった。だが、空気中には死臭が漂っていた。

「感謝するよ、ナイトウィンド」と、私は言った。「他に誰か知ってるかい？」

「いや。お前の方は？」

「いいや」

「なら、我々はこれで同等というわけだ」

夜のうちに戻ろうと、彼は急いで飛び去った。

窓の近くに屈みこんで嗅ぎまわり、モリスとマッカブの棲家、そしてきちがい《クレイジー》ジル、私自身、オーウェンの棲家からここまでの道、オーウェンの棲家から他の場所への道をトレースした……ただちに全ての道筋を心に留めていくのは困難だった。

窓の背後で明るい閃光《せんこう》とパチパチいう音が閃《ひらめ》き、私は跳びはねた。次の瞬間、オゾンの匂いと騒々しい笑い声が届いた。

「そうね、ここは見張る価値があるわ」

近くの木の高い位置にある間に合わせの止まり木で、グレイモークが意見を述べた。

「そろそろ行きましょうか」

「そうだな」

私たちは引き返した。私は彼女の前では礼儀正しく口をつぐみ、ジルの家で彼女と別れた。彼女は壁の上で、うたた寝を再開した。

家に帰った時、私は別の足跡を見つけた。

10月6日

興奮。今朝、鏡がひび割れる音を聞いた。

私は鏡の前に走り寄って激しい怒声を浴びせ、這いずりまわる奴らを外に出さなかった。騒ぎを聞いたジャックが、ごくありきたりな杖を持ってきて、あたかも黄帝《こうてい》の如く、そいつらを全部、別の鏡に移した。

今度の鏡ははるかに小さいものだった。連中もこれで少しは懲りるかもしれないが、たぶんそうはならないだろう。どうやって鏡にひびを入れたのかはわからない。いくつかの小さなひびに、力を加え続けたのではないだろうか。

連中が私を恐れるのは良いことだ。

ジャックは自室に戻り、私は外出した。

太陽が灰と白の雲を照らし、秋の鮮やかな匂いだけが微風に乗っていた。

夜の間、私は頭の中で道筋を思い描いていた。ナイトウィンドやニードル、チーターにとってさえも、私がしようとしたことは実に簡単だろう。大地に足を着けた生き物にとって、私が試みたような方法で地形を視覚化することは困難なのである。それでも私はどうにかこうにか、それぞれの家からそれぞれの家に線を引いた。

そうやって最後に出来上がったのは、外側の境界線と交錯する放射線を含む、精巧な模様だった。そして、ひとたびこうした形を得られたなら、私にはほかの者にできないことが可能となる。不完全なのは、仕方なかった。なぜなら、私は伯爵ないしは私がまだ気づいていない可能性のある、他のプレイヤーの所在を知らないからだ。

とはいえ、このあたりを動き回る上では十分だし、近似を求める上でも事足りていた。

私は歩き始めた。庭と畑を通り抜け、以前に連れて行かれた道を進んでいった。適切なスポットに到着して、私は立ち止まった。

左側と、道を挟んで右側に、大きな老木があった。私の精神的な製図にもとづいて慎重に導きだしたスポットは、残念ながら道の真ん中だった。そこは交差点のような特別な場所ですらなかった。一番近くの家は、私がやってきた道に沿って右後方、数百ヤードの位置にあった。住人は私も知っている老夫婦である。彼らは鳥を食べ、庭で働き、土曜日の夜毎にパブに立ち寄って議論を戦わせた。この地域における私の以前の調査では、彼らがゲームに関与しているという徴候は見られなかった。

とにかく、匂いを嗅いでみることにした。そうやって道端を捜索していた時、私は覚えのある声を聞いた。

「スナッフ！」

「ナイトウィンドか！　どこにいる？」

「きみの頭上だ。この樹には、うろがあってね。あまりに長く外にいたので、光から逃れようとここに入ったのだ。ひとつ、一緒に考察してみないかね？」

「俺たちは同じ道筋を描いたってわけか」

「もっとも、ここがそうであるはずはないがね」

「そうだな。俺たちが描く模様の中心点だが、ありえそうなスポットではない」

「したがって、模様は不完全だということになる。だが、そのことは承知の上だ。我々は伯爵の居場所を知らないのだから」

「彼が最後の一人ならな。そこは、俺たちが形成する図表の中心に位置するはずだ」

「さて、我々は何をするべきだろうね」

「ニードルの後を尾《つ》けて、伯爵の居場所を調べてくれないか？」

「蝙蝠《こうもり》というやつは、いまいましくも不規則に飛行するのでな」

「俺には無理だ。そして、グレイモークにも無理だと思う」

「うむ。とにかく、猫を信じるべきではない。連中にできるのは、テニスラケットに糸を張るくらいなものだ」

「ニードルを尾けてくれるか？」

「まずは、あのちび助を見つけるところからだな。まあ、いいだろう。私は今夜、彼を見張ることにしよう」

「何かわかったら、教えてくれ」

「考慮する」

「日中の使い走りが必要なことがあるなら、それが俺にできるきみへのお返しだ」

「本当か。まあわかった。それにしても、プレイヤーは常に、中心地が生じるような形で居場所を決めるものだろうか」

「わからんね」と、私は言った。


私は帰宅し、私が勤務中だということを報せるべく、今は玄関の廊下にかけられている《鏡の中のもの》に、通り過ぎながら唸り声をあげてみせた。

《旅行鞄の中のもの》は静かだった。

《衣装箪笥の中のもの》には、黙るように言った。大きな打撃音が、その場を震動させていたのである。静かにさせるため、私は幾度か吼えなければならなかった。

地下貯蔵室では、《円の中のもの》がペキニーズ犬になっていた。

「小柄な女性が好きなんだろ？」そいつは尋ねた。「とりにおいでよ、でっかちさん」

犬というよりはむしろ、怪物《シング》の匂いが漂っていた。

「お前、あまり利口じゃないよな」と、私は言った。

私が立ち去る時、犬は足を差し出してきた。犬の足は、そんな風には曲がらない。

10月7日

我々は昨晩、大いなる仕事に供するため、より多くの《素材》を探し求めていた。

霧がとても深く、巡回員の数も多かった。私たちの行動を妨げはしなかったが、より困難なものにはしてくれた。

御主人《マスター》の刃物が閃《ひらめ》き、女性が叫び、衣服が引き裂かれた。

我々は逃亡中に名探偵を追い越し、私はうっかり彼の相棒《コンパニオン》をつまずかせた。彼の足は不自由で、犬の突進を避けられなかったのである。

橋を渡った時、ジャックは布きれを広げて眺めた。

「実にいいな、緑色だ」と、彼は言った。彼の《素材》リストが、どういうわけでこの日の夜中、赤毛の女性が身につけている緑色の外套の袖口を要求しているのか、私にはよくわからない。不思議な一覧表だ。気のふれた借り物競走の指示書のように思えることがある。ともあれ、ジャックは楽しんでいたし、私もそうだった。

ナイトウィンドの捜索が不首尾に終わり、私はだいぶん遅くなって帰宅した。わずかにひっかくような音が家の裏から聞こえた時、私は応接間で居眠りしていた。その音は二度と聞こえなかったので、私はストーキング・モードになって探索した。台所には人影がなく、貯蔵室《パントリー》はからっぽだった。私は巡回し、正面玄関の入り口で匂いを捕まえた。私は立ち止まり、目をこらし、耳をすませた。

右前方の低い位置に、かすかに動くものがあった。そいつは、這いずるものを見張る鏡の前に座っていた。私は呼吸を止め、じりじりと前に進んだ。短い突進で捕まえられる距離に近づいてから、私はそいつに話しかけた。

「楽しそうだが、ここまでだ」

そいつは跳びはねた。

私はそいつ――でかくて、黒いネズミにのしかかり、首根っこを捕まえた。

「待って！　話をさせて！」そいつは言った。「スナッフ！　あんたはスナッフだろ！　あんたに会いに来たんだよ！」

私は拘束を強めもゆるめもせず、待った。

頭を強く押し付けるだけで、そいつの脊椎はへし折れてしまうだろう。

「あんたのことは、ニードルから聞いたんだ」そいつは続けた。「チーターからは、あんたがどこにいるかって」

口を占有されている間は、何も話せない。それで、私は待ち続けた。

「あんたは理性的だって、チーターが言ってた。だから、話をしたかったんだ。外に誰もいなかったから、小さな裏口から中に入ったんだよ。頼むよ、僕をおろしてくれ」

私はネズミを隅に運んでそこに降ろし、彼の前に腰を落ち着けた。

「で、お前さんもゲームに参加してるってわけだ」私は言った。

「うん、そうなんだ」

「ならば、招待もなしに別のプレイヤーの家に入れば、ただちに報復されても仕方ないことくらい知っているはずだよな」

「だけど、あんたに連絡をとる方法はこれしかなかったんだよ」

「何の話があるって？」

「僕はクイックライムの知り合いなんだけど、クイックライムはナイトウィンドの知り合いで……」

「ふむ？」

「クイックライムが言うには、あんたは多くのプレイヤーが誰で、どんな奴なのか知ってるって。ナイトウィンドから聞いたって彼は言ってた。あんたが時々、誰かと情報交換をしているともね。僕もちょっとした取引をしたいんだよ」

「ナイトウィンドと直接取引しなかったのは？」

「僕はナイトウィンドと面識がないんだよ。フクロウが怖いんだ。それに、彼は無嘴《むくち》だっていう話だし。何もかもを翼《ふところ》にしまいこんで、羽《じようほう》を決して誰にも見せないって」

彼は忍び笑いをしたが、私は笑わなかった。

「話をしたいだけなら、どうして嗅ぎまわるようなことをした？」と、私は聞いた。

「鏡に映るものを見たとき、好奇心に負けちゃったんだ」

「ここに来たのは初めてか？」

「ああ！」

「お前の相方は？」

「博士《グッド・ドクター》さ」

「偶然なんだが、俺にはグレイモークって名前の猫の友達がいる。彼女はよくここに来るんだよ。お前がちょっかいをかけるつもりなら、定期的に来てもらってもいいな」

「ちぇっ、災いの種を呼び込むのはやめてよ！　この件に猫を絡ませるのはナシだ！」

「オーケー。お前の取引と、望みのものは何だ？」

「あんたが知ってるゲームの参加者と、その棲家を全部教えてほしい」

「俺の得るものは？」

「伯爵のねぐらがどこなのか知ってる」

「その情報は、ナイトウィンドが調べているところだ」

「彼じゃ、森の中を通りぬけるニードルについていけないよ。フクロウは、コウモリみたいにジグザグに飛ぶことができないからね」

「まあ、そうだな。そこに連れて行ってくれるか？」

「うん。他の参加者のリストと引き換えにね」

「了解だ」と、私は言った。「だが、そっちから持ちかけてきた取引だ。俺が仕切らせてもらう。まず、場所を教えろ。参加者について教えてやるのは、その後だ」

「わかったよ」

「で、お前のことはどう呼べばいい？」

「ブーボーだよ」と、彼は答えた。

私は体を後ろに下げて、「行こう」と言った。

外は寒く、風は強く、じめじめしていた。いくつかの雲が西の空に低く垂れこめていて、星々がひどく近くに見えた。

「どっちだ？」

私が尋ねると、ブーボーは東南の方向を示し、そちらに向かった。私は続いた。彼は野原をいくつか通り抜け、ある程度の広さがある森に入った。

「ここが、ニードルがナイトウィンドを撒くかもしれない森か？」と、私は言った。

「そうだよ」

彼は、森の中で私を先導した。最終的に、私たちは岩がちな空き地に辿りついて、彼はそこで立ち止まった。

「それで？」と、私は言った。

「ここがそうだよ」

「ここは、何だ？」

「古い教会の跡地なんだ」

私は匂いを嗅ぎながら前進した。特におかしなものはない……。

廃墟がある小高い丘を登ると、私は石のブロックの合間に開口部を見つけた。覗きこむと、下の方へと続いているのが見えた。

「……戻ろう」と、私は言った。「ここは地面の近くなんかじゃない。地面の上に何かがどんどん広がって、覆い尽くした上に立っている気がする。この廃墟は、丘の下まで広がっているんだ」

「僕にはわからない。降りたことがないからね」と、ブーボーは応じた。「目的地はそこじゃない。あそこの道の向こう、丘の下の方に墓場があるんだ」

彼はその方向に歩き出し、私も続いた。

倒壊し、半ば埋もれたいくつかの墓標がそこにあった。地面に埋もれている石のラインで囲まれた、大きな空間もあった。地下室の壁の最上部なのだろう。雑草が内側に生い茂っていた。ブーボーは、その雑草の中に急ぎ足で入りこんだ。

「見てくれ、この穴だ」彼が私に言った。「その下が、彼の領地なんだよ」

私はそちらに向かい、中を覗きこんだが、暗過ぎて何も判別できなかった。ナイトウィンドやグレイモークが一緒にいればよかったのに。

「お前の言うことを信じるよ」と、私は言った。「さしあたっては」

「なら、約束通り、プレイヤーの名前と居場所を教えてほしいな」

「ここから離れてからな」

「あんたでも、ここじゃ神経質になるのかい？」

「運任せで生き残れる一カ月じゃないだろう」

彼は笑った。

「面白いことを言うね」と、彼は言った。

「面白いだろ？」

沈みゆく月が木々の上に現れ、我々の道を照らしだした。


午前零時の時報と共に、私を呼ぶ声が聞こえた。時報が鳴り終えるのを待ってから、私は起き上がり、伸びをした。この時刻に合わせて、わざわざ起き出したジャックが、面白さと興味深さの混ざり合った眼を私に向けた。

「忙しい日だったらしいね、スナッフ」と、彼は尋ねた。

「あんたの眠ってる間に、訪問客があったんだ。ブーボーってネズミなんだけどね」と、私は言った。「博士《グッド・ドクター》の仲間だよ」

「それで？」

「俺たちは取引した。プレイヤーたちのリストと、伯爵の墓所の位置を。南東の廃教会にある墓地だって話でね。連れて行ってもらったよ」

「よくやった」ジャックは答えた。「お前の計算にどういう影響がある？」

「言葉にはしにくいな。考えてみるつもりだけど、少しばかり散歩してこないと」

「まだゲームの序盤だが」と、彼は言った。「お前は、模様が変化するということをわかっているわけだ」

「そうだね」と、私は答えた。「とはいえ、少なくとも俺たちには、以前より潤沢な情報がある。もちろん、俺たちが昼のうちに、地下室の中を確認しなくちゃいけないことは確かなんだがね。グレイモークを説得して、やってもらえると思うよ」

「クイッククライムではなく？」

「俺は、猫の方を信じるよ。情報を共有するなら、彼女の方がマシだね」

「彼女の陣営がわかったのかい？」

私は頭を横に振った。

「いや、ただの思いつきさ」

「女主人のジルについて彼女から聞いたことは？」

「これっぽっちも」

「彼女な、見かけよりも若いと思うんだ」

「そうかもね。知らないけど。会ったことがないんだよ」

「私は会ったことがある。あの猫が、主人の話をしたら報せてくれるか？」

「そうするけど、彼女が自分からその話をすることはないだろうな。俺の方も、こちらからするつもりはないし」

「お前は、状況を見極める最高の目の持ち主だ」

「現時点では、お互いに情報を差し出すことは得策じゃない。その一方で、協力をして損をすることもありえる。俺が把握していない、御主人《マスター》が必要な情報があるなら話は違うけど、その場合は……」

「なるほど。問題はない。成り行きに任せるとしよう」

「今夜も出かけるのかい？」

「いや。今のところ、準備は万端だ。何かプランでもあるのかい？」

「少々の計算と、たくさんの休息かな」

「名案だ」

「向こう側から来た女があんたを悩ませた、ディジョンでの出来事を覚えてる？」

「忘れるものか。どうしてそんなことを聞くんだ？」

「特に理由はないよ。ただ、思い出したのさ。おやすみ、ジャック」

私はお気に入りの隅に移動して、前足の上に頭を乗せた。

「おやすみ、スナッフ」

彼の足音が遠ざかっていった。

先進のストーキング技術を研鑽《けんさん》するため、《吼えるもの《グロウラー》》のもとに赴く時間だった。

間もなく、世界は消え去った。

10月8日

昨晩、私は頭の中でさらに多くのラインを描いたが、満足できる模様が完成する前に、訪問者がやってきた。

ドア・チャイムが鳴った時、私は二度吼えた。何故なら、私はそれを予期していたからである。御主人《マスター》がドアに向かい、私も続いた。

背が高く、がっしりとした体格で、黒髪の男だった。

彼は前屈《まえかが》みな姿勢で、笑いを浮かべていた。

「こんにちは」と、彼は言った。「ラリー・タルボットという者です。新しく近所に越してきたので、表敬訪問にやってきました」

「お茶でも一杯いかがです？」と、ジャックが言った。

台所に向かった。

「ありがとう」

ジャックは彼を応接間に案内した後、自身はこの場を辞して、台所に向かった。

私は応接間に残り、見張っていた。タルボットは幾度か自分の掌《てのひら》をちらりと見てから、私を観察した。

「いい犬《こ》だ」と、彼は言った。私は口を開いて舌をたらし、何度か喘《あえ》いでみせた。だが、私は彼に近寄らなかった。彼の匂いの底には、野生の荒々しさをほのめかす何かがあって、私を困惑させたのである。

ジャックが、お茶とビスケットを乗せたトレイを持って戻ってきた。彼らはそれから一時間ばかり、近所や天気のこと、最近の墓荒らしや殺人事件について話をした。

私は、互いをとって喰《く》らわんとする雰囲気を漂わせた二人の大男が、お茶をすすりながら、タルボットが栽培した異国の花や、この地のような風土において、屋内で花を育てる方法について議論するのを眺めていた。

その時、屋根裏部屋からすさまじい音が聞こえてきた。私はすぐさま部屋から飛び出し、階段を駆け上り、角をぐるりと回り、さらに別の階段を上がって……。

衣装箪笥の扉が開いていた。怪物《シング》がその前に立っていた。

「自由だ！」

そいつは手足を曲げ、鱗に覆われた黒い翼を畳んだり広げたりしながら宣言した。

「自由だ！」

「そうはいかない」

私は中ほどでそいつを捕まえ、衣装箪笥に再び押しやった。

そいつが私に摑みかかろうとしたので、私は二度、左に右にと切りつけた。

私は飛び降りて、そいつの足の一本に嚙みついた。それから唸り声をあげて再びそいつに飛びかかると、顔をめがけて切りつけた。空気中に濃厚な麝香《じゃこう》の匂いを残して、そいつは牢獄の後ろに後退した。私はドアを閉じると、後ろ足で立って、前足で掛け金を閉めようとした。ちょうどその時、ジャックがやってきて、私に代わって閉めてくれた。

彼は、力を抜いた右手にナイフを持っていた。

「お前は番犬の鑑《かがみ》だよ、スナッフ」と、彼は言った。

少し遅れて、タルボットが入ってきた。

「大丈夫かい？」と、彼は言った。「何が手伝えることはあるだろうか」

ジャックが振り向く前に、刃物は消え失せていた。

「いや、ありがとう」彼は言った。「たいしたことじゃないよ。茶飲み話に戻ろうか」

彼らは出て行った。私は彼らについて階段をおりていったのだが、タルボットは御主人《マスター》のように静かに歩いた。どういうわけか、私は彼がゲームの参加者だと感じていた。そして、この事件によって、我々もまたそうだと彼が知ることになったとも。

というのも、彼は去り際にこう言ったのである。

「今月いっぱい、何かと多忙な日が続きそうですね。もし手助けが必要なら、私をあてにしてくれるといい」

ジャックはしばし彼を眺め、それから答えた。

「私の立っている側も知らずに？」

「それは、わかったと思いますよ」と、タルボットは答えた。

「どうやって？」

「よくできた犬を連れていますね」タルボットは言った。「扉の閉じ方を心得た

それから、彼は立ち去った。私は、彼の家まで後を尾けていった。確かにそこに住んでいたので、また新たに引く線ができた。だが、その結果は興味深いものだった。

彼は一度も振り向かず、背後を見ることもなかったが、私があとをずっと尾けているのに気づいているに違いなかった。ほどなく、私は中庭に横たわって線を描いた。それは大変複雑な作業になった。足跡が道路に沿って接近し、停止した。ドルイドがそこにいた。

「いい犬じゃ」老いたしわがれ声が聞こえてきた。

彼が庭園の壁越しに放り投げた何かが近くに落ち、どさりという落下音が続いた。

「いい犬《こ》じゃ」

彼が道に沿っていなくなってから、私は起き上がってそれを調べた。肉片だった。よっぽど飢えた野良犬でもなければ、警戒したことだろう。奇妙な混合物の匂いを漂わせていたのである。私は慎重にそれを拾い上げ、木の下の柔らかい場所に運んだ。それから、穴を掘って中に落とし、それを覆い隠した。

「ブラヴォー！」頭上から歯をすり合わせるような声が聞こえてきた。「あんたなら、そんなものに引っかからないって思ってたよ」

見上げると、クイックライムが頭上の枝に巻きついていた。

「いつからそこにいた？」と、私は尋ねた。

「あんたの最初の訪問客が近づいてきてからさ。でっかい方の奴だよ。で、見張ってたわけなんだが、あいつもゲームの参加者なのかい？」

「わからん。そうだとは思うが、断言できない。どうにも風変わりな人物だよ。使い魔《コンパニオン》がいるようにも思えない」

「たぶん、彼は彼自身の親友《おなかま》なんだろうさ。そういえば……」

「ん？」

「気のふれた魔女のお仲間《コンパニオン》が、今頃、息を切らしてるかもしれないよ」

「何の話だ？」

「ディン、ドン、デル（マザーグースの「ディン、ドン、ベル」の歌詞のこと）」

「何を言っているのかさっぱりわからん」

「言葉通りの意味だよ。にゃんこ《プッシー》が井戸の中にいる」

「誰が彼女を投げ込んだんだ？」

「罪深きマッカブさ」

「どこだ」

「クソでいっぱいの屋外便所のところ。気ちがい《クレイジー》ジルの家の裏手のな。裏手だから、井戸が乾かないんだ」

「どうして俺にそれを？　付き合いの悪いお前が」

「以前にも参加《プレイ》したことがあってね」と、彼はしゅうしゅう言った。

「プレイヤーを排除し始めるには、まだ時期尚早なんだよ。このゲームではね。月が死を迎えるまでは待つべきだ。まあ、マッカブとモリスは新参だからさ」

私は立ちあがり、移動しはじめた。

「こっそり歩き、こっそり歩き。濡《ね》れて、濡《こ》れて、濡《ち》れちゃって」

丘の方に走り出した時、彼が歌っているのが聞こえてきた。私は丘を登り、周囲の風景をぼやけさせながら、気ちがい《クレイジー》ジルの家の方に疾走した。垣根を抜けて彼女の棲家に辿りついた私は、バケツが縁《へり》に置かれている屋根つきの石造物を素早く探し出した。駆け寄って岩棚に足を乗せ、中を覗きこむと、下の方でかすかな音がした。

「グレイ！」と、私は呼んだ。

かすかに「ここよ！」という声が聞こえた。

「脇にどいてくれ！　バケツを落とす！」と、私は叫んだ。

ばしゃばしゃいう水音が、さらに大きく速くなった。私は岩棚からバケツを押し出し、それがだんだんと遠くなって、ざぶんと音を立てるのを聞いた。

「中に入るんだ！」と、私は叫んだ。

前足でクランクを回してみれば、それがどれほどの重労働かわかるはずだ。グレイモークが岩棚に降りられるくらい高い位置までバケツを持ちあげるのには、長い長い時間がかかった。彼女はびしょ濡れで、喘ぎながら立っていた。

「どうしてわかったの？」と、彼女は私に尋ねた。

「クイックライムが見てたんだ。奴はタイミングが悪いと感じて、俺に教えてくれた」

彼女は体を震わせて、毛皮をなめ始めた。

「ジルが、モリスとマッカブのハーブのコレクションを奪《と》っちゃったの」と、彼女は毛づくろいの合間に言った。

「だけど、連中の棲家に入ったわけじゃないのよ。あいつら、ポーチに放置していたんだもの。ナイトウィンドが私たちを見ていたに違いないわね。何かあった？」

私は昨夜のブーボーの訪問と、今朝のタルボットの訪問について彼女に話した。

「私も一緒に行く」と、彼女は言った。「休息をとって、体を乾かした後だけどね。伯爵の霊廟《れいびょう》を調査しに行きましょう」

彼女は再びなめ始め、体を震わせた。

「さしあたって」と、彼女はつづけた。「暖かい場所と、ひと眠りが必要かしら」

「なら、また後で会おう。俺も、家の周りを少しばかり調べておかないと」

「じゃあ、また」

私は、屋外便所の近くで彼女と別れた。垣根を通り抜ける時、彼女が大声をあげた。

「ついでに言うけど、ありがとうね！」

「どういたしまして《デ・ナーダ》」と私は言い、丘の上に向かった。

10月9日

昨晩、我々は御主人《マスター》の呪文に必要な、さらに多くの《素材》を獲得した。ソーホーの曲がり角で足を止めた時、名探偵と彼の相棒《コンパニオン》が霧の中から現れ、我々に近づいてきた。

「こんばんは」と、彼が言った。

「こんばんは」と、ジャックは返答した。

「火をお持ちじゃありませんかね」

ジャックは蠟《ろう》マッチの箱を出して、彼に手渡した。彼がパイプに点火した時、両者は目を見交わした。

「このあたりは、巡査だらけですな」

「そうですね」

「おそらく、何かが進行中なのでしょうね」

「私もそう思いますよ」

「たぶん、最近の殺人にも関係があるのでしょう」

「あなたの言う通りでしょうね」

彼は、マッチを返して寄越《よこ》した。

その男は、奇妙なやり方で誰かの顔や衣服、靴を注視し、そして耳を傾けた。番犬《ウオッチ・ドッグ》として、私は彼が身につけている総合的な注意深さを高く評価した。それは、世の常の人間の態度ではなかった。あたかも全存在をその瞬間に集中させて、我々の遭遇から得られたあらゆる情報を敏感に集めているかのようだった。

「そして、私もきみに会った」

「私はほかの夜にも、このあたりであなたに会ったことがある」

「おそらく、私たちは再び会うことになるでしょうね」

「そうかもしれない」

「さしあたっては、ご注意を。危うい感じになってきました」

「きみも注意するといい」

「ああ、そのつもりですよ。おやすみなさい」

「おやすみなさい」

唸り声をあげて迫力を増すこともできただろうが、私はひとまず控えておいた。彼らが視界から消えた後も、私は長いこと足音に耳を澄ませていた。

「スナッフ」と、ジャックが言った。「あの男を覚えておくんだ」

長い長い帰り道のどこかで、一羽のフクロウが、冷たい風を静止した翼に乗せて、我々を追い越して行った。ナイトウィンドかどうか、見分けがつかなかった。橋のところにはネズミたちがいたが、その中にブーボーがいたかどうかはわからなかった。

星々がテムズ川を泳ぎ、空気はいやな匂いでいっぱいだった。歩く道すがら、あちこちの避難所で身を寄せ合って眠っている無宿人たちを調査している間、私はジャックの長い足と歩調を合わせていた。誰かに後を尾けられているように幾度か感じたが、私のそうした危惧《きぐ》の根拠を見つけることはできなかった。たぶん、一〇月に入ってからの我々の遅々とした進み具合が、不安をもたらしたのだろう。

今後も、事態は深刻化していくのだろう。いつか、快方に向かう時まで。

そんな時が来るとしたらの話だが。


「やあ、ジャック」左の方から声がした。「こんばんは」

ジャックは足を止め、ナイフの隠し場所のあたりに手を伸ばした。緑色の帽子の縁に手を触れながら、ラリー・タルボットが影から歩み出た。

「ミスター・タルボット」と、ジャックが言いかけた。

「どうか、ラリーと」

「そういえばきみはアメリカ人だったね。ラリー。こんばんは。夜遅くに何を？」

「散歩ですよ。よい夜だし、私は不眠気味でね。町に行かれていたので？」

「ああ」

「私もですよ。名探偵とその友人《コンパニオン》に会いました。火が欲しいと呼びとめられてね」

「ほほう？」

ラリーは掌をちらりと見て、何かを確認するそぶりを見せてから、話を続けた。

「最近起きている殺人事件の捜査に関わっているという印象を、彼から受けました。そういえば、今晩も起きたらしいですね。何か聞いてますかね？」

「いや、何も」

「足元に気をつけるよう警告されましたよ。我々皆への佳《よ》き忠告だと思いますがね」

「彼は具体的な手掛かりを摑《つか》んだのだろうか？」

ラリーは頭を横に振った。

「彼は摑みどころのない男です。ただし、相方は犬がどうとか呟《つぶや》いていましたが」

「面白い」

「差し支えなければ、帰り道の途中までご同道しても？」

「もちろん」

「新月まで、まだ八日以上あります」

「天体観測のご趣味が？　ラリー」少し経《た》って、ジャックが言った。

「実はそうなんです」と、彼は答えた。

「だと思った」

我々は長い時間、黙りこくって歩いていた。ラリーの歩調は、ジャックのものとぴったり合っていた。

「あなたは、伯爵と呼ばれる男をご存知ですか？」

突然、ラリーが質問した。ジャックはしばらく黙っていたが、ゆっくりと話し始めた。

「噂は聞いている。お会いする光栄に浴したことはないがね」

「そうですか。彼が町に来ていますよ」と、ラリーは言った。「長いつきあいなので、彼が出てくるとわかるんですよ。思うに、彼は《開く者《オープナー》》です」

ジャックは再び黙り込んだ。


私は、昨日の午後の再訪のことを思い出していた。グレイモークと私は、ブーボーが教えてくれた通りの道筋を辿っていった。私が上で待っている間、彼女は地下室に入り込んだ。上に戻ってくるまでの間、彼女は長いことそこにいた。

「そうね」と、彼女。「ネズミの言葉は正確だったわ。一対の架台の上に置かれた、かなり立派な棺桶が下にあったの。それと、衣服の替えや私物が入っている開けっぱなしの鞄もあった」

「鏡はなかった?」

「なかったわね。そして、頭上の根っこの只中《ただなか》に、ニードルがぶら下がっていたわ」

「ブーボーは、取引については公正だったというわけだ」と、私は言った。

「ネズミを信じちゃダメよ」と、彼女は私に言った。「あいつ、あなたの家に忍びこんでこそこそと嗅ぎまわってたって話じゃない。たぶん、それこそがあいつの本当の目的だったのよ。あなたに捕まっちゃったから、そのことを隠すためだけに情報の売買を申し出たに過ぎないんだわ」

「俺もそのことを考えてみた」と、私は言った。「だが、俺はあいつが入ってくる音を聞いた。そして、あいつがどこにいたかもわかっている。あいつが目にしたのは、《鏡の中のもの》だけだ」

「《鏡の中のもの》?」

「そうだ。見たことはなかったか?」

「不本意だけどね。どんなやつなの?」

「ずるずるとすべる」

「あら」

「来なよ、見せてやる」

「ホントにいいの？」

「ああ」

家に着いた後、彼女は鏡に映った自分の姿に手をついて、中を覗きこんだ。

「あなたの言う通りだわ」と、彼女が言った。「あいつらは、ずるずるとすべるのね」

「興奮すると、色が変わったりもする」

「どこで捕まえたの？」

「インドの寂《さび》れた村だ。住民たちは皆、疫病で死んだかそこから逃げ出すかしていた」

「何か能力があるに違いないわ」

「ああ、奴らはねばねばする」

「あらまあ」

ジルの家に戻った時、彼女が言った。

「あなたを中に招待したり、家のものを見せたりはできないの。残念だけどね」

「それはまあ、いいさ」

「あなたは、今夜もうろつくのかしら？」

「町に行かなくちゃならないんだ」

「幸運を祈るわ」

「ありがとよ」


ジャックと私は、彼の家の近くの分かれ道のところでラリーと別れ、私たちの家を目指して西に向かった。庭に入った時、私はフクロウの匂いを嗅ぎつけ、クイックライムが訪れたのと同じ木にナイトウィンドが座っているのを見つけた。

「こんばんは」と唸ってみせたが、彼は返事をしなかった。

彼が見張りである可能性を考慮して、私は急いで家の中に駆け込んだが、そこには誰もおらず、侵入者の匂いもなかった。そして、全てがあるべき場所にあった。ということは、ただの監視だということか。私たちは互いに見つめ合うほかはなかった。

ジャックは獲得した《素材《ドッグナッパリー》》を処理するべく引っ込んだ。

私は応接間でうたた寝をした。

10月10日

一日中、絶え間なく雨が降っていたので、あまり外出できなかった。そう遠くないところに出かけることはあっても、誰にも会わなかった。退屈していたので、私は普段よりもたっぷりと時間をかけて巡回したのだが、それが幸いした。地下室に入った時、怪物《シング》どもは妙に静かだった。

理由はすぐにわかった。水漏れが起きていたのである。壁から入ってきた水が、たるんだ梁《はり》に沿って流れていき、数フィート離れた位置にしたたり落ちた。水たまりが形成され、ゆっくりと広がっていった。水たまりから伸びていく水の偽足の一本は、円が突破されるまで数十インチのところに迫っていた。私は、こういう時にうってつけの長く、大きく、物悲しげな遠吼えをあげた。それから、流れる水の上に体を投げ出し、体に巻きこむようにして毛皮に吸収した。

「おい！」と、怪物《シング》が叫んだ。「放っておけ！　正しい運命なのだ！」

「なら、俺がこうするのも同じことだ！」

私は鋭く言い返した。そして、大部分を吸収するべく水たまりの中で転げ回り、動き回り、寝がえりをうち、のたうちまわった。乾燥した部屋の隅へと移動し、私は床の上で幾度も体を回転させ、水分をさっさと蒸発させようとまき散らした。

「犬っころめ！」と、そいつはがなりたてた。「あと何分かで、うまくいったのに！」

「ついてなかったんだろうよ」と、私は答えた。

階段の上から足音がした。ジャックが来たのだ。何が起こったか見てとった彼は、モップを取りに戻った。ほどなく、彼は残っていた水たまりを拭きとり、洗面器の中でそれを絞った。その間、怪物《シング》はぷんぷんと腹を立て、ピンクや青、病的な緑に体色を変化させた。

彼は雨漏りの下にバケツを置き、また水漏れが発生したら、自分を呼ぶように言った。もっとも、もう水漏れは起きなかった。私は午後の間中、何度も確認した。

日が沈んだ頃にようやく雨があがったので、私は念のため、もう数時間見張りをしてから、外に出かけた。私は家の前に移動し、今やぬるぬるの塊と化した薬漬け肉を掘り出した。それから、オーウェンの家までそれを運び、ドアの前に置いた。

あたりは暗く、チーターも見当たらなかったので、少しうろつきまわることにした。

裏手にある巨大なオークの古木の下で、私はまちまちな製造過程の大きな枝編み籠《かご》を八つと、小さなものを七つ見つけた。周囲には、大量の太くがっしりしたロープもあった。私はあたりを嗅ぎまわった。近くにはハシゴもあった。あんなひ弱そうな老人が、こういう大変な作業をやっているとは……。

それから、庭と野原を通り抜けて、まっすぐな線を歩いていった。

目的地に辿りつく途中で、小雨がまた降りはじめた。巨大な暗雲が夜空をなお暗くし、中に短く淡い閃きが見えた後、雷鳴が低く轟《とどろ》いた。そのまま歩いて行って、私はついに博士《グッド・ドクター》の棲家に入り込んだ。まるで、低い積乱雲の真下にいるようだった。

そして、私が見ていたちょうどその時、三叉に分かれた光が落ちてきて、古い建物の屋根にとりつけられた避雷針の間を跳びはねた。直後に轟音《ごうおん》が響き、地階の窓がよりいっそう明るく燃え上がった。耳をそばだてながら草地にとどまっていると、ライデン瓶に気をつけるよう何事かをがなりたてる男の声が聞こえてきた。

さらなる光と轟音、屋根の上で燃え盛る悪魔のタップ・ダンス、叫喚、窓の焰《ほのお》が続く中、私は近くに忍びよった。中を覗きこむと、白衣を着た背の高い男が、長テーブルの上に身を乗り出していた。テーブルの上に何があるのかは、彼の体が邪魔で見えなかった。小柄で、ぶかっこうな人物が、眼をきょろきょろさせ、手を神経質に動かしながら、離れた隅にうずくまっていた。

さらなる光と、さらなる轟音。のっぽ男の右にある配電装置の上で放電が閃き、私の眼に残像を焼き付けた。背の高い男は、何事かを叫んで、一方に寄った。背の低い男は立ち上がり、踊り出した。

今や、テーブル上で何かがシーツにくるまれているのが見えた。それは、びくりと動いた。動いたのは、布の下から覗く巨大な足だったただろうか。

眼がくらむような閃光と耳をつんざく轟音が響く。部屋の中はその時、地獄そのものだった。まさにその最中《さなか》、ゆらめく布に覆い隠されて正確な輪郭がわからないものの、人間に似た大きな何かが体を起こそうとしたように見えた。

私は後ずさりし、さらなる焔が天から降り注いできた時、向きを変えて走り去った。

義務は果たした。一晩分の探索の成果としては、十分だろう。

私は博士のところからラリー・タルボットの棲家へと続く線上を歩き始めた。途中で雨を抜け、私は体をぶるぶるっと震わせた。

ラリーの家に着いた時、私の目には照明が明るすぎるように見えた。自分でも言っていたが、彼は不眠症なのだろう。

内回りに螺旋《らせん》を描いてこの場所を何度もぐるぐると回るうち、裏手のあずま屋を調べようと小休止した。乾いた泥の中に、私は家の近くで見つけたものと同じように思われる、大きな動物の足跡を見つけたのである。

近寄ると後ろ足で立ち上がり、前足を窓にかけて中を覗きこんだ。部屋の中は空っぽだった。三つ目に見た部屋は、植物で満たされた天窓のある部屋だった。ラリーがそこにいて、大きな花を笑顔で見つめていた。彼の唇が動き、低い音が聞こえていたけれど、口にした言葉までは聞き取れなかった。空気の流れなのか、それ自体の意志かどうかはわからないが、大きな花が彼の方に動いた。彼は呟き続け、私はやがて引き返した。

植物に話しかける人間はたくさんいる。

続いて私は、できるだけ方角を確かめながら、ラリーの家から伯爵の地下室へ、まっすぐの道を移動していった。途中、廃教会にさしかかり、私は模様を思い描いた。

その頃には、東の方がうっすらと明るくなり始めていた。私が考え込みながらうずくまっていると、ニードルよりもはるかに大きな蝙蝠が、木の背後を抜けて北の方から急降下した。しかし、そいつは木の反対側には出てこなかった。その代わり、柔らかい足音が聞こえて、黒い外套を羽織った黒ずくめの男が木の後ろから現れた。

私がじっと見つめていると、彼の頭が私のいる方に向けられた。

「そこにいるのは、どなたかな?」

突如、私は丸裸になったように感じた。私が演じるべき役割は、ひとつしかなかった。莫迦《ばか》な犬のようにきゃんきゃんと鳴いて転がり出ると、尾を猛烈に振りながら彼の前の地面に体を投げ出し、構って欲しい野良犬のように転げまわってみせたのである。

彼の優美な唇はかすかに、小さな笑みの形にひきつった。それから彼は身を乗り出して、私の耳の後ろをかいてくれた。

「佳《よ》い犬《こ》だ」

彼はゆっくりと、しわがれた声で言った。私の頭をなでると、彼はすくっと立ち上がり、地下室へと向かった。そこに着いた時、彼は立ち止まった。

ある瞬間はそこに立っていたが、次の瞬間には姿が消えていた。

私も立ち去るべき時だ。彼の手は、とても冷たかった。

10月11日

さわやかな朝。巡回の後、私は外出した。

博士《グッド・ドクター》の家に向かったが、厄介事には出くわさなかった。

だが、道に沿って小走りで歩いていると、右側の木立から聞き覚えのある声がした。

「あそこにいるのは、同じ犬じゃないかね。先生《サー》」と、その男が言った。

「どうしてわかったんだ？」と、返答があった。

「メモしてあった体の模様が、彼のものと一致する。それに、左前足を引きずる癖と、右耳のかぎ裂きも……」

戦争での古傷、西インド諸島での愚か者との諍《いさか》い、ずいぶんと昔のことだ……。

もちろん、話をしていたのは名探偵と彼の相棒《コンパニオン》だった。

「ここに良い友人がいたぞ」と、彼は言った。「いい犬《こ》、いい犬《こ》だ」

私は昨晩やったことを思い出し、尻尾《しっぽ》を振って、人懐っこそうに振る舞った。

「いい犬《こ》だ」と、彼は繰り返した。「どこに住んでいるのかね？　私たちをおうちに連れていっておくれ」

そう言いながら、彼は私の頭を軽く叩いた。昨日、私が会った親しげな人間よりも、ずっと暖かい手だった。

「さ、おうちに帰るんだ」

井戸の中のグレイモークのことを思い出して、私は彼らをモリスとマッカブの家へと連れて行った。ノックに応じた足音が接近するのが聞こえてくるまで、私は彼らと共に玄関で待っていた。

その後、私は引き上げて、伯爵の地下室への線を辿ることにした。興味深い結果が得られた。そこから博士の家まで線上を走り、さらに面白い結果を得た。

私はこれを幾度か繰り返して、成果を確かめた。

10月12日

ゆったりした日。《円の中のもの》が、グレイハウンド犬に化けてみせた。

だが、私は瘦《や》せた女性に全く興味がなかった。

怪物《シング》が屋根裏で幾度か唸り声をあげた。

ずるずるすべるものどもを見た。

《素材》を持ったジャックがぶらついているのを見たが、今はまだ、それらを使う時期ではなかった。

後になって、ナイトウィンドがクイックライムを摑みあげ、遠く離れたところに運んで行き、テムズ川に叩きこんだことをグレイモークから聞かされた。彼は川岸に流れ着き、長い時間をかけて這い戻ってきたということだ。彼らの間で、どのような議論があったのかはわからない。

近所で何件か、唐突かつ重篤な貧血の事例が起きていることを知った。伯爵が犬に手を出さないのは、ありがたいことである。

その夜、私はジャックにスリッパを持っていった。彼がパイプをふかしながらシェリーをちびちびと飲み、新聞を読んでいる間、私は燃え盛る暖炉の焰を前に、その足元に横たわっていた。彼は殺人や放火、切断、墓泥棒、教会への冒瀆《ぼうとく》、異常な窃盗などにまつわる記事を全て、声に出して読み上げた。

大変愉快なことに、事件のいくつかは我々の仕業だった。

たまには、家で過ごすのも悪くはない。

10月13日

今日は、名探偵が再びやってきた。

何かを埋めていた生け垣から彼がちらりと見えただけで、彼の方は私を見なかった。

後でグレイモークから聞いた話では、彼はオーウェンを訪問したようだ。オーウェンとチーターは外出していたので、彼は周辺を見て回り、枝編み籠を発見した。

彼女の言によれば、名探偵の助手はいくつかの枝の強度を確かめようとハシゴでオークの木に登らされ、落下して手首を痛めたという。幸い、彼はヤドリギの塊の上に落下した。さもなければ、もっとひどいことになっていたことだろう。

その夜、私は巡回中に、二階の窓で擦るような音を聞いた。そこに向かって、外を見据えた。最初は何も見えなかったが、やがて小さな姿がばたばたと前後に動いていることに気づいた。

「スナッフ！　中に入れて！　助けてくれ！」と、そいつは叫んだ。

ニードルだった。

「お前たち（吸血鬼とその眷族）を中に招き入れるほど、俺は愚かじゃないぞ」

「そいつはボスの話！　僕はただの蝙蝠だ！　トマト・ジュースだって好きじゃないよ！　お願いだ！」

「何が起きた？」

壁の向こう側から、ずしん、という大きな音が聞こえた。

「教区司祭だよ！」と、彼は叫んだ。「イカれてるんだ！　中に入れてくれ！」

私は前足で掛け金をはずし、窓を押した。数インチほど開いて、ニードルが中に入ってきた。彼は床に落ちて、激しく喘いだ。ずしん、という音が外から聞こえた。

「恩に着るよ、スナッフ」と、彼は言った。「一分だけ待ってくれ……」

私は二分待って、彼は動けるようになった。

「この辺に、虫がいたりしないかな？」と、ニードルは尋ねた。「新陳代謝が速い上に、今まで活発に動いてたものでね」

「捕まえるのはちょいとばかり手間だ」と、私は言った。「奴らは素早いからな。フルーツはどうだい？」

「フルーツも、いいね……」

「台所に大皿がある」

彼は疲れ切っていて、飛べなかった。私が口にくわえて運んでいこうにも、彼の体はもろすぎた。そこで、私の毛皮にしがみつかせることにした。

階下に向かう途中、ニードルは「イカれてる、イカれてる……」と繰り返していた。

「その件について教えてくれ」

私がそう言ったのは、彼がプラムと二粒のブドウをたいらげた後のことだ。

「教区司祭のロバーツが、どうやら近隣に不自然な何かが存在すると確信するようになったんだ」と、彼は言った。

「奇妙な話だな。どういうわけで、あいつはそれを信じるようになったんだ？」

「血液をすっかり失った死体や、貧血の人々。そいつらはみんな、蝙蝠の出てくる鮮明な夢を見てる。まあ、そんなところだよ」

私は散歩中に時々、ロバーツ司祭に会った。彼は長い頬髭《ほおひげ》をはやした小柄な太っちょで、時代遅れな服装をして、正方形のレンズと金フレームの眼鏡《めがね》をかけていた。

説教が最高潮になると、彼の顔はしばしば真っ赤になり、周囲につばを飛び散らせた。

彼はまた、痙攣《けいれん》から意識を失い、異常な恍惚《こうこつ》状態に陥ることがあった。

「彼のようなヒステリー性人格なら、そういうこともあるだろう」と、私は言った。

「僕もそう思う。いずれにせよ、彼はここのところ、《空飛ぶ杭》とか呼んでるクロスボウと矢筒で武装して、教区を夜毎に走り回っているんだ。玄関の方から音がする！　賭けてもいい、あいつが来たんだ！　僕をどこかに匿《かくま》ってくれ！」

「その必要はないよ」と、私は言った。「御主人《マスター》は、危険な武器で武装した明らかな狂人に、家の中を調べさせたりはしない。ここは、平和と優雅の場所だからな」

ドアが開き、私は彼らが話をするのをおとなしく聞いていた。司祭の声が上ずったが、紳士たるジャックは普段の柔らかな、丁寧《ていねい》な口調で応対した。司祭は、夜の生き物や不浄なる儀式、生ける冒瀆やその種のことについてがなりたてた。

「あなたは、それに聖域《サンクチユアリ》を与えたのですぞ！」という叫び声が聞こえた。「私はそれを追ってきたのだ！」

「そんなことがあるんですかね」と、ジャックは答えた。

「私には道徳的な正当性がある！　私こそがそうなのだ！」と、教区司祭は言った。

やがて、取っ組み合いの音が聞こえてきた。

「ちょっと失礼するよ、ニードル」と、私は言った。

「もちろんだよ、スナッフ」

正面廊下へと走って行くと、ジャックは既《すで》に扉を閉め、ボルトで固定していた。彼は私を見てにっこりと笑った。背後からは、どんどんと叩く音がしていた。

「何の問題もないよ、スナッフ」と、彼は言った。「かわいそうな人間に犬をけしかけるつもりは、毛頭ないからね。ところで、お前の友人はどこにいるのかな？」

台所の方をちらりと見ると、彼は私よりも早足でそちらに向かった。

私が着いた時、彼はもうニードルにブドウをあげていた。

「《夜の生き物》」と、彼は言った。「《生きた冒瀆》、ね。ここなら、きみは安全だ。何なら、桃を御馳走《ごちそう》しよう。桃はお好きかな？」

彼は口笛を吹きながら立ち去った。玄関では、一分ほど扉を叩く音が続いていたが、やがて静かになった。

「あの男、どうすればいいんだろう」とニードルは尋ねた。

「まあ、関《かか》わらないことだな」

「言うは易《やす》しさ。昨夜はナイトウィンドと、一緒にいたチーターを射ったんだ」

「なぜだ？　彼らは血を好むものではないのに」

「それだけじゃなくて、彼は幻視《ビジョン》を見たというんだ。邪悪なる男女とその使い魔たちが、何か大きな心霊的なイベントに参加していて、互いに戦い合い、人類の平安を脅《おびや》かす。

吸血鬼の仕事はその最初の徴候《しるし》だというのが、彼の根拠なんだよ」

「どんなお節介野郎が、奴にそんな幻視を見せたんだ？」

「皆目わからないよ」と、ニードルは言った。「だけど、あいつは明日にも、きみかジャックを射つかもしれないよ」

「おそらく教区民は、彼をヨーロッパに行かせることになるだろうな」と、私は言った。

「健康に効く温泉か何かに入れるように。俺たちに必要なのは、ほんの二週半ほどだ」

「どうだかね。実際、彼の幻視は一部の教区民の賛同を得ているみたいなんだ。今夜、クロスボウで武装しているのは彼一人じゃなかったし」

「俺たちは、そいつらを特定し、どこに住んでいるか調べて、どこに行くのかをこの目で見張らなければならないだろうな」

「僕は目じゃなくてエコーロケーションを使うんだけど、言ってることはわかるよ」

「ナイトウィンドとチーターはもう、いやってほど知っているか。俺はグレイモークに話をするから、きみはクイックライムとブーボーに伝えておいてくれ」

「タルボットの仲間は？」

「俺が知る限り、ラリー・タルボットには野菜以外のお友達《コンパニオン》がいない。彼なら、自分のことは自分で面倒を見られるだろうさ」

「わかった」

「……さて、俺たちは連中が何者で、どこで暮らしているかについて、全員の同意のもとに拡散しなければならない。あいつらみたいな人間にとっては、我々の陣営がどちらだろうと関係ないだろうからな」

「この件では、きみに同意するよ」


その後、私は表に出て周囲を調査したが、クロスボウで武装した人間は近くにいなかった。そこで、私は窓を開け、ニードルを外に出した。

教区司祭の矢が、頭上の壁板に突き刺さっていた。

10月14日

私が庭にやってきた時、グレイモークはちょうど何かを掘り出し終えて、家に引きずっていたところだった。私は昨晩から現在までの出来事を彼女に伝え、彼女は蝙蝠を決して信用しないよう私に注意しつつも、教区司祭とその一団がもたらす脅威の重大性を認めた。昨晩、丘の上にいたらしい何者かが彼女とジルを頭ごしに射撃して右往左往させ、煙突の近くでエキサイティングなひとときを過ごさせたのである。

作業を終えたグレイモークは、こう言った。

「あなたに話しておきたいことがいくつかあるの」

「いいとも」

「重要なものから順番に行きましょ。これを見せた方がいいわね」

私は彼女の後について庭から出た。

「昨夜、ロンドンの警察官がテレンス巡査を訪問したんだけど」と、彼女は言った。「クイッククライムと私は、彼が栗色の馬に乗って通り過ぎるのを見たわ」

「それで？」

「後になって、チーターは雌馬が野原で新芽を食べているのを見て、何かがおかしいって言ってたわ。そのあたりを調べたんだけど、近くに騎手は見当たらなかった。それからしばらくして、私たちは立ち去ったの」

「俺を呼んでくれるべきだったな。匂いを辿れたかもしれないのに」

「そうしたわ。だけど、あなたは近くにいなかった」

「少しばかり雑用があってね……それで、何があったんだ？」

「その後は、私たちが今まさに向かっている、あなたの家の近くにある別の野原にいたの。飛んだり降りたりしている二羽のカラスがいたから、ランチにちょうどいいと思ったのよね。そしたら、カラスの方もお食事中だったわけ。警官の目玉を食べていたのよ。彼は、草むらの中に横たわってた。すぐそこよ」

私たちは、そこに近づいた。鳥たちはすでに飛び去り、目玉もなくなっていた。男は制服姿で、喉をかき切られていた。私は座り込んで、じっくりと眺めた。

「まったく気に入らないな」最後に、私はそう言った。

「そうでしょうね」

「近すぎる。俺たちは、すぐそこに住んでいるんだ」

「でもって、私たちもあちらに住んでるわ」

「もう、誰かに話したのかい？」

「いいえ。それで、あなたがよっぽど優秀な俳優じゃない限り、あなたの主人のしわざではなさそうね」

私は頭を横に振った。

「そんな莫迦な」

「ジャックは、ある種の儀礼刀を魔術的に操るという話よね」

「そして、オーウェンには鎌がある。だが、それがどうした？ラストフは、イスラム教に見切りをつけた狂えるアラブ人が描いた素晴らしいイコンを持っているが、キッチンナイフを使うこともできた。ジルには箒があるが、彼女だって喉を切る何かを見つけることができるだろうさ」

「あなた、あのイコンのことを知ってるのね！」

「むろん。魔道具の痕跡を抑えるのも、俺の仕事だ。俺が番犬だってこと、忘れちゃいないだろうな？　で、伯爵はたぶん指輪を持っていて、博士には杯《さかずき》がある。思うに、こいつはただの殺人だ。だけど、誰かが死体を俺たちの近所に置いた。それもただの死体じゃない。警官の死体をだ。捜査が始まり、俺たちみんなが後ろ暗く、挙動不審の人間たちだと露見してしまう。俺たちは二、三週間ばかりここにいるつもりだった。今のところ、できるだけ多くの活動をこの地域の外側で行い、比較的目立たないよう心がけてる。だが、俺たちは全員スネに傷のある短期滞在者だ。こいつはとんだ番狂わせだよ」

「もし、死体が見つかれば、ね」

「そういうことだ」

「穴を掘って、その中に埋めてしまったら？　あなたが骨を埋めるのと同じやり方で、大きいだけの違いでしょ？」

「彼らが捜査を始めて、出来たばかりの墓を見つけるだけのことさ。だめだ。そいつをどこかに運んでしまわないと」

「あなたくらい体が大きければ、それを引きずっていくこともできるでしょうね。あの廃教会に運んで、開口部から押し込んでしまうのはどう？」

「近すぎるな。それに、人間たちがそのへんをひっかき回すのを危惧して、伯爵がどこか別のところに移動してしまう可能性がある」

「それがどうしたの？」

「彼の居場所は、把握できるようにしておくのが得策だよ。彼が移動すれば、俺たちは改めて彼を探さないといけない……」

「死体、ねえ」と、彼女は興味本位の思考の連鎖を中断して言った。

「こんなことを思いついた。ひどく遠いけれど、何度かに分けて引っ張って行って、川に放り込んでしまうのさ。道すがら、これを隠しておける場所はたくさんあるし……」

「馬のことはどうするの？」

「クイッククライムに相談してくれないか？　何が起きたか話をして、俺たちの推論を伝えるんだ。大抵の馬は、蛇を怖がっている。あいつならたぶん、馬を怖がらせて町に走って戻らせることができる」

「試してみる価値はありそうね。とりあえず、あなたが死体を運べるかどうか、試しておいた方がいいんじゃないかしら」

私は死体の背面に回ると、襟元を咥《くわ》えて足を踏ん張り、引っ張った。彼は見た目よりも軽いようで、湿った草の上をうまく運ぶことができた。

「大丈夫、動かすことができるよ。一回で川まで運ぶことはできないにせよ、少なくともここから移動することはできそうだ」

「よかった。クイッククライムが外にいるかどうか、探してみるわ」

彼女は急いで走り去り、私は警官を引っ張り始めた。彼は、ぐちゃぐちゃになった顔を曇り空に向けていた。午後いっぱいかけて私は引きずり、休憩し、死体を二度ばかり隠した。一度目は人間たちが近くにいた時、二度目は巡回するため帰宅した時である。

《旅行鞄の中のもの》が、再び悪さをしていた。

帰途、道に沿ってあの馬が走り去っていくのを見た。

夕方には、私はすっかり疲れ果てていた。それで、死体《コープス》を雑木林《カープス》に残し、睡眠と食事のために帰宅した。

まだ、半分も進めていなかった。

10月15日

曇り空と、霧雨が続いている。私は巡回を済ませ、家の周りを調査しようと早々に外出した。私は夜のうちに何度か出かけて、もう少し遠くに遺体を移動させた。今朝は、骨身にこたえるほど疲れていた。そして、ニードルが明け方にやってきた。

「あいつがまた、クロスボウの一団と連れ立っていたんだ」と、彼は報告した。「全部で何人いるのかはまだわからないけど、一人の棲家はわかったよ」

「後でな」と、私は言った。「大忙しなんだ」

「了解」と、彼は答えた。「僕たちの時間が空いた時、今晩にでも」

「何か、警察がらみの話はないか？」

「警察？　どういうこと？」

「気にするな。後で会った時にでも話そう。ほかの誰かが伝えなければな」

「じゃ、また後で」ニードルはそう言って、走り去った。

私は、一歩も先に進めなくなるまで、死体を引きずっていった。

その後は、自分を引きずるようにして家に戻った。顎が痛み、前足がひりひりし、ゾンビの事件で負った古傷が再発した。

木の下で休憩していると、グレイモークがやってきた。

「ごきげんいかが？」と、彼女は尋ねた。

「まずまずだね」と、私は答えた。「道はまだまだ長いが、あいつは安全に隠されてるよ。馬が去っていくのを見たけど、きみが手を回してくれたんだろうね」

「ええ。クイックライムはとっても協力的だったわ。あなたも、彼の演《だ》しものを見るべきだったわね。お馬さんは、それはもうびっくり仰天よ」

「そりゃあ、いいね。誰かが近くにいたりしたかい？」

「いたわ。事前に巡査の家を見に行ったんだけど、町から来た捜査官がいてね。そこには、名探偵と彼のお友達《コンパニオン》もいたの。手首に包帯を巻いてね」

「気の毒にな。彼らは、長いことそこにとどまっていたのかい？」

「捜査官は違うわ。でも探偵は、教区司祭たちを訪問しようと残っていたみたい」

「何てこった！　あいつらにどんなことを話したんだろう」

「話を聞ける位置にいなかったのよ。だけど、探偵はその後も長いこと、近所を歩き回ってたわね。それどころか、あの人たちは博士の家にも足を向けたわ」

「伯爵の棲家の方には向かわなかっただろうね」

「行かなかったわ。彼らは立ち止まって、養蜂《ようほう》についてオーウェンに聞いていたわ。もちろん、話しかける口実よ。それから、彼らがあなたのお宅の横に突き刺さっている矢についてメモをとっているのを、私は近くで見たわ」

「畜生！」と、私は言った。「すっかり失念していた。あの矢もどうにかしないと」

「これから、いくつかのものを埋めに行かなくちゃいけないの」と、彼女は言った。

「後でまた、お話をしましょ」

「ああ。俺にも仕事があるからな」

私は改めて巡回してから、少しでも遠くへ巡査の死体を引っ張って行こうと出発した。死体は硬直している時もあれば、弛緩《しかん》している時もあった。硬直している時の方が運びやすいのだが、死体は再びぐにゃぐにゃになっていた。

夜。ジャックは、もう一度外出したがっていた。ゲームもこの段階にまで進むと、タイムリミット間近のアイテムが買い物リスト中に目立つようになる。今回の目的地は巡査たちでいっぱいで、何人かは二人組で歩いていた。

気ちがい《クレイジー》ジルがある場所でシューッと音をたて、数名がそちらに向かった。

酒場の開いたドア越しに、私はラストフが独《ひと》りでテーブルにつき、ウォッカの瓶とグラスを傾けているのを見た（もしクイッククライムが彼の内臓《はらわた》の中にいたら、いったいどんな目に遭っていることやら）。

ブーボーによく似たネズミが、一本の指を口にくわえてちょこちょこと走っていた。オーウェンは、すすで顔の汚れた二人組の仲間と千鳥足で歩き、ウェールズ語で意味のわからない歌を歌っていた。

かつらをつけて女装し、べったりと口紅をつけたモリスが、マッカブの腕にしがみついているのも見た。

「パーティの時間ってやつさ」と、ジャックが評した。「事態が深刻になる前のな」

眼帯をし、四肢が不自由で、しわだらけの手をぶるぶると震わせたもじゃもじゃ髪の男が、錫《すず》のコップに入れた鉛筆を売っていた。男が霧の中から現れるより速く、私は彼の前に出て警戒した。匂いから、それが名探偵の変装だとわかっていたからだ。

ジャックは彼から鉛筆を買い求め、気前よく支払った。

「あんたに祝福を、だんな」

彼はもごもごと言って、足を引きずりながら去っていった。

今回の我々の探索は非常に難易度が高く、御主人《マスター》もいつになく無茶をした。

笛を吹きならし、追いかけてくる巡査たちからの逃亡中、左にあった扉が開かれ、「こちらへ！」という聞き覚えのある声が言った。

我々が飛び込むと、背後で静かに扉が閉まった。それから、警官たちが慌ただしく通り過ぎて行った。

「感謝する」というジャックの囁き声が聞こえた。

「お役に立てて嬉しいですよ」ラリーが答えた。「皆、今晩は外出中のようですね」

「その刻《とき》が迫っているからね」と、ジャックは言った。

彼の荷物から、滴《しずく》が静かにしたたり始めた。

「タオルを持ってきましょう」と、ラリーが言った。

「ありがとう。でも、どうしてそれが必要だと？」

「物事を予見する業《わざ》があるんですよ」と、ラリーは言った。


彼は、今回は同行しなかった。私は橋の少し先で離脱し、もっと遠くまで引きずって行こうと死体のところに引き返した。何者かに数カ所ばかりかじられていたが、死体はほとんど損なわれていなかった。

奮闘中、グレイモークの挨拶の声が頭上から聞こえてきた。だけど、私の口はいっぱいで、見上げるために作業を中止したくなかった。

10月16日

昨晩、私は死んだように眠り、痛みで眼を覚ましてから巡回に出た。

「アフガン・ハウンドはいかがかな?」

愛らしくも貴族的な姿に変身した《円の中のもの》が提案した。

「悪いな。今日は疲れてるんだ」と、私は答えた。

そいつは悪態をつき、私はそこを離れた。

這いずるものは、青い色になって一角に固まっていた。理由はよくわからない。

人生の、ささやかな神秘のひとつである……。

クロスボウのボルトで木に釘付けにされ、命を落とした蝙蝠を外で見つけた。ニードルではなく、ただの蝙蝠だった。どうにかしなければ……。

私はいくつかの部位が欠け、異臭を漂わせている死体のところに戻り、次の隠し場所に引きずって行った。やる気の出ない仕事で、やがて、それ以上進めなくなった。

私は家に引き返した。顎と首、足が痛んだ。

足元から、「死にたい、死にたい」という小さな声が聞こえてきた。

「クイックライムじゃないか、どうしたんだ？」と、私は尋ねた。

「御主人様が悪酔いしていてね」と、彼は言った。

「この機を捉《とら》えて、出てきたんだ。死んでしまいたい」

「道に横たわっていれば、手押し車か何かがお前さんの望みをかなえてくれるだろうさ。脇によけた方がいいな。ほら、手伝ってやる」

私はすっかり参っている爬虫類《はちゅうるい》を藪の中に運んだ。

「スナッフ、私はどうすべきだろうか」と、クイックライムは尋ねた。

「ひなたぼっこして汗を流し」と、私は彼に言った。「水分をたっぷりとるんだな」

「効き目があるのかどうかわからない」

「きっと気分がよくなるさ。俺を信じろ」

岩の上で唸っている彼を放置し、私は帰宅して、体を引きずるように巡回した。

御主人《マスター》は外出中だった。

私は応接間で眠ったり起きたりし、食事をとり、再びうたた寝をした。

しばらくして、私はジャックの足音が玄関に近づいてくるのを聞いた。ラリー・タルボットが同行していることは、足音からわかった。彼らはドアの外で足を止め、歩きながら戦わせていた議論を続けた。

彼らは、テレンス巡査の事務所から戻ってきたところらしかった。私が野原を引きずりまわしている行方不明の警官についての市警の質問を受けるべく、この界隈の数多くの人間が、彼らと共に呼び出されていたのである。近所の者たちの別のグループが彼らに続いてやってきて、捜査が続けられたのだろうと推測した。私の直感では、彼らは何か遺留物を見つけたのかもしれない。

「……ロバーツ教区司祭は、まるで我々全員が犯人だとでも言いたげに、睨《にら》みつけながら座っていましたよ」と、ラリーが言った。「どんな権利で、公の捜査に加わっているのでしょうね？　彼は、イカれてるなんてものじゃないのに」

「幸運なことに」と、ジャックは応じた。「そうでなければ、誰かが彼のばかげた考えに気をとめることになったかもしれない」

「違いない」と、ラリー。「誰かがいなくなるなら、あの男こそが最適でしょうに」

「だが、もしそうなれば、彼の幻視を信じる者も現れるだろう」

「もちろん」ため息が続いた。「彼が余計なことをして話をややこしくしているので、八つ当たりしたくもなるんですよ」

彼は、再びため息をついた。次いで、「彼はクロスボウを持っていなかったみたいですね」と付け加えた。

「クロスボウを持ってきていたら、皆も眉をひそめることになっただろうにな」

二人は忍び笑いをした。

「ラリー」

急にジャックが言った。

「正直に言って、きみのことが全くわからない。自分が何をしているのかについて、知《ち》悉《しつ》していることは明白だ。きみが俺を助けてくれたことは確かだし、そのことは否定しようもない。感謝している。だが、きみは明らかに、力関係をいずれかの勢力に集中させるために必要なアイテムを集めていない。最初の日、きみが出現した時、自分が《閉じる者《クローザー》》だと名乗ったことは、いささか無粋《ぶすい》なことに思えた。それすらも、計画的なものだったのじゃないかと俺は今、疑っている。俺の知る限り、きみは来るべき日に対する防備を集めることはもちろん、終わりを進めるためにも何もしていない。事実その通りなのだとしたら、きみは協力者を装ってゲームの内にあり、災いを招いている」

「あなたは、私がそのことを告げた唯一の人間ですよ、ジャック」と、ラリーは答えた。

「なぜだ？」

「もちろん、ほとんどの参加者たちに会いはした。だけど、あなたにある何かが、私の立場を明かしても大丈夫だと確信させてくれたんだ。たぶん、犬に関係があるのでしょうね。私には、予見の力があるって言ったでしょう？」

「だが、それならきみの役割はいったい何なんだ!?」

「誰であれ、私が全てを話すことは決してない。そうすれば、予見を最初からやり直さなければならないし、予見出来た時には遅すぎるかもしれないんです。もう、こんなに遅い時間だ。そろそろ、私はお暇《いとま》しますよ」

「俺は、きみと決別するつもりだった。だが、きみの言葉の背後には、何かしら確かな根拠が感じられる。きみがその気になったら、きみの意図を教えてくれ」

「わかりましたよ」

二人が掌を打ち合わせる音が聞こえてから、ラリーの足音が遠ざかっていった。


その後、私は少しばかり遠くに死体を引っ張っていこうと引き返した。地面が柔らかくなった場所にさしかかった時、ひどいことが起きた。茨《いばら》にひっかかり、落ちていた枝に絡まり、土の盛り上がったところに挟まって動かなくなったのだ。

このあたりでいくつかの部位をなくしてしまったが、私は疲れ切っていて、見つけ出すことができなかった。とうとう私は断念し、家に帰った。その夜は新月の前夜《イブ》なので、夜中に再び出かける可能性があった。休息が必要だ。

帰り道で、私は石の上にクイックライムを探したが、彼はどこにもいなかった。ただ、ぐねぐねとひきずったような跡が続いていた。

グレイモークが、一番目立つ木の枝で、私の帰りを待っていた。

騒動が続いているのに、釘付けにされた蝙蝠がいなくなっているのが気になった。矢はまだ突き刺さったままだったのだが。

「スナッフ」と、彼女が木から降りながら尋ねた。「まだ終わってないの？」

「そう言わないでくれ」と、私は言った。「こいつは大仕事なんだ」

「ごめんなさい」と、グレイモークが言った。

「今日、御主人様と巡査のところに行ってきたんだけど、私が聞いた話ではね……」

「彼らは何て言ったんだ？」

「彼がここに来たこと、そして戻らなかったことを知っていて、くまなく探し回ってるのね。彼を発見するまで、あるいは彼に何が起こったかわかるまで。そんな感じ」

「目新しいことは何もなしか。どんな質問をされたんだ？」

「大した話じゃなかったわ。御主人様はいつもみたいに狂人のふりをして、彼は妖精の取り替え子として連れ去られたんだって話してた。彼らは、彼女に静かにするよう懇願してたわ。ラストフは突然、普段より英語がヘタになった。モリスとマッカブはとっても礼儀正しく、自分たちは何も知らないと言ってたわね。ジャックは上品で、とても同情的ではあったけど、情報を付け加えたりはしなかった。博士《グッド・ドクター》は、彼が研究を続けようとした静かな村が突然、彼が逃れたかった喧噪《けんそう》に見舞われたことに憤慨してた。ラリー・タルボットは彼に会ったこともなくて、オーウェンは話をしたけれど、その後は会っていないと話してたわね。彼と別れたあと、どこに行ったのかわからないって。警官がざっくり説明した時系列表によれば、オーウェンが最後に彼と会った人間なのかも」

「教区司祭は？」

「悪魔の仕業《しわざ》を隠蔽《いんぺい》するべく、誰かが嘘をついてるって言ってたわ。そして、そいつを突き止めてやるんですって」

私は乾燥した草地で体を転がし、茨のとげを歯で取り除いた。

「どのくらい進んだの？」とグレイモークは聞いた。

「たぶん、三分の二くらいだな。厄介な場所にさしかかってね」

「彼らはこのあたりから探し始めて、その後に外に向かうはず。時間はまだあるわよ」

「そいつは安心だ。今晩は出かけるのかい？」

「たぶんね」

「明日、月が死に絶える。事態がどう動くにせよ、お互いに恨みっこなしでいこう」

「そのつもりよ」

「川へ行く途中で、ネコハッカ（イヌハッカの駄洒落）の大きな茂みを見つけたんだ。俺たちが今回の事件を切りぬけられたら、飲み物を奢《おご》ってやるよ」

「ありがと」

彼女は伸びをした。私も伸びをして、あくびをした。

私たちは頷《うなず》きあい、そこで別れた。

10月17日

まもなく始まる。今宵《こよい》は新月だ。月が満ちていく今日から三一日にかけて、力は上昇し続け、その力が私たちを引き寄せるだろう。

上昇に伴って我々も仕事を始め、それが我々を引き離す。

ここから先の日々は、面白くなることだろう。彼らの行動によって、《開く者《オープナー》》と《閉じる者《クローズ》》のいずれであるか明らかになるのだ。

昨晩は、我々が協力しあえる最後の日だったのかもしれない。


ジャックは、いくつかの最終的な《素材》を得るため、墓地を訪れておきたかった。

彼は、以前行ったことのある、遠くに孤立した墓地に赴くことにした。シャベルと半球レンズ付きのランタンを携え、馬に乗った彼の傍《かたわ》らを、私は小走りでついていった。

墓地の外の木立の中に馬を繋ぎ、我々は歩いて行った。

むろん、とても暗い夜だった。しかし、ランタンの助けを借りて、我々はすぐに都合よく人目につかない、最近埋葬されたばかりの墓を見つけた。ジャックはただちに作業をはじめ、私はあたりを見回った。心地よく穏やかな一〇月の晩で、星々が頭上で輝く中、数匹の蝙蝠が飛びまわっていた。

足音が聞こえたが、こちらに向かっていないので、御主人《マスター》に告げる理由もなかった。

私は、我々がいる狭い範囲を、ゆっくりと巡回した。ややあって、巨大な何かが頭上を通り過ぎ、降下しはじめた。しかし、そいつが着地したのは我々の近くではなく、近づいてくるそぶりも見せなかった。

少しして、同様に大きな何かが通り過ぎ、先ほどとは違う場所に降り立ったが、やはり近づいてくる様子はなかった。私は注意を払っていたが、何の警告も発しなかった。

その後、それを追跡してきた複数の馬の足音、馬から降りる音、さらに多くの足音が聞こえた。続いて荷馬車が停車する音と、ブレーキがかけられる音が聞こえた。

囁き声があちらこちらから聞こえた。こうした活況に、私は不安を感じ始めた。遠くまで巡回し、聞き耳を立てると、あちこちからシャベルの音が聞こえ始めた。

「あんたのことは覚えとるよ」という声が近くから聞こえた。

「でっかい歯をした番犬だ。儂と同じ、な」

それは、巡回中の墓地犬だった。

「こんばんは」私は言った。「ああ、覚えてるよ。急に大賑わいになったようだ」

「多すぎやしないかね」と、彼は答えた。「警報を鳴らそうとは思わんが。袋叩きに遭うかもしれないからな。結局のところ、どいつもこいつもくたばっとる。誰に構うことがあるもんか。奴らも不平を鳴らすまい。年をとって、すっかり慎重になってしもうた。

戦うようなこともなくなったしの。じゃが、終わった後に埋め戻して欲しい。お前さんから、そう伝えてもらえんかのう？」

「どうだろうな」と、私は言った。「誰が誰だかわからない。あんたが考えているような、組織的かつ秩序だった作業ってわけじゃないんだよ。俺たちについて言えば、いつだって、なるたけ効率的に作業を終えて、さっさとずらかるんだがな」

「なるほど。お前さんたちが、自分の分の後始末をしてくれる分には歓迎じゃよ。そうすりゃ、儂の手間も減るからのう」

「俺は御主人《マスター》の言葉を代弁しているだけだが、彼はいつも、そのへんはきっちりしてるよ。他の連中については、あんたが自分で話をつけた方がいい」

「放っておくしかないかのう」と、彼は言った。「やれやれじゃ」

私たちは、少しの間、一緒にぶらついた。その後、丘の下からマッカブのものによく似た声音の大声があがった。

「畜生！　左大腿骨《ひだりだいたいこつ》が必要なんだが、こいつは欠けてやがる！」

「左大腿骨と言ったか？」

しわがれた老人の声が聞こえてきた。オーウェンの声のようだ。

「不要な右大腿骨ならあるんじゃが。肝臓はあるかの？　儂はそっちが必要なんじゃ」

「了解だ」と、答えが返った。「ちょっと待ってろ。そら！　交換するか？」

「あんた、持っとるのか！　そら、受け取れ！」

何かが丘の下へ飛んでいき、慌てて走る音が続いた。

「結構！　そら、肝臓だ！」

ぱしっという音が上方でして、「手に入れた！」という呟きが聞こえた。

「ねえ！」続いて、左の方から女性の声がした。「事のついでなんだけど、頭蓋骨《ずがいこつ》をお持ちじゃないかしら？」

「あるぞ！」と二番目の男が言った。「あんたは何をくれる？」

「何が必要なの？」

「指の骨じゃ！」

「あったわ！　撚《よ》り糸でひとまとめに結んでおいてあげる」

「そら、ここにあんたの頭蓋骨がある」

「ゲット！　あんたの探し物も、すぐに送るわ」

「絞首刑に処された男の、砕けた脊椎はあるかね？」

右方の遠く離れたところから、ハンガリー訛《なま》りの低い男性の声がした。

一分ほどの沈黙の後、「ここに、いくつか潰れたやつがある。どうしてそうなったのかはわからないがね！」

「まあ、それで何とかなるだろう。まとめてこちらに寄越してくれ！」

白くて素早い何かが、星明かりの下、空中を飛び過ぎていった。

「うむ。これで作業ができる。対価は何だ？」

「そいつは奢りだ。俺はもう終わったよ。おやすみ！」

急いで遠ざかる足音が続いた。

「見たかい？」と、老犬が言った。「彼奴《きやっ》め、埋め戻していかなんだ」

「すまんね」

「儂は徹夜で土を蹴ることになるだろうよ」

「悪いが、俺は手伝えないんだ。自分の仕事があるんでな」

「誰か、眼球を持っていないか？」と、呼び声がした。

「ここに一揃いある」と、ロシア訛りの人物が言った。

「片方くれよ」

「もう片方は、私がもらいたい」と、逆方向から貴族的な声がした。

「あんたらのどちらかが、一組みの浮動肋骨か、一対の腎臓を持ってないか？」

「ここに腎臓がある！」と、新たな声が聞こえた。「膝蓋骨《しつがいこつ》が欲しい！」

「何だ、それは」

「膝の骨だ！」

「ふむ？　それなら……」


外に出る際、我々は門の近くでシャベルにもたせかけ、半ば眠りこんでいる白髭のひ弱そうな男とすれ違った。ぱっと見、夜の空気を吸いに出てきた寺男にしか見えなかったが、彼の匂いは名探偵のもので、眠りこんでなどいなかった。

どうやら誰かが、どこかで我々の儀式のことをおおっぴらに話したらしい。ジャックは自らの音を消し、我々は影から影へと身を潜めて退散した。


疲れきった番犬を除けば、我々は皆、満足のいく成果を得た。

このような時は稀《まれ》で、儚《はかな》いものではあったが、そうした瞬間を手にし、測り、揃える時、そしてまた後に、苦難の時に思い返す時、優しい思い出の殿堂は、燃え上がる炎に映えて、明るく輝くのだ。

お赦《ゆる》しを。よく言われるように、新月は追想を引き起こすものである。

巡回の時間だ。それから、もう少しばかり死体を引きずりに行くとしよう。

10月18日

昨日は最初に、死体を泥から引っ張りだそうとしたのだが、そこからまだ抜け出せないうちに、彼を置いてきた。私は疲れきっていたのである。

ジャックは《素材》を持って奥に引っ込んでいた。

警察がこのあたりを捜索していた。教区司祭も出張って、捜索隊を叱咤《しった》し続けていた。

夜になってから、私は泥のところまで引き返した。二、三匹の害獣どもを追い払い、長距離の牽引を再開した。私が独りでないことに気づいたのは、一時間以上作業を続け、喘ぎながら休憩をとっていたときのことだった。

彼は私よりも大きく、私が羨《うらや》むほど静かに移動した。まるで夜の一部が切り離され、闇の中で動きだしたかのようだった。私が気づいたことがわかったのだろう。彼は大股で、やすやすと私に接近した。

それは、私がアイルランドの外で見たことのある、最大の犬の一頭だった。

訂正しよう。彼が来た時、本物の犬ではないことがわかった。私の方に迫ってきていたのは、巨大な灰色狼《はいいろおおかみ》だったのである。

死体から飛びすさり、こういう化け物に出くわした場合にとるべき、従順な姿勢について の知識を大急ぎで思い返した。

「あなたに差し上げましょう」と、私は言った。「なに、構いませんよ。あまり良いものじゃありませんけどね」

いよいよ彼が近くに迫った。途方もない顎、巨大な野獣の眼……。

そして、彼は座りこんだ。

「こんなところにあったとは」と、彼は言った。

「何がです?」

「行方不明の死体だよ。スナッフ、きみは証拠品を勝手にいじっている」

「既にいじくられたものをいじっていると言うべきですがね。あんたは誰なんです?」

「ラリー・タルボットさ」

「信じられない。あんたは巨大な狼で……ああ、なるほど」

「狼でもあるのさ」

「なんとまあ。そうか、あんたは変身したんだ。だけど、月も出ていないのに」

「そうだね」

「実に巧妙だ。いったいどうやって？」

「ある種の植物を使うことで、満月の時以外は理性を完全に保ったままで、どちらの姿にもなれるんだよ。満月の時は勝手に変身して、不幸な事件が起きることになる」

「なるほど。まるで狂戦士《バーサーク》みたいだ」

「その通り」と、彼は言った。「狼戦士《ヴルフサーク》さ」

「どうしてここに」

「きみを追いかけてきた。私を煩《わずら》わせる月がない、一カ月の中でも一番のお気に入りの日なんだけどね。だが、この探索のために娯《たの》しみを断念した。きみと話をする必要もあったので、探しに来たんだよ。さて、きみは死体をどうするつもりなのかな？」

「川に運んで、落っことそうとしていたんだよ。誰かが、こいつを俺たちの家の近くに放置した。ジャックが疑われる恐れがあるからね」

「手を貸……力を貸すとしよう」

ラリーは死体を肩に担ぎあげ、やって来た方に歩き始めた。

私だったら力をこめて引きずらなければならないところだが、彼はそうしなかった。彼はそのまま歩き続け、速度さえ増していった。手伝えることはなかった。どこかを口で摑もうものなら、むしろ速度を損ってしまうからだ。

私は彼の傍らを歩き、そして見張った。約一時間後、我々は川岸に立って、流れが死体を押し流していくのを眺めていた。

「俺がどれほどの幸せを感じているか、言葉にできないよ」

「言葉にしたじゃないか」と、ラリーは言った。「戻るとしようか」

我々は帰ってきたが、私の家に着いた後も彼は歩みを止めなかった。

「どこに向かってるんだ？」

二つ目の交差点を左に曲がったとき、私はついに尋ねた。

「きみと話をしたくて、探しにきたと言ったね。まずは、見せておきたいものがあるんだよ。私の時間感覚が正しければ、今は午前零時頃かな」

「そろそろだと思うよ」

私たちは地元の教会に近づいた。中には、薄明かりが点《とも》っていた。

「正面入り口には鍵がかかっている」と、彼は言った。

「もっとも、そちらから入りたくはないがね」

「中に入るのか？」

「そのつもりだ」

「以前にも入ったことが？」

「その通り。方法は心得ている。誰もいなければ、裏口から中に入れる。小さな玄関を通り抜け、踊り場をいくつか左に曲がると、すぐに小さな廊下がある。何事もなければ、そこから礼拝室に入ることができる」

「それから？」

「適切な位置につけば、見ることができるだろう」

「いったい何を？」

「私自身、それを知りたいんだよ。謎を解こうじゃないか」


我々は建物の裏側を歩き、聞き耳を立てた。向こう側に誰もいないことがはっきりすると、ラリーは私がするよりもはるかに優雅な動作で、後ろ足で立ち上がった。まあ、彼の方が練習を積んでいるのだから仕方がない。前足でドアノブを摑み、ぎゅっと握り、体をよじって、ゆっくりと引いたのである。扉が開き、私たちは中に入った。私たちの背後で、彼は静かに扉を閉めた。私たちは彼の説明通りのルートを辿って礼拝室に入り、彼が話したものを見ることのできる位置についた。

礼拝の真っ最中だった。前部席についていたのは数人で、女性が一人、残りは男性だった。黒衣をまとった教区司祭が祭壇の前に立ち、観衆に読み聞かせていた。

数本の黒い蠟燭《ろうそく》による明滅する光のせいで、彼は四角い眼鏡の中で眼を細めた。ラリーは、十字架が逆さになっていることを指摘した。私も既に気づいていた。

「どんな意味があるのか、わかるかね？」彼は静かに尋ねた。

「宗教的な苦難の示唆？」と、私は言った。

「彼の言葉を聞いてみるといい」

私はそうした。

「……〝ナイアルラトホテプ来たれり〟」彼は読み上げた。「〝山を跳び、丘を踊り越えて。彼数多《あまた》なる脚もつ山羊《やぎ》の如《ごと》くして、彼我らの壁のうしろに立ち、窓より窺《うかが》い、格子より窺い、栄光に満ちて角をいただく。ナイアルラトホテプの語りていわく〟」

彼は話し続けた。

「〝起《た》ちて去れ、わが暗き者よ。視《み》よ、冬が迫り、冷たい雨が降る。もろもろの花は地にて死に絶え、鳥の声も去り、斑鳩《やまばと》は殺《あや》められ、無花果《いちじく》の樹も葡萄《ぶどう》の樹もともに枯れ果てにけり。わが暗き者よ、起ちて去れ……〟」

体を小さく揺らしながら女性が立ち上がり、服を脱ぎ始めた。

「あんたが見せたかったのはこれか」

クロスボウ要員と思《おぼ》しき教区民たちの顔を覚えながら、私はラリーに言った。

「気づかれる前に、立ち去るとしよう」と、彼は言った。

私は礼拝室から彼の後についていき、入った時と同じやり方で外に出た。

我々はゆっくりした足取りで、交差点へと戻った。

「彼は、関係者だったわけか」

しばらくして、私は言った。

「きみと話をしたかったのは、彼の位置付けについてでね」

「ん？」

「私はこれらの問題についてある種の幾何学構造が働いていることを知っているが、それについて完全な知識を持っていないんだ」と、彼は言った。「プレイヤー各々の住居の位置が含まれることは知っているのだがね」

「そうだね。俺にはあんたの言おうとしていることがわかるよ」

「彼の存在は、どのように模様に影響するのだろうか？　そういったものを計算する方法を知っているのかね、スナッフ？」

「俺にはできる。ここのところずっと線を引いてきたんだ。彼の棲家はどこだい？」

「教会の裏にあるコテージが、司祭館になっている」

「オーケー。すぐ近くだね。これからたっぷりと計算しないといけないな」

「私は中心地――徴候の場所を知る必要がある、スナッフ」

「そうだと思ったよ、ラリー。把握できたら、あんたに伝えよう。あんたの計画を話してくれないか？　何か特別なものだって感じるんだが」

「すまない」

「あんたのことも計算に入れないといけないんだよ」

「そうなのかい？」

「あんたの意図がわからないと、プレイヤーに数えていいものかどうか、図形の中にあんたの家を含めるべきかどうか判断がつかないんだ」

「なるほど」

彼は交差点で立ち止まった。

「私を含めた場合とそうでない場合、それぞれの場合の結果を教えてもらえないかな」

「教区司祭についても、両方の場合を計算しなくちゃいけないのに？　そんな二度手間、くそ面倒臭くてかなわない。どうして、俺に話せないんだ？　あんたは《閉じる者》《クローザー》だって言ったよな。わかった、俺もそうさ。満足かい？　あんたの秘密は安全だ。俺たちは味方同士なんだからな」

「そうじゃないんだよ、スナッフ」と、彼は言った。「きみに話せないのは、知らないからなんだ。私は予見者だ。私は未来についてある程度のことを知っていて、月が満ちた時、中心地にいることを予期している。たしかに、私はきみと同じ側にいる。だが、満月の夜、私は心を喪《うしな》っているんだ。私はまだ、月の変化を無効化する処方に成功していない。私は、自分をプレイヤーに分類していいかどうかわからない。その一方で、プレイヤーに分類してはいけないかどうかもわからない。私の存在は、とんだワイルドカードなのさ」

私は考えるのをやめて、遠吠えをした。時には、それこそが最善なのである。

私は帰宅し、巡回し、あれこれ考えてから眠りについた。

それよりも以前、近所を行きつ戻りつして計算していた私は、グレイモークに遭遇した。

「よう、猫さん」と、私は言った。

「こんにちは、犬さん。処分計画の進捗《しんちょく》はいかが？」

「終わったよ。やり遂げた。完全に。全部、流れていっちまったよ。ゆうべのうちに」

「素晴らしいわ。辿りつく前に、彼らに見つかるんじゃないかって思ってたわ」

「俺もだよ」

「会話の内容には気をつけないとね」

「あるいは、話し方にな。だが、俺たちは二人とも大人で、理知的であり、真実というものを知っている。それで、調子はどうだい」

「さっぱりよ」

「数学的な問題かい？」

「言うべきことはないわ」

「問題ないだろう。誰もが今、そのことで悩んでる」

「どうして、みんな悩んでるとわかったの？　それとも、ただの勘？」

「他にありえないのさ、信じてくれ」

彼女は私を見つめた。

「あなたのことは、信じてるわ。私が知りたいのは、どうしてあなたに確信が持てるのかってことなんだけど」

「残念だけど、そこのところは話せない」

「わかったわ」と、彼女は言った。「私たちの儀式は第二段階に入ったけれど、私たちはこれからも話をしましょう」

「承知した。俺も、話すのをやめるのはよくないと思う」

「で、調子はどうなの？」

「さっぱりだね」

「数学的な問題？　それとも自己同一性の問題かしら？」

「きみは鋭いな。両方さ」

「タルボットが本当にプレイヤーなのかを解決してくれたら、情報を教えてあげる」

「何だって？」

「今は言えないわ。でも、荒っぽい事態になったら、役に立つことよ」

「きみの申し出を受けたいところだが、まだ答えが出ていないんだ」

「それも一つの情報ね。ちっぽけだけど情報には違いないわ。だから、代わりに、否定的な情報を教えてあげる。中心点があるのは、道の真ん中ではないわ。御主人様が研究して、そうはならない形而上学的な理由を見つけたの」

「俺自身も同じ結論に達していたけれど、形而上学的なことはわからなかった。よし、俺たちはまだ対等だな」

「じゃあ、またね」

「ああ、また」

私は、お気に入りの思索場所へと散歩をした。北東の小さな丘で、そこからは広範囲の領域全体を見渡すことができた。私はそこを、《犬の巣《ドッグズ・ネスト》》と呼んでいた。大きな石のブロックのひとつによじのぼり、そこに横たわって町を眺めた。

自己同一性か……。

タルボットと司祭の双方を考慮に入れないで済むのであれば、中心地の有力な候補があった。ラリーのみを計算に含めるのであれば、その結論はまだ保持されている。伯爵に近づくのは危険だが、それでも、中心地の候補を調べねばなるまい。だが、教区司祭はワイルドカードでもあった。彼を数に入れ、ラリーを含めないのであれば、私が最近訪問したとある場所が、中心地の良い候補になる。彼とラリーの両方をプレイヤーとして計算に入れるならば、可能性が高い第三の場所が南東に出現するのだが、それがどこかはまだわからなかった。

私は丘の上で大きな円を描いて動き、計算しながら、あちこちの石に小便をひっかけた。線の位置を記録するためでもあったし、欲求不満の気晴らしでもあった。

その時、私は結論に達し、心の中にとどめた。彼らの両方がプレイヤーならば、私がその存在を知らなかった大きく古い牧師館が第三候補になるのだ。

興奮が、私の胸の中で子犬のように跳びはねた。それは天真爛漫《らんまん》というよりも熱狂的なものだった。この仮説を裏付けるためには、ちょっとした巡礼が必要だった。

調べてみる必要がある。猫の助力が必要だと気づいたのは、その時だった。

私は改めてグレイモークを探しに行ったが、彼女はどこにもいなかった。猫というやつは、必要な時に限って近くにいないものだ。

もっとも、時間はまだあった。

10月19日

昨夜、私は外出して古びた牧師館の周囲を嗅ぎまわった。

新鮮な木材、塗料、屋根葺《ぶ》き材の匂いは、そこが最近加工されたことを示していたが、カノプス壺《つぼ》よりも堅く閉じていて、誰かがいるかどうかはわからなかった。

帰宅しながら、死体運びが終わった安心感を未《いま》だに感じていた。

風が音を立てて、乾いた葉を吹き寄せた。博士の家の方に閃光が見えた。

私が入ってくるのを見た《円の中のもの》は、「フレンチ・プードルは？」と言った。

「気分じゃない」

「別のやつは？　何でもアリだよ？　出て、殺して、逃げたいんだよ。むしょうにさ」

「またの機会にな」と、私は言った。

《旅行鞄の中のもの》は、小さな穴を前部に穿《うが》った。大きな黄色い目が、それを通して私を見た。もっとも、音は立てなかったが。

屋根裏の衣装箪笥の中からは、耳障りないびきが聞こえていた。

私は玄関ホールの鏡の前で足をとめた。怪物《シング》どもは這いずっておらず、私が関知していなかったガラス面の小さな傷の前に集まっているようだった。

奴らは、この牢獄に次元のほころびをもたらす方法を見出したのだろうか？　それを活用するにはいささか小さすぎるようだが、気にとめておくことにした。


私は、道路の正面から聞こえてくる車輪の噛む音、馬の蹄《ひづめ》の音で目を覚ました。何人かの声もして、そのうち一人は外国語で歌っていた。

体を伸ばして水を一口飲み、何事が起きているのか確かめようと外に出た。

よく晴れて、爽《さわ》やかな朝だった。陽がさし、風がわずかに吹いている。そして、私の足元で草が音を立てた。

キャラバンの列が道路を通過していた。ジプシーたちだ。サッシュや明るい色の頭布を身につけ、荷車の脇を歩いたり押したりしていた。彼らはどうやら、ラリー・タルボットの家の方にある、この界隈と街の間に横たわる空き地に向かっているようだった。

「おはよう、スナッフ」

道端の草むらから声がした。私は確認に向かった。

「おはよう、クイックライム」

曲がりくねった黒い姿を見て、私は言った。

「気分はどうだい？」

「元気さ」と、彼は答えた。「この前よりはずっといい。忠告に感謝するよ」

「いつなりと。どこかに向かっているのかい？」

「実のところ、ジプシーを尾《つ》けてきたんだが、もう終わりにしてよさそうだ。間もなく、キャンプ地もわかるだろうし」

「このあたりに滞在すると思うか？」

「間違いなく。私たちは、連中が来るのを予想していた」

「へえ？　あいつら、何かあるのか？」

「そうだな……伯爵がこのあたりにいるのは周知の事実だから、もうこの話をしてもいいだろうね。主《マスター》は東欧で長いこと過ごし、伯爵のやり方を学んだのさ。移動する時、伯爵はしばしばジプシーの一団を連れて行く。ラストフは、こう考えている。中心地がどこにあるか確信した彼は、急いでここにやってきて、それからジプシーたちを呼び寄せたのだとね」

「ここでの彼らの役割は？」

「月の死《しんげつ》を過ぎて、力が上昇するにつれて、物事は危険にさらされる。複数の、あー、家を増やしていない限りにおいて、伯爵の棲家は周知だ。だから、彼をゲームから締め出したほうがうまくいくだろうと考えて、フェンス用の柵《さく》を持った誰かが、彼の参加資格を奪うようなこともあるかもしれない。おそらく彼は日中、ジプシーたちが彼のねぐらを守ることを期待しているんだろうね……」

「何てことだ！」と、私は言った。

「どうしたんだい？」

「俺は、プレイヤーが複数の住居を持っている可能性を失念していた。そのことがどれほど模様に影響するか、きみには理解できるか？」

「くそっ！　私も失念していた。スナッフ、これはまずい。彼がもうひとつふたつ墓を得れば、全ての計算が御破算になる！　よく気がついてくれた。だが、どうすれば？」

「俺は秘密裏に事を運ぶつもりだったんだが」と、私は言った。「力を合わせないといけないな。俺たちはスケジュールを組み、毎晩、交替で彼を見張らなければ。もし彼が新たな棲家を手に入れたら、それがわかるように」

「あいつを杭で刺す方が楽じゃないかな」

「それでは問題が解決しない、かえって難しくなる。あいつはきみの味方かもしれないし、俺の味方かもしれない。彼を犠牲にすることで、戦力差が生まれてしまうんだ」

「確かにそうだ。きみがどちら側なのかわかっていればな……」

「名案かはわからないが、自分の陣営を知らせるのは、良いアイディアではないのじゃないかな。俺たちはそれを知らないままで、協力しあえるかもしれない」

「〝一丸となって取り組もう……〟。伯爵の監視任務ということだね？」

「それ以外にも、考えがある。今、時間はあるかい？」

「何を考えてるんだ？」

「きみに計算結果を少しばかり伝える必要があるが、そのこと自体は問題ない。ラストフが既に同じ結論に辿りついているだろうからな……」

「きみが、きみのペアの《計算者》なのか？」

「そうだ。さて、俺はこれからお前さんにある提案をして、俺たちはそれを調べに行く。たとえ、何が見つかろうとも、少しは先に進めるだろう」

「もちろん、そうしよう」

「よし。俺の計算によれば、顕現《けんげん》の中心地である可能性が高いのは、伯爵のねぐらの近くにある廃教会だ。これが偶然なのか、計画的なのかはわからない。いずれにせよ、昼間にしか調べに行けないということは確かだ。ジプシーの警護がつく前、今のうちに調べた方がいいだろうな」

「具体的に、何を調べるんだ？」

「あそこに這いおりて、我々の中心地に相応《ふさわ》しいか、それともそんな余地はないかどうかを確かめてきて欲しい。俺は大きすぎて、あの開口部に入れないんでね。俺は上で見張っていて、誰かが来たら報せるつもりだ」

「わかった」と、クイックライムはしゅっと音を立てた。「行くとしよう」


私たちは出発した。

「お前さんはまた、想像力を使う必要もある。穴の見かけが悪くても、何人かの人間がピックやシャベルを使って簡単に大きくできるようだったら、俺に教えてくれ」

「このことは、ラリー・タルボットがプレイヤーであることを意味するのかい？」

「そのことは重要じゃない」と、私は言った。「可能性のある場所のひとつというだけのことだ」

「他に誰がいる？」

「がっつくなよ」と、私は言った。

私たちは森を進んだ。

空き地についた時、そこにはジプシーはもちろん、他の誰もいなかった。

「まずは地下室を調べてくれ」と、私は言った。「お前さんの話を聞くと、彼が今でもそこを使っているのかどうか怪しくなってきたよ」

クイックライムが滑っていき、少し経って戻ってきた。

「彼がいた」と、彼は報告した。「ニードルもな。どちらも眠っていた」

「いいぞ。実にいい。次は教会だ」

私は風の匂いを嗅ぎながら、木々を眺めて歩いた。誰も近くにおらず、誰も近づいてこなかった。やがて、クイックライムが現れた。

「ここは違う」と、彼は言った。「泥と岩でいっぱいの、完全な廃墟だ。何も残っていない。我々はもう一度やりなおし、再構築しなければならないだろう」

私は開口部に近づき、可能な限り自分の体を押し込んだ。開口部はすぐに狭くなり、クイックライムが通り抜けた亀裂になった。

「亀裂の奥のどのあたりまで行ったんだ？」

「おそらく十フィート。二股に分かれていたが、どちらもそれほど遠くまで進めない」

私は、実際に見たものから、クイッククライムの言うことを信じた。

「これが意味するものは？」と、彼は尋ねた。

「ここが、例の場所ではないということだ」と、私は答えた。

「で、お次は？」

私は素早く考えた。競争相手に何かを与えるのは、好みではなかった。だが、この件では、ある厳然たる事実が我々をミスリードしている可能性があった。このままいけば、遅かれ早かれクイッククライムもそれを思い知ることになるだろう。

私は開口部から体をひっこめ、森の方に向き直った。

「教区司祭のロバーツなんだが」私は言った。「狂信的な聖職者をうまく装っている」

「どういう意味だ？」

「あいつは、プレイヤーだ」

「そんなバカなことって！」

「いや。奴はあそこの教会で、真夜中に旧《ふる》き神々への祭儀を行っているんだ」

「司祭が……？」

「調べてみるといい」と、私は言った。

「模様にはどんな影響がある？」

「教区司祭を頭数に入れ、ラリー・タルボットを除外して計算すると、司祭館と教会が模様の中心に位置することになる。むろん、伯爵が動き回っているのであれば最終的な結論ってことにはならないが、この方法で模様を形成すると、そう見えるってことだ」

「司祭が……」と、クイックライムは繰り返した。

私たちは森に入った。

「ということは」しばらくして、彼が言った。「もし伯爵が別荘を一つ二つ持っているなら、それが造られたのが新月の前か、あとかを調べる必要があるな」

「そうだな」と、私は同意した。

全ては、新月の日に凍結された。プレイヤーの死、移転、撤退といったことの全てが、それ以前に行われた。それ以後は、お互いを殺したり、幾何学模様を崩すことなく望み通りに動き回ることができた。

「ニードルに口を割らせる方法があれば、瞭然なんだろうがな」

「ふむ」と、クイックライムは言った。

森の中を移動しながら、彼に正しい情報を与えてしまったのかもしれないという考えの予見が、私の中でわき起こった。しかし、ラリーの存在の重要性は、彼の言うところの権能のことも考慮すると、プレイヤーの数に入れない人間としては、あまりにも大きな影響をゲームに与えているように思われた。彼が《素材》を集めようが集めまいが。戦闘や防御、開放や閉鎖の呪文を唱えようが唱えまいが、である。

教区司祭と共にラリーを計算に含めると、教会というよりもむしろ古い牧師館こそがその場所であるはずだった。そして、牧師館はどこかの礼拝堂であるか、かつて礼拝堂だったと思われてもおかしくない状態に修復されていた。のみならず、教区司祭が何者であるかを明かすことは、悪手というわけではない。

この噂が広まれば、人々は彼の努力を邪魔するようになるだろう。

「伯爵の出入りを見張るのはどうする？」と、私は聞いた。

「その必要はないよ、スナッフ」と、クイッククライムはしゅっと音を立てた。

「まだ他の連中を巻き込む必要はない。私に、伯爵の動向を知るいい考えがある」

「ジプシーがいても？」

「そうだとしてもだ」

「どんなことを思いついたんだ？」

「何日か、私に一任して欲しい。きみと情報を共有すると約束する。実際の話、これは名案だと思う。きみは、ラストフより優れた《計算者》のようだからね」

「わかった。しばらく距離をおくことにしよう」

私たちは森の外れで別れ、彼は左に、私は右に向かった。

帰宅して手早く巡回し、問題が起きていないのを確認してから外出した。ジプシーの後を尾《つ》けるのは楽だった。彼らは、道路を通って目的地に向かうことに固執していたのである。彼らはラリーの家の近くの野原にいた。私は一、二時間ほど伏せて、彼らがキャンプを張るのを見張っていた。わかった事と言えば、キャンプが色彩豊かだということだけだった。

道の方から聞こえてきた音に注意を向けると、二頭の疲れ切った馬にひかれた時代遅れの四輪馬車が近づいてきた。そのまま見過ごそうと思ったが、馬車はラリー・タルボットの家の私道に入っていった。身を潜めていた低木の茂みから離れ、道の方に向かうと、御者が一人の老婦人が車両から降りるのを手助けするのが見えた。私は彼らの風上にある老木の間を抜け、黒い杖をつきながらラリーの家の玄関へと向かう女性に近づいていった。彼女はノッカーを上下させた。まもなく、ラリーが扉を開いた。短い会話が交わされたが、風のせいで言葉を聞き取ることができなかった。やがて彼が脇によけ、彼女は家の中に入っていった。

妙なことになってきた。家の裏手に回って窓から覗きこむと、彼らが応接間に座り、話しているのが見えた。少し経ってラリーが立ち上がり、しばしの不在の後、デカンターと一対のグラスを乗せたトレーを携えて戻ってきた。

彼はシェリーを注ぎ、少なくとも三〇分ほど続いた議論の最中、飲み続けていた。最終的に、彼らは二人とも立ち上がって、部屋から立ち去った。私は家の周囲をぐるっと走り回り、改めて窓を確認した。ようやく、ラリーが植物を育てている天窓の部屋に彼らがいるのを見つけた。二人は身ぶり手ぶりを盛んに交えながら、植物相について活発な議論を展開した。

彼らがシェリーのおかわりと、別の長い話題のために応接間へと戻ってくるまでに、一時間近くが経過した。

やがて御者が呼ばれ、ラリーは彼に温室で切り取った植物をいくつか持たせ、彼女が別れを告げる前に、二人に同伴して馬車へと向かった。馬車を尾《つ》けて行くべきか、すぐにラリーのところに行くべきか、二つの思いが私を引き裂いた。

馬車が地響きをあげて走り始めた時、たぶん愚かなことだとは思うが、私には自分を抑えることができないという自覚があった。というのも、私がジャックと話ができるのは、午前零時と一時の間だけなのである。私はラリーのところに駆け寄った。

「彼女は誰なんだい？」

ラリーはにっこりと笑った。

「やあ、スナッフ。調子はどうだい？」と、彼は言った。

彼の犬種としての精神が、時刻についての理解を与えることを期待し、私は質問を繰り返した。

「魅力的な女性だよ」と、彼は答えた。

「名前はリンダ・エンダービー。一斉蜂起で亡くなった英領インド軍士官の寡婦《かふ》でね。彼女とその下僕は最近、修復された近くの古い牧師館に移ってきたんだそうだ。彼女にとって、都会暮らしは何かと物入りで、それに騒がしいからね。近隣の人々の一部と会いたいと思い、表敬訪問して回っていたところなんだそうだ。彼女とは、植物学に対する情熱を共有していてね。双子葉植物について大いに議論したよ」

「ふむ」私は言って、自分の考えを伝えた。「俺がジプシーたちを見張っていた時に、彼女が到着したんだ。このあたりのことは全部、ゲームに関係あると思うけどね」

「まあ、私も彼らが無関係とは思っていないよ」と、彼は言った。「ジプシーたちとも、長い付き合いでね」

「伯爵と彼らは関わりが深いって聞いたけどな」

「そのこともある」と、彼は言った。「取り急ぎ、全てを調査しなければいけないね」

「あんたに何かあったんじゃないかって、心配なんだ」と、私は正直に言った。

「君の思い違いさ、スナッフ。彼女は知的で、とても気立てのいい女性だよ。寄って行くかい？　ビーフシチューがあるんだが……」

「遠慮しとくよ」と、私は答えた。「まだいくつか任務があるんだ。こないだの夜は、手伝ってくれて本当にありがとう」

ラリーは微笑んだ。

「大したことじゃないよ、本当にね。また話をしよう」

彼は家に引き返しながらそう言った。

「わかった」


私は考え込みながら、ゆっくりと歩いて戻った。彼らの香りを嗅いだので、リンダ・エンダービーとその下僕が、名探偵とその相棒《コンパニオン》だということはわかっていた。

私は飛んできた葉を歯で噛み捕らえ、再び吐き出した。

歩くペースが次第に速くなった。家の近くまでやってきた時、道の反対側の野原から

「みゃおん」という柔らかい声が聞こえてきた。

「グレイ?」と、私は尋ねた。

「そうよ」

「よかった。きみと話したかったんだ」

「あら、偶然の一致ね」と、グレイモークは言った。

私は引き返して、野原に入った。彼女は、死体が最初に見つかった場所に立っていた。

「どうかしたのかい?」と、私は彼女に聞いた。

「私、あなたとは探り合いをしないことに決めたの。マッカブに井戸に落とされた時のこともあるし。ディン、ドン、デルってね」

「ふむ、それで……」

「あなたが知っておくべきだと思ったことがあるの。司祭が警官たちを連れてやってきた、最初の場所がここだったということをね」

「何だって?」

「そうなのよ。彼は死体がここにあったことを知っていたに違いないわ。司祭たちは、彼らにそれを見つけて欲しかった。目的は、ジャックを捜査させること」

「実に興味深い話だ」

「……そして、あいつか、あいつの関係者の仕業だったんじゃなければ、どうしてそのことを知っているのかしらね？　スナッフ、教区司祭のたくらみだったのよ」

「ありがとう」

「どういたしまして」

私はジプシーがどこにいたかを話した。彼女は既に、彼らが通り過ぎるのを見ていた。それから、ラリーを訪ねてきたリンダ・エンダービーという名の新たな隣人についても彼女に伝えた。

「ああ、私も彼女に会ったわ」と、グレイモークは言った。「前にね、御主人様を訪ねてきたことがあるのよ。御主人様ったら、すっかり魅了されてたわ。ハーブやお料理の話で意気投合したみたい」

「ジルは料理が得意なのかい」

「ええ。後で来てくれるなら、特選したやつを分けてあげてもいいわよ」

「そう願いたいところだね。実際、後できみと合流するつもりだったんだ。探索のため、きみの助力が必要なのさ」

「何を探るの？」

彼女の手助けが必要なら、包み隠さず真実を話さなければならない。だから私は、小便をひっかけた石材の環《わ》がある丘の上で出した結論や、クイッククライムとの日中の冒険、ジプシーにまつわる彼の推測、司祭館についての私の結論に関する全てを、彼女に話したのである。

私は、彼女に全てを話した。ただし、名探偵が町にやってきて居を構えていることと、私がラリー・タルボットから恒常的に情報を得ていることを除いて。

「この前、夜の徘徊中に、割れた地階の窓を見つけたんだ」私は続けた。「猫が滑り落ちるのに十分な大きさのな」

「……で、私が中に入って、礼拝堂があるかどうか見てこいってこと？」

「そういうこと」

「もちろん、いいわよ。私も知っておかなきゃだしね」

「いつ頃に来ればいい？」

「日没の直後かしら」

私はその後、考えをまとめるために少しばかりぶらついた。

歩いているうちに、教会の前に着いた。尖塔の頂《いただき》から、大きな白子のワタリガラスが、ピンクの眼で私を見つめていた。念のため、ぐるりと回って教会を調べていると、丸々と太った御者が裏手で馬に餌をやっているのを見かけた。

リンダ・エンダービーが教区司祭を訪問していたのである。

10月20日

私は昨晩、彼女の招待に応じてグレイモークの家に立ち寄った。女主人は本当に、裏口の階段のところに食べ物の皿を置いてくれた。

頭のおかしい格好《なり》をせず、普段は後ろで結わえている髪をおろし、バンダナで包んでいる姿を見ると、ジルは私が思っていたよりもずっと若いらしかった。

そして、彼女は優れた料理人だった。これほど食欲旺盛な自分は思い出せなかった。

それから、グレイモークと私は牧師館に向かった。

夜空はくっきりと晴れわたり、全ての星が見えていた。

「そういえば、きみは野鳥観察家だったな」

「そうだけど」

「白子のワタリガラスに見覚えはあるかい？」

「実際、ここ数週間ばかり、あちこちで見かけるわね。どうしたの？」

「ふと思ったんだが、そいつは教区司祭の仲間《コンパニオン》かもしれない。たまたま近くにいたから、そう思えるだけかもしれないがね」

「そうね、気をつけておくわ」

クロスボウを持った男が、離れた位置を別の方向へと歩いていった。私たちは、立ち止まって彼をやり過ごした。

「司祭かしらね」と、彼女が聞いた。

「深夜の会衆たちの一人だな」と、私は言った。「あいつ自身ではない。匂いが違ってるからな。こいつの匂いも覚えておくよ」

巻雲のつくる縞模様《しまもよう》が額装した星々が、私たちの頭上に蛍光を投げかけ、一陣の風が私の毛皮をそよがせた。

「私はネズミを狩り、ごみ箱をあさり、私の子猫が殺されて尻尾に結び付けられるのを見て、悪ガキに虐待されたの」

突然、グレイモークが話し始めた。

「御主人様に拾われる前のことだけどね。彼女は通りに住んでいた孤児だったわ。あの人の人生は、私のよりもひどかった」

「気の毒に思うが」と、私は言った。「俺にもひどい時期があったよ」

「道が開かれれば、物事は変わるはずよ」

「より良い方に？」

「たぶんね。その一方で、開かれなかったとしても、色々なことが変化するのかも」

「より良い方に？」

「私の知ったことじゃないわ、スナッフ。ごくわずかな友達を除いて、誰が本当に腹ぺこの猫のことを気にしてくれるのかしら？」

「大いなる儀式がどうなろうとも、ごくわずかな友達こそ、誰もが持てる全てなのかもしれないいな」

「それでも、か……」

「うん？」

「苦難の時は、人を革命にかりたてるのではなくて？」

「その通りだな。少しばかり、犬儒的《シニカル》にさせることもあるがね」

「あなたみたいに？」

「まあ、そうだな。多くのことが変化するほどに……」

「さてと、牧師館よ」

大きな建物がちょうど見えたところで、彼女は足を止めた。建物の中には、二、三の灯りがついていた。

「この道をあがってきたのは初めて」

「外見的には、特別おかしなことはないんだ」と、私は言った。「それから、ええと、あー、周囲に犬もいない。降りていって、あたりを見てみよう」

私たちは周囲を巡回し、窓を覗きこんだ。前室に名探偵がいて、女王の肖像画の下で本を読んでいた。演じている役に対する彼の真剣さには感服する。彼はまだ、スカート姿だった。彼の唯一の過失は——そう言ってよければの話だが、右側のテーブル上のラックに置いている大きなカラバッシュ・パイプを、一息つく合間合間に吸い込んでいたことだろう。彼の相棒はキッチンに長居して、軽食か何かを用意していた。灯りのついていない部屋がいくつもあって、キッチンから離れた位置に、下階への階段が見えた。

「あの階段から中に入れそうね」と、グレイモークは言った。

「階段を上ったら、キッチンを通り抜けるわ。その時、彼がいなくなってたら、まずは家の奥の方を調べてみる。まだいたら、近い側の大広間へ降りて、暗い部屋をみんな調べてくるわ」

「悪くないね」と、私は言った。

私たちは地面に降りて、すぐ近くにある地階の窓に向かった。彼女が中に入った時、私は「幸運を」と告げた。

窓に戻ってキッチンを見ると、男はまだそこでゆっくりしていた。お湯が沸騰《ふっとう》するのを待ちながらつまみ食いし、食器棚から柳模様の皿とボウルを取り出しながらさらにつまみ食いし、引き出しを開けて食器を漁り、金の縁と内部に金色の花模様のついたありきたりな白いカップを別の食器棚から取り出しながらさらにつまみ食いし……。

ようやく、グレイモークが階段のてっぺんに頭を覗かせた。彼女がいつからそこにいて、じっと見ていたのか、私には確信が持てなかった。

彼が背中を向けた瞬間、彼女は近くの広間に体を滑り込ませた。そちらはもう見えない位置なので、私は暇をつぶそうと、家の周囲を巡回した。

「新たな隣人を調べているのかい、スナッフ？」

東側の木から声がした。

「万全を期して、困ることはないからな」と、私は答えた。「あんたはどうなんだ、ナイトウィンド？」

「御同様だ。だが、彼女はプレイヤーではない。我々はそう確信している」

「へえ、彼女に会ったのかい？」

「さよう。彼女は昨日、主人たちを訪問した。彼らは、彼女が無害だと感じている」

「こんな時に無害な人間がいるというのは、ありがたいことさ」

「教区司祭とは違って、ということかね？」

「クイックライムから話を聞いたんだな」

「そうだ」

「お前さんたちは仲が悪いと思ってたよ。彼を川に落としたと聞いたんだがね」

「誤解があったのだ」と、彼は言った。「その後、我々は和解した」

「司祭の情報と引き換えに、きみは何を教えたんだ？」

「ニードルの夜毎の食餌ルートだ」と、ナイトウィンドは言った。「おそらく、彼を待ち伏せて食べてしまうつもりなのだろうな」

ナイトウィンドは、ホウホウとゼイゼイが相半ばする、忍び笑いの声をあげた。

「面白いと思わないかね」

「ニードルにとっては違うだろうよ」

彼は再び忍び笑いをした。

「全くだな。『おかしくもなんともない！』という奴の泣き言が今にも聞こえてくるようだ。続いてばりばりと食べる音、最後は我々全員の笑い声だ」

「蝙蝠を食べたことはなくてね」と、私は言った。

「決してまずくはない。少々塩味がきついがね。せっかく会ったんだ。取引はどうだい？　大きなネタはなくとも、何かあるだろう？」

「そうだな」と、私は言った。「何を掴んだんだ？」

「教区司祭について聞いた後、私は彼の家を見渡しに行き、彼の仲間《コンパニオン》に会った……」

「でかくて白い、ワタリガラスだろう」と、私は言った。「俺も見たよ」

「ふむ。さて、私は直《じか》に接触することにした。私は飛んで行って、自己紹介をしたのだよ。彼女の名前はテケラ。ゲームに遅れをとっているので、追いつこうとしているようだな。取引できる情報がないようだが、プレイヤーと仲間のリストだけを欲しがった。私からそれを手に入れなかったとしても、他の誰かから手に入れることだろうと判断した。彼女が把握しているリストを手に入れておくのも良いだろうとな。まず、彼女はきみと、きみの鳥喰《とりく》いの友人が我々の一員だと知っていた。数日前、もう一匹の大きな犬と、川の方へ死体を運んで行ったことも聞いた。それは、行方不明の警官だな？」

「否定はしないよ」

「きみかジャックが、彼を殺害したのか？」

「違う。だが、死体があんなに近くにあったら、安心して家にいられないものでね」

「きみは、それを取り除いただけというわけか」

「あんなものが前庭にあって欲しいと思うか？」

「たしかに。だが、私が興味を抱いているのは、きみの友人についてだ。テケラはきみたちに近づいた時、きみが誰なのかはわかったが、もう一匹の犬についてはわからなかった。そこで、きみと別れた後、彼女はそいつの後を尾《つ》けていった。彼女の言うには、そいつはラリー・タルボットの棲家へと向かったそうだ」

「へえ？」

「我々は、彼がプレイヤーかそうでないかについて悩んでいる。プレイヤーでない根拠としては、彼には仲間がいないというのがあったが、これで……」

「あの夜、いったいぜんたいテケラは何をしていたんだ？」と、私は聞いた。

「おそらく、この地域を巡回していたのだろう。我々と同様にな」

「〝おそらく〟、ね」と、私は言った。「彼女の主人《マスター》は、あの男の死に関わっている。俺がそれを動かした後に、彼女は死体を探しに行って、見つけたのさ。彼女が死体を見張っていたのは、そうすれば死体をそこに置いたやつが、いつか戻ってきて何かした時に見つけられると思ったからだろうな」

ナイトウィンドは沈黙し、羽の中で少しばかり体を縮こまらせた。

「私が、ラリーの仲間の件についてきみと交換するつもりだったのは、そういう話だ」

と、彼は言った。

「だが、彼がどのように死んだか知っているかね？　彼女が私に話してくれたよ」

その時、私もそれを幻視《み》た。薬を盛られ、気絶した警官が、祭壇の上で縛られ、司祭に鋭利な器具で祝福される光景を。

「儀式殺人」と、私は言った。「真夜中の礼拝で行うものだ。そういうことをするのは時期的に少し早い気がするが、ともあれ儀式殺人を行ったんだろう。その後、彼は捜査を攪乱《かくらん》するべく、死体を我々の家の近くに置いた」

「遅れて参加したので、取り急ぎ大きな力が必要だったのだろう。まあいい。タルボットの情報への代償として、別の情報を提供しよう」

「何についてだ？」

「博士《グッド・ドクター》だ」

「了解だ。彼については、ここしばらくは何も聞いていない。あれは、町から迷いこんできた犬だ。名前はラッキー。俺がエサを分けてやったので、手伝ってくれたのさ。タルボットが食べ残しを恵んでやるので、あいつはタルボットの家にも入り浸っている。彼に本当の家がないのは、定期的に餌をやるには大きすぎるからだ。夜なら、あいつが森か野原でウサギを狩っているのが見つかるかもしれないな」

「ふむ」ナイトウィンドはそう言うと頭を九十度回転し、牧師館をじっと見つめた。

「モリスの新しい理論のひとつが台無しになったな。きみは《計算者》なんだろう？」

「クイッククライムのやつは、おしゃべりだな」

「話の流れで聞いたのさ」と、彼は言った。

「タルボットが実はプレイヤーで、司祭もまたゲームに参加しているとしたら……ふむ、面白いことになってきたのじゃないかね？」

「そうだな」と、私は認めた。

「だからこそ、我々は共に、ここを調べているわけだ」

「肯定だ」と、私は言った。「俺には、タルボットがプレイヤーでないかどうかわからない。だが、もし彼がそうだとして、ラッキーは彼の仲間ではない」

「面白い。きみでもラッキーでもいいが、彼の家で他の候補を見たことは？」

「ないね。彼は、動物よりも植物を好むようだ」

「植物が仲間である可能性は？」

「わからない。生きてはいるんだろうが、自分でやれることは少々限られているな。わからないが、そういうこともあるかもしれない」

「さて、二、三日中には一切合財が落ち着くはずだ。十分な時間がある。なすべきことをして、世界を変革《オープン》する……あるいは保持《クローズ》するためのな」
「世界をあれこれするために、でいいだろう」
ナイトウィンドは左の眼を閉じ、再び開いた。
「それで、博士のことは？」と私は促した。
「おお、そうだったな」と、彼は答えた。「テケラが知っていた、もう一カ所のことだ。
彼女の主張によれば、あそこには二人ではなく、三人が住んでいるということだ。実に
興味をそそられたよ」
「へえ？」
「そこで私は、この界隈をいつも覆っている厄介な嵐の中に飛び出して、調査しに向
かった。彼女の言葉は正しかった。あそこには、おそらく泥酔している大きなお仲間が
いたのだよ。おそらく、これまでに見た中で最も大きな男だ。彼が起きていたのは、嵐
の最中のわずかな間だけだった。嵐が静まると、彼は地階にある妙なベッドに横たわり、
博士は彼の全身をシートですっかりと覆った。彼はそのまま二度と動かなかった」
「奇妙な話だな。ブーボーから何か聞いているかい？」
「フン！　あのような奴は、グレイモークに喰わせてしまえ！　でなければ、私がや
る！　ネズミは蝙蝠ほど塩辛くはない。肉は堅いがね……彼は情報源としては無価値だ。

何の取引もしない。愚かで無知で、口下手だ」

「そこまで愚かな奴じゃないと思うがね」

「私には、彼の益するところがわからない。どちらにせよ、彼が他の者たちの役に立つことはないだろう」

「いつか、俺がしめあげてやるよ」

「尻尾を喰うなよ。まずいからな」と、彼はまた忍び笑いをした。「タルボットやこの場所についてより多くのことがわかったら、また話をしようじゃないか。植物ねえ……ふむ」

ナイトウィンドは翼を広げ、南へ飛び去った。

私は、彼が夜闇の中に消えるのを見ていた。侮りがたい奴だ。

私は再び建物を巡回し、いくつかの窓をチェックした。その時、裏口の扉が開くのを聞いた。私は正面玄関の方にいたので、急いで建物を巡り、木立の中に身を潜めた。

「可愛い猫ちゃん《キティ》」と、名探偵はうまく作った裏声で言った。「いずれまた、訪ねてきてちょうだいね」

グレイモークが裏口の階段のところに降ろされ、扉が閉められた。私は咳払いをしたが、彼女は身繕いを続けてから、別の方に歩き出した。

と思いきや、彼女は私のそばに現れた。

「大丈夫だったかい？」と、私は尋ねた。

「おかげさまでね」と、彼女。「歩きましょ」

私は南へと向かった。

「彼女、老人にしては記憶力がいいわね」グレイモークはようやく口を開いた。

「どんな具合に？」

「彼女の使用人が急にキッチンに戻ってきて、私を見つけたの。私が鳴き声をあげたら、彼女が戻ってきてね、私の名前を呼んだのよ。彼女って、とても親切。喉が渇いた私のために、ミルクの皿を出してくれたの。ある猫を見て、前に見た猫と同じだってわかる人がいるとは思わなかったわ。名前まで覚えていたのよ」

「猫好きなのかもしれないな。ミルクをくれたのなら、そうに違いない」

「だったら、自分でも猫を飼っていそうなものでしょ。でも、そうじゃなかったの。そういう様子はなかったから」

「視力と記憶力がいいんだろうよ、たぶんね」

私たちは道を渡って、そのまま歩き続けた。

「そうなんでしょうね」と、彼女は言った。「それでね、彼らに見つかっちゃう前に、あちこちを見て回ることができたわ」

「それで……？」

「大きなドアがある窓のない部屋があって、奥の石壁にくぼみがあったわ。幾度も改装されてきた古い場所なんだけど、とにかく、そのくぼみは昔、祭壇だったみたい。石にはいくつかの十字架と、たぶんだけどラテン文字が彫り込まれていたと思うわ」

「いいぞ」と、私は言った。「ある面ではね」

「別の話があるみたいね。何？」

「ナイトウィンドが知ってるよ。きみが中にいる間にやってきて、話したんだ。ところで、あの白いワタリガラスはテケラという名前なんだそうだ」

「ふうん。彼、彼女のことを知ってるのね」

「……で、教区司祭についてのきみの話は正しかった。あれは、ゲームの遅れを取り戻すための、儀式殺人だったんだ」

「ずいぶん長く話してたみたいね」

「そうだ。きみにも伝えておこうと思ってね」

「それが、私たちがどこかに向かっている理由なのかしら？」

「ああ。その一部だよ」

私が聞いたことを話しながら、私たちは南に歩き続け、少しだけ西にそれた。

我々が出発した後、空気が湿っぽくなり始めた。空はといえば、天国の大砲が明滅、爆裂して特定の地域に染みを作りでもしたかのように、暗くなっていった。

「それで、博士の家の窓をもう一度見たくなったのかしら？」

「一言で言えば、その通り」

「猫は濡れるのが嫌いなのよね」

彼女がそう言ったのは、じめっとした天気がいよいよ悪化した後のことだった。

「犬も、大好きだってわけじゃないさ」と、私は言った。「どちらの側が勝ったとしても、雨は降るんだろうな」

グレイモークは、これまで私が聞いた中で、もっとも笑い声に近い音を出した。それは少しばかりリズミカルで、音楽的だった。

「実際の話」と、彼女は言った。「ひとつの世紀で、ハロウィーンが満月なのって何回あるのかしら。三回？　四回？」

「その時々さ」と、私は答えた。「より重要な問いは、そういう時、人々が門を開けるためか閉じるために集まった回数だろうね」

「ちょっとわからないわね。当然、あなたは初めてなんでしょう?」

「いや」と、私は言った。

私は、それだけ言って口を閉ざした。喋《しゃべ》りすぎたことに気づいたのだ。

私たちは霧雨の中を明るい方へと、道から離れずに歩き続けた。そちらの方が、あまり濡れていなかったのである。


近づくと、農家の正面玄関が開いており、その長方形から光が漏れているのが見えた。誰かが私たちの方へと、道を歩いていた。黒々とした雲からの新たな放電が、建物にとげだらけのコロナを与える中、非常な大男が、不自然ではあるが素早い歩調で、私たちの方に向かってきた。男は不似合いな服を着ていて、一瞥した限りでは、その顔は歪《いびつ》で不均衡だった。彼は体を揺らし、頭を左右に回しながら私たちの前で立ち止まった。魅了され、私は見つめた。これほど近づくまでは、雨のせいであらゆる匂いが洗い流されていた。だけど今、私は彼の匂いを嗅ぐことができた。

そして、私にとって、彼はさらに奇妙な存在となった。というのも、彼が漂わせていたのは病的で甘やかな、死の芳香だったのである。

彼の行動は攻撃的なものではなく、子供の単純な好奇心に似た何かで、私たちを見ていたのだった。農家の扉の前に背の高い人物が突然現れ、外を眺めていた。実験着が風を受けてばたばたとはためいた。

眼前の巨人は、私の顔を見つめながら前のめりになった。こちらを驚かさないようにゆっくりと頷きながら、彼は右手を私に伸ばし、頭に触れた。

「いい……犬《こ》だ」

ざらざらした、ひび割れた声。

「いい……犬《こ》だ」

言いながら、彼は私を撫でた。次に、彼はグレイモークに興味を示した。これまでの動きを裏切るように素早く動き、彼女を地面からひっつかんで、胸に抱きしめた。

「ねこ……ちゃん」と、彼は言った。「かわ……いい、ねこ……ちゃん」

彼はもう一方の手を動かし、彼女を不器用に撫でた。

雨が彼の顔を流れ、衣服から流れ落ちていった。

「かわ……いい……」

「スナッフ！」グレイモークが悲鳴をあげた。

「彼は私を傷つけてる！　きつすぎるわ！　彼の掴む力はきつすぎるの！」

私はただちに吼えはじめ、彼の気をそらして手をゆるめようと試みた。

「おい！」農家の男が、彼に呼びかけた。「戻ってこい！　すぐに戻ってくるんだ！」

私は吼え続けた。男は外に飛び出して、私たちの方へと急いだ。

「少し楽になったけど、離してくれないわ！」と、グレイモークが私に言った。

どうやら混乱しているらしい。巨人は近づいてきた人物の方に向き直ったが、再びこちらの方を見た。どうしていいかわからない様子で、巨人は新たにやってきた人物とこちらの方を交互に見た。現れたのは、博士だった。

吼え声に効き目があったようなので、私は吼え続けた。

博士が巨人の横にやってきて、彼の腕に手を置いた。

「ほら、猫と犬の雨降り《どしゃぶり》だ」と、博士は言った。

巨人が頭を動かして彼をじっと見つめたので、私は吼えるのをやめた。このようなウィットをぶつけられて、言葉を失っているのに違いなかった。

「そのわんこは、ねこ《キティ》ちゃんをおろして欲しいのさ」彼は言った。「猫も、おりたがっている。彼女をおろして、私と来るんだ。こんなに強く雨が降っていて、外出するには悪い夜だよ」

「悪い……夜」大男が反応した。

「そうとも。さあ、ねこちゃんを下に置いてやりなさい。そして、私と来るんだ」

「悪い……雨」

他の言葉と組み合わされた。

「ほーら。猫。おろす。今すぐ。来る。私と」

「猫……ねこちゃん……おろす」

と、そのでかぶつは言うと、体を前に傾けて、グレイモイークを静かに道におろした。

立ち上がる時、私と彼の眼が合った。彼は付け加えた。

「いい……犬《こ》だ」

「そうだね」と博士は言った。

それから両手で彼の腕をつかみ、農家へと連れ戻した。

「ここから離れましょう」と、グレイモークは言った。

私たちは立ち去った。

10月21日

事態はいよいよ緊張の度合いを増してきたが、かろうじて平穏が保たれていた。

この日の朝、私はラリーの家に立ち寄って、彼が放浪中、森の住人から話しかけられたら《ラッキー》と名乗るよう提案した。彼の素姓を憶測する向きについて、何かしらの裏付けが必要だったのだ。出入りについても、もう少し慎重になると彼は請けあった。私は彼をパートナーだと考えていたので、残りの情報も全てラリーに伝えた。全てと言ったが、リンダ・エンダービーの正体については保留した。彼と歓談した素敵な老婦人について、幻想を壊すのは忍びなかったのである。

既に老婦人は必要な情報を摑んでいるだろうし、自分の奇妙な素性については硬く秘密を守っているわけだから、摑まれたといってもたいした情報ではなかっただろう。ならば、好ましい思い出が今しばらく続いても、それほどのリスクとは思えなかった。私は欺瞞《ぎまん》を明らかにするまで、数日の猶予を設けることにした。

「警察の捜索について何か聞いてるかい？」と、私は尋ねた。

「探索はまだ続いているが、全員に話を聞き終えたようで、彼らは道に沿った野原を探し回っている。最新の仮説はたしか、厩舎《きゅうしゃ》に戻っていた馬から、警官が投げ出された可能性があるという話だったね」

「岸に流れ着くことはないと思うよ。きっと、海に流れて行ったんだ」

「そうかもしれない。警察は、河に何か浮かびあがらないか見張っているだろうしね」

「この虱潰《しらみつぶ》しの捜索が広範囲に及ぶなら、伯爵にも影響があるんじゃないかな」

「確認しに行ってごらん。賭けてもいいが、彼はどこかに移動しているよ」

「ということは、あんたも彼に別の棲家があると思ってるわけだ」

「もちろん。それが彼のスタイルだよ。彼は正しく認識している。誰しも、避難所を持つべきだってね。きみはいくら慎重であっても、慎重すぎるということはない」

「あんたもそうなのかい？」

ラリーは微笑んだ。

「きみも、そうするといい」と、彼は言った。

私の笑いは、他人にはわからない。


地下室を探索してくれるよう説得しようとグレイモークを探しに行ったが、彼女はどこにもいなかった。結局、私はあきらめて、ラストフの棲家の近くをぶらついた。クイッククライムもすぐには見つからなかったので、私は後ろ足で立って、窓の中を覗きこんだ。ラストフがいた。彼は猫背で椅子に座り、片手でウォッカの瓶を、もう片方の手で胸にかけたイコンか何かを摑んでいた。

窓の下枠で何かが動いた。そこにいたのは、かつての私のパートナーだった。

クイッククライムは首をもたげて私をじっと眺め、頭を動かして隣の部屋を示した。

そのあとすぐ、彼は下枠から滑り落ちて、見えなくなった。わずかに開いているその部屋の窓の方に移動すると、すぐに彼が現れた。

「よう、クイック」と、私は言った。「調子はどうだい？」

「野原に戻りたいと思うよ、時々ね」と、彼は答えた。「そうすれば、ゆっくりと冬眠できるのにな」

「眠れなかったのかい？」

「すんでのところでラストフの腹から出てきたよ。彼がまたやらかしたんだ。酒を飲みながら、物悲しい歌を歌うのさ。深酒が過ぎると、私たち全員が面倒なことになる。大いなる夜のためにも、シラフでいてくれるといいのに」

「俺もそう願うよ」

私たちは裏手に移動した。

「忙しいのかい？」と、クイックライムが聞いた。

「まったくね」

「ところでスナッフ。ボスは何も教えてくれないんだけど、何日か後に誰が《開く者《オープナー》》で誰が《閉じる者《クローザー》》なのかわかる占いのやり方があるってナイトウィンドが言うんだ。本当だろうか？」

「本当のことだ」と、私は言った。「だが、新月の前には効かないのさ。その占いのためには、少しばかり魔力《ジュース》がいるんでね」

「新月の後、どのくらいで使えるようになるんだ？」

「数日といったところだな」

「ということは、プレイヤーたちはもうすぐ互いの陣営を知ることになるのか」

「その通り。彼らはいつもそうしている。その時までに、協力してやることを終わらせておくことが肝要なのさ。ひとたび線が引かれれば、かつてのパートナーは新たな敵になるかもしれない」

「きみやナイトウィンドが敵になるなんて、考えたくもないな」

「大いなる儀式の前に、お互い殺し合わなければならないってことでもないよ。俺は、そういう企ては弱さのしるしだと思ってる」

「だけど、殺し合うこともあるんだろ」

「そうらしいな。エネルギーの無駄遣いだと思うよ。どうせ終焉《しゅうえん》の時には、そのへんのカタがつくんだから」

「……私たちの半数は、もう半分の勝利の揺り戻しで死ぬんだろうな」

「《開く者《オープナー》》と《閉じる者《クローザー》》が半々に分かれることは滅多にない。陣営がどんな風に別れるのか、最後の儀式に誰が出てくるのかは、誰にもわからないよ。ある時など、最終日に全員ゲームから降りたという話を聞いたことがある。誰も現れなかったんだそうだ。それも間違いだと思う。考えてもみろよ。勇気があるやつが一人でも登場していれば、勝利を独占できたのに」

「この話はどのくらいで広まるかな、スナッフ？」

「すぐにも。たぶん、今頃は誰かが実行しているだろうな」

「きみはもう実行したのかい？」

「いや。すぐにわかるとは思うが、わかる必要がある前に知りたくはないんだ」

彼は老木の切り株に這いあがり、私は近くの地面に座った。

「例えば、だ」と、私は言った。「そいつは、お前さんへの頼みごとの邪魔になるかもしれないからな」

「何だい？」と、クイックライムは言った。「それは」

「一緒に地下室に行って、調べて欲しいんだ。伯爵がまだいるかどうか知りたくてね」

彼は沈黙し、揺れ動く鱗が太陽光を反射した。

「いや」と、彼は言った。「その必要はないな」

「どうしてだ？」

「彼があそこにいないって、既にわかっているからね」

「なぜそのことを？」

「私は昨晩外出して」と、彼は言った。「ニードルがよく食べに来るプラムの樹に巻きついていたんだ。彼が来た時、私は言ってやったよ。おはよう、ニードルってね。〝クイックライム、きみなのか？〟とあいつは答えた。〝そうだ〟と私は答えた。〝調子はどうだい？〟〝まあまあだね〟と、彼は言った。〝きみも、蛇らしく体をうまいことくねらせているかい？〟

〝うまいことを言うね！〟と私は言った。

〝さしずめ、食事しに来たってところだろうな〟

〝うん。僕はいつも食事の終わりにここに来るんだ。このプラムは僕のお気に入りで、虫の収穫を素敵にしめくくってくれる。僕は、最高のものをおしまいまでとっておくのが好きなんだよ〟

〝たいしたもんだ〟と、私は言った。〝これは真剣な話なんだが、私はラストフと一緒に暮らして、この道の大家となった。きみは、地面に落ちて長いこと経った、しわくちゃでひどく傷《いた》み、食欲を失せさせるプラムを食べてみたことがあるかい？〟

〝いや〟と、彼は答えた。〝状態のいいものが木にたくさんぶら下がってるのに、そんなことをするのは愚かなことだよ〟

〝ああ〟私は彼に言った。〝だが、見かけはあてにならないかもしれないし、美味《おい》しいということはもちろん、相対的な言葉だ〟

〝きみは何を言いたいんだ？〟と、彼は尋ねた。

〝私もまた果実を賞味して〟と、私は言った。〝そして彼らの秘密を知った。地面に落ちているやつの方が、枝にぶら下がっているやつよりも遥《はる》かに美味《びみ》だということをね〟

〝どうしてそんなことが？〟と、ニードルは言った。

〝秘密というのは、こうだ。あれらは素材の源から永遠に切り離されて地面に横たわり、残された命を新たな成長へと引き継ぐんだ。その効果でしぼみはするが、果実は自らを新しく特別な、木になっているやつの素朴な果汁よりも優れたエリキシルへと発酵させるのさ〟

〝ずっと美味しいということかい？〟

〝そうじゃない。単なる味を越えた、酒精《せいしん》的なものだ〟

〝なら、僕も試してみようかな〟

〝きみを失望させることにはならない。強く推薦しよう〟

それから、彼は地上に降下して、私が示したもののひとつにかじりついた。

〝うっ！〟と、彼は叫んだ。〝うまくもなんともないじゃないか！　熟しすぎで……〟

〝チャンスを与えてやってくれ〟と、私は言った。〝もう少しどうだ、そいつを飲みこむんだ、ほら、もっとだ。少し待ってみるといい〟

ニードルはまた、さらにまた果実を口にした。〝なんだかくらくらしてきたよ。だけど不愉快じゃなくて、ホントのところ……〟と、彼は言った。

彼はにわかに熱心になって、もうひとつ食べ始めた。さらにもうひとつ。

〝クイックライム、きみの言ったとおりだ〟しばらくして彼が言った。〝この実には、何か特別なものがあるよ。あたたかい感じが……〟

〝そうだろうとも〟と、私は答えた。

〝めまいがするんだけど、全くのめまいというわけでもなくて。気持ちいいんだ〟

〝ほら、もっとだ。もっとたくさん食べな〟と、私は彼に言った。〝導かれるままに、行ってしまうといい〟

まもなく、彼のろれつは回らなくなりはじめた。それで、彼が言ったことを確認するために、樹から滑りおりなければならなかった。

〝伯爵が新しい墓所を作った時、きみは一緒にいたのか、それともいなかったのか？〟

そして、私は彼らのいくつかある棲家のことと、彼が前夜、その中のひとつに移動したことを知ったというわけだ」

「よくやった」と、私は言った。「よくやったぞ」

「彼が目を覚ました時、先日の朝の私のような気分でなかったことを望むよ。私は、長居しなかった。きみだって、寝起きで蛇の姿を見たくはないだろう。少なくとも、ラストフはそう言うんだ。私について言えば、私が最後に会ったのは追い越してきたジプシーと、それともちろんきみだよ」

「あの地下室のほかに、いくつの墓所があるんだい？」

「二つだ」と、クイックライムは言った。「ひとつは南西に、もうひとつは東南にある」

「見に行きたいな」

「連れて行くよ。南西のやつは近い。まずはそちらに行くとしよう」

私はこれまで訪れたことのない田園地帯を横切った。最終的に、私たちは錆《さ》びた鉄のフェンスで取り囲まれた小さな墓地にたどりついた。

門が固定されていなかったので、肩を使って押し開けた。

「こっちだ」と、クイックライムが言い、私は彼について行った。

彼が私を導いたのは、裸の柳の木が傍らにある、小さな霊廟だった。

「この中だ」と、彼は言った。「右側に納骨堂の入口があって、中に新しい棺《ひつぎ》がある」

「伯爵が中にいるのかい？」

「いないはずだ。ニードルが言うには、彼はもう一カ所の方で眠っているそうだ」

私はそれでも中に入り、どうにかして開けてみようと試みた。前足で蓋《ふた》を押すと、実に簡単に開いた。底にたまった一つかみの塵《ちり》を除いて、中身は空だった。

「どうやら、本当らしいな」と、私は言った。「もう一カ所の方に連れて行ってくれ」

私たちは長い時間をかけて移動した。移動しながら、私は尋ねた。

「これらの墓地をいつ造ったのか、ニードルは教えてくれたかい？」

「何週間か前だと聞いている」と、クイッククライムは答えた。

「月が暗闇に鎖《とざ》される前にか？」

「そうだ。この点について、彼は固執していた」

「俺の模様は御破算だな」と、私は言った。「完璧にはまったと思ったんだが」

「すまんね」

「彼の話は確かだと思うかい？」

「肯定だ」

「ちぇっ」

いくつか雲が出ていたが、太陽が明るく輝いていた。むろん、遠く南の方にある博士の棲家のあたりには、大量の雲が集まっていた。少し冷たい北風が吹く中、私たちは茶色や赤、黄色など、秋の色づきを見せる田園を通り抜けて行った。

地面は湿っていたが、ぬかるんでいるほどではなかった。私は森と土の匂いを吸いこんだ。遠くにある一本の煙突から煙が巻きあがっていた。

私は旧《ふる》き神々について考えた。彼らの帰り道が開かれた時、物事はすっかり変わってしまうのだろう。超自然的な介入がなくとも、世界は良い場所にも厄介な場所にもなりうる。私たちは、自分なりのやり方を工夫して、我々にとっての善と悪を定義した。ある種の神々は、具体的に探し求めるのではなくて、個人が理想として追い求めるにはよいものだろう。旧きものどもについては、あのような超越存在と関わったところで、いかなる利益も得られないだろうと思う。

私は、その種のことについては、全てを抽象的でプラトニックな領域にとどめることを望み、具体的な実在とは関わりたくない。

私は燻《いぶ》した薪《まき》や黒土《ローム》、おそらく果樹の影にある、朝霜のおりた腐りかけの林檎の匂いを吸いこんだ。空高く飛ぶ鳥の群れがVの字を描き、南へと向かうのを見た。また、私の足の下でモグラが穴を掘っている音を聞いた。

「ラストフは、毎日のように飲んだくれているのかい？」と、私は聞いた。

「そういうわけじゃない」と、クイックライムは答えた。「新月の前夜からなんだ」

「リンダ・エンダービーは彼を訪問したんだろうか？」

「ああ。彼らは詩と、プーシキンという名の人物について長いこと話しこんでいた」

「彼女はアルハザードのイコンを見たのかね」

「きみは、私たちがあれを持っていることも知っているのか……いや。酔っていようがシラフだろうが、彼は必要がない限りそれを誰にも見せようとしない」

「以前、きみを探していた時に、彼がイコンを持っているのを見たんだ。木製で、高さは三インチ、長さは九インチだったかな」

「そうだ。彼は今日、あれを隠し場所から取り出していた。彼は気分が落ち込むたびに、〝ハリの岸辺にて、荒廃の発現を思う〟と唱えて自分を鼓舞するんだ。それが、あのイコンの主な使い道なんだよ」

「《閉じる者《クローザー》》の陳述に聞こえなくもないな」と、私は言った。

「時々、きみは《閉じる者《クローザー》》なんじゃないかって思うよ、スナッフ」

互いの眼が合い、私は硬直した。

人生には、一か八かの賭けに挑まなければならない瞬間があるものだ。

「俺は《閉じる者《クローザー》》だ」と、私は言った。

「何てこった！　我々は仲間だったんだ！」

「とりあえず、黙るんだ」と、私は言った。「このことについて話すのはやめよう」

「せめて、他の仲間を知ってるかどうかだけは教えてくれ」

「他には知らない」と、私は言った。

私は再び前進した。ちょっとした賭けをして、ちょっとした勝利を収めたのだ。

私たちは頭を下げて食事中の二頭の雌牛を追い越した。小さな雷鳴が、博士の家の方から聞こえた。左に目を向けると、私が《犬の巣《ドッグズ・ネスト》》と名付けた丘が見えた。

「もっと南なのかい？」

その方角へと続く道を上りはじめた時、私は尋ねた。

「そうだ」と、彼はしゅっと音を立てた。

私はこれらの新たな拠点によって、新たな方角へと延長された模様の視覚化を試み続けていた。中心地の候補を見つける度に、それを失うのには苛々《いらいら》させられる。まるで、自然の力に弄《もてあそ》ばれているかのようだ。これこそ適切と思われたものを放棄し続けるのは、非常につらいことだった。

我々はついに、どこかの一族の墓所と思しい場所に到着した。所有者一族は、いなくなって久しいようだった。近くにある丘の頂には、倒壊した建物があった。基礎だけが、辛うじて残っていた。クイックライムが私を連れて行った墓地は荒れ果てていて、東側を除くすべての柵が倒れ、側面が崩れていた。

一族の遺体は、どこか別の場所に引き取られたようだった。彼は、背の高い草の間にある、大きく厚い石板へと私を導いた。それが覆い隠す周縁部のあたりに、最近に採掘された痕跡があった。石は少しずれていて、私が体をぎゅっと押し込めなくもない狭い口が開いていた。鼻を中に突っ込み、匂いをかいだ。ほこりっぽい。

「私に調べて欲しいんだろ？」と、クイックライムは言った。

「一緒に行こう」私は答えた。「これだけ歩いたんだ。俺もこの目で見ておきたい」

私は、不揃いの階段を降りて行った。底にあった水たまりを跳び越した。水たまりはいくつもあったので、全てをよけることはできなかったのだが。

暗くはあったが、土盛りされた場所にある開かれた棺をようやく発見した。他の棺は、空間に余裕をもたせるため横に動かされていた。

私は匂いを嗅ごうと近づいた。悪臭はしなかった。我々が出会った夜もそうだ。伯爵はいかなる匂いも漂わせておらず、私の敏感な嗅覚器官を大いに惑わせたのである。近づいて行くうちに、次第に視界がはっきりしていった。どうして彼は、蓋を開けっ放しにしているのだろうか。それは、彼の信条に反しているのではなかったか。

立ち上がり、棺のふちに前足を置いて、私は内部を見下ろした。

クイックライムが近づいてきた。「どうしたんだい？」

私は無意識に、低い唸り声をあげていたのだ。

「ゲームはさらに深刻になったよ」と、私は答えた。

彼が梁材をよじのぼり、棺の端で頭を揺らすと、ファラオの頭飾りのように見えた。

そして、「何てこった！」と言った。

長く黒い外套の上に、人骨が横たわっていた。まだ身につけている黒い衣服は少し乱れ、前が開かれていた。大きな木の杭が胸骨を分割し、わずかに角度をつけて背中へと突き抜け、背骨の左にはずれていた。

人骨の中にも外にも、大量の乾燥した塵が積もっていた。

「新しい拠点は、思ったほど秘密じゃなかったらしいな」と、私は言った。

「彼は《開く者《オープナー》》と《閉じる者《クローザー》》のどちらだったと思う」クイックライムが言った。

「《開く者《オープナー》》だと思う」と、私。「ただの推測さ。答えは永遠にわからないだろうよ」

「誰が、彼を釘付けにしたんだろう」

「見当もつかない」私は身を引いて、背を向けながら言った。

それから、部屋の隅と亀裂をにらんだ。

「このあたりでニードルを見たか？」と、私は尋ねた。

「いや。きみは、奴らが彼も捕まえて行ったと思うのか？」

「そうかもしれない。だがニードルが出てきたら、あいつには聞きたいことがあるな」

私は階段をあがり、日光の下に出て行った。私は歩き始めた。

「これからどうなるんだろう」と、クイッククライムが尋ねた。

「俺は、巡回しなければ」と、私は言った。

「このまま続けて、また今回みたいな殺しが起きるのを待つかい？」

「いや、皆に警告しよう」

私たちは滑り、走って自分たちの領域へと戻って行った。


ジャックは外出していた。私は家の用事を片付け、最新の情報を彼女に伝えようとグレイモークを探しに出かけた。気ちがい《クレイジー》ジルの家の裏口で、彼女とジャックが会話しているところに出くわしたときは驚いた。

彼は、おそらく今借りたばかりなのだろう、カップ一杯分の砂糖を持っていた。私が近づくと、彼は会話を終えて背を向けた。グレイモークはどこにも見当たらなかった。

家に向かって歩きながら、ジャックは私に、近いうちにありふれた人間の日用品を手に入れるべく、町に乗りこむ必要がありそうだという話をした。

しばらくして、グレイモークを探しに出た私は、家の前で名探偵の馬車とすれ違った。彼はまだ、リンダ・エンダービーに変装していた。馬車が行ってしまう前に、私たちは数秒の間、目と目を合わせていた。

私は家の中に戻り、長めの仮眠をとった。


夕暮れ近くに私は目を覚まし、再び巡回した。

《鏡の中のもの》が今も固まって、軽く脈打っていた。ひびが少し大きくなったように思えたが、記憶と想像力のしわざかもしれなかった。

ともあれ、私はすぐにジャックの注意を喚起することにした。

飲み食いした後、私は外出した。

再びグレイモークを探し回り、家の前庭でうたた寝《キャットナツパリー》している彼女を発見した。

「やあ。少し前に、きみを探してたんだ」と、私は言った。「会いたかったよ」

彼女はあくびをして体を伸ばし、肩を舐めた。

「出かけてたの」と、彼女は答えた。「教会と司祭館の周囲を調べにね」

「中に入ったのかい？」

「いいえ。だけど、私が入ることのできる入口を全部調べてきたわ」

「何か面白いことがあったかい？」

「教区司祭は、学習机の上に頭蓋骨を置いているのね」

「死を思え《メメント・モリ》、ってやつか」と、私は言った。「聖職者ってやつは大抵、その手のものが大好きなのさ。たぶん、備え付けの家具だったんだろうな」

「それは、大きな杯の中に安置されていたの」

「杯？」

「そう、杯。彼らはそれを、古き五芒星《ごぼうせい》杯と呼んでたわ」

「おお」では、私はその道具を、誤って博士に帰属させていたわけだ。「そんなところにあったとはね」

それから私は陰険そうに言った。

「できれば、二本の杖がどこにあるのかも、わたくしめに御教示いただけまいか」

グレイモークは胡乱《うろん》な視線を私に向けながら、毛づくろいを続けていた。

「それでね、私は外壁を登らなくちゃいけなかったの」と、彼女は言った。

「どうしてまた？」

「誰かが上の階で泣いているのが聞こえたのよ。だから、羽目板を進んで行って、そこの窓から覗きこんだの。ベッドの上に、女の子がいたわ。彼女は青いドレスを着ていて、足首を長い鎖で繫がれていた。もう一方の端は、ベッドの骨組みに固定されていたわ」

「誰だったんだ？」

「その後、私はテケラに会って」と、グレイモークは続けた。「彼女はあまり猫と話をしたくなさそうだったけど、それでも何とか説き伏せて話を聞いたの。あの子はリネット。教区司祭の亡くなった前妻、ジャネットの娘ですって」

「どうして鎖なんかで繫がれてるんだ？」

「テケラが言うには、彼女は逃げ出そうとしたので、躾《しつけ》をされてるんですって」

「実に疑わしい話だな。その子は何歳なんだ？」

「一三歳よ」

「ああ、わかった。生贄《いけにえ》なんだな、もちろん」

「その通りよ」

「その情報のために、テケラには何を話したんだ？」

「先日の、大男との遭遇。それと、ジプシーが伯爵と関わりがある可能性を伝えたの」

「その伯爵について、話があるんだ」

私はそう言って、クイックライムとの調査について詳しく説明した。

「どちらの陣営であるにせよ、亡くなって残念……とは言えないわね。彼はとても恐ろしい存在だったから」

「彼に会ったのか？」

「ある晩のことで、最初の地下室から出てくるところだったわ。私は何が起こるのか見ようと、木立の中に隠れていたの。まるで、あそこから湧き出してきたみたいだったわ。筋肉を動かさないで、ちょうどクイックライムみたいに、流れるような動作でね。風に吹きあげられた外套をばたばたとはためかせながら、彼はしばらくの間そこに立っていて、頭を巡らせて世界を見たの。まるで彼が世界の所有者で、目に映る世界のどこを楽しもうかと考えているかのように笑い声をあげたの。私は決して、あの声を忘れないでしょうね。彼は頭を反らせて、咆哮したの。あなたのとは、全然違ったわ。あなたが、食べられたくないと思ってる何かを食べる時、そのことが面白く、味わいを増すと感じて吼える、特別な吼え声がない限りね。それから彼は動き出したんだけど、私は目がおかしくなったかと思ったわ。彼の姿も、形も、一瞬で変わった。マントを大きく羽ばたかせて、時には、違う場所に同時にいるように見えた。そう思っている間に、彼は去って行った。月夜に空を渡るマントのようにね。彼が去ってくれて、私、ほっとしたわ」

「俺は、そこまで劇的なものは見ていない」と、私は言った。「だが、俺はごく近くで彼に会って、強い印象を受けたんだ」

私はいったん言葉を止めた。

「テケラからは、リネットのこと以外に何か聞いたのかい？」と、私は尋ねた。

「誰もが、今や古い司祭館こそが中心地だと考えてるみたいね」と、彼女は言った。

「教区司祭は、ここの南にある建物は昔、はるかに大きな教会だったことを彼女に話したみたいね。かつて、ヘンリー八世が、見せしめとして滅ぼしたんだそうよ」

「確かに、いい候補地だな。だからこそ、伯爵の悪趣味のせいで、計算をやり直さなくちゃいけないのがイライラする」

「あなたはもう、新しい場所について計算したのかしら？」

「いや。もっとも、取り急ぎ済ませるつもりだよ」

「私にも教えてくれる？」

「出向く時には、きみを連れて行くよ」と、私は申し出た。

「いつになるかしらね」

「たぶん、明日。俺はちょうどジプシーを見に行くつもりだった」

「どうして？」

「連中は色とりどりだからね。よければ、一緒に来るかい？」

「そうするわ」


私たちは道を進んで行った。数多の星々がまたたく、晴れ渡った空だった。ラリーの家に近づいて行くと、遠くから音楽が聴こえてきた。はるか向こうには、焚き火の輝きも見えた。私たちが進んで行くと、ヴァイオリンやギター、タンバリン、そして太鼓の音を、楽曲の中に聞き取ることができた。

さらに近づいた私たちは、ついにキャラバンを眺めることができる、下手《しもて》の隠れ場所に辿りついた。

犬の匂いを嗅ぎつけたが、風下にいるので、煩わされることはなかった。

幾人かのジプシーの老女が踊っていて、歌い手が突然、泣き叫ぶような声をあげた。

音楽が、揺れ動いていた。踊り手の動きは、暖かい土地で見たことのある脚の長い鳥のステップのように、様式化されていてた。あちこちで火が焚かれていて、幾つかの場所では料理の匂いが漂っていた。その光景にはしかし、輝かしい部分と同じくらい闇の部分もあった。吠え声や遠吼えに関しては一家言のある私としては、泣き叫ぶような歌のほうが好みだった。

私たちはしばらくの間、動きや音だけではなく、踊り手や演者の身につけている衣服の明るい色を眺めていた。彼らはいくつかの曲を演奏し、フィドル奏者は彼の楽器を差し出し、それで指さすことで、見物人の集団に向かって意思表示をした。

抗議する声が聞こえてきたが、彼は断固として意思表示を続けた。

やがて、一人の女性が明かりの中に進み出た。すぐにはわからなかったが、それはリンダ・エンダービーだった。名探偵はどうやら、もう一箇所への表敬訪問にやってきていたようだった。背後の闇の中に、彼の相棒の背が低く、がっしりした姿も見えた。

抗議のやりとりを経て、彼はヴァイオリンと弓を受け取り、その弦に触れ、この楽器について熟達しているような手つきで、それを抱きかかえた。

弓を持ちあげ、しばらく静止した後に、彼は演奏を開始した。

彼は優れた奏者だった。ジプシーの音楽ではなかったが、以前に聞いたことのある古い民謡だった。一曲弾き終わると、彼はすぐに別の曲を始め、様々な変奏を行った。

彼は弾きに弾きまくり、演奏はどんどん荒っぽくなり……。

突然、まるで夢から急に覚めたかのように、彼は演奏をやめ、一歩を踏み出した。

彼は一礼して楽器を持ち主に返したが、その瞬間の動作は完全に男性のものだった。

私は、彼がここに辿りつくために行った、膨大な思考の制御と達人の名に恥じぬ推理力について思いを巡らした。そしてこの、そうならないように彼がずっと抑えていたはずの、野生への飛躍について。

その状態から彼は抜けだし、微笑みながら女性に戻ったのだった。

私は、莫大《ばくだい》な意志が作用するのを目撃した。そして突然、彼が様々な面を持つ探求者であるということを、深く理解した。そしてまた、彼の側も我々について深く学んでいるはずだと、唐突に気づいたのである。

我々がお互いの様々な面を知るうちに、この儀式の意味も学び、彼はもはや、ある意味でプレイヤー、いやそれ以上の存在であり、ゲームにおける一つの勢力であった。

誰かに対してこれほどの敬意を抱いたことは、初めてだった。

「いい気晴らしになったわね」

去り際に、グレイモークが言った。

「ああ」と、私は言った。「そうだな」

私は、月が満ち始めた空を眺めた。

10月22日

「チワワはどうだい？」と、《円の中のもの》が提案した。「話のネタにでもさ」

「いらん」と、私は答えた。「言葉の壁ってやつだな」

「なあ、おい」と、そいつは言った。「俺はほとんどもう、一人でここから抜け出せるくらい強いんだぜ。このまま放っておけば、あんたひどい目に遭うんじゃないか？」

「〝ほとんどもう〟だと」と、私は言った。「抜け出せはしないってことだな」

そいつは唸った。私が唸り返すと、そいつはひるんだ。私はまだ、そいつを支配下においていた。

《旅行鞄の中のもの》もまた活性化していて、開口部から私をにらみつけた。私たちは、屋根裏部屋の洋服簞笥につっかい棒を設置しなければならなかった。というのも、中にいるものが掛け金を壊すことに成功したのである。

だが、私はそいつを再び追い返した。私はまだ、そいつも支配下においていた。

それから私は外に出て、誰かがちょっかいをかけてきた痕跡を調べた。

不都合なものが何も見つからなかったので、私はラリーの家に歩いて行った。あらゆることを彼に知らせ、彼が得ているニュースを引き出すためである。

もっとも、目的地が視界に入ったところで、私は立ち止まった。エンダービーの馬車が正面に駐車していて、太った男がその傍らにいた。

私は、彼女の件を長いこと放っておきすぎたのかもしれない。名探偵の再度の訪問を正当化するに足る、魅力的な何かがここにあるのだろうか。もちろん、今この瞬間に、私にできることは何もなかった。私は向きを変え、歩いて戻った。

家の近くに着いた時、グレイモークが我が家の庭で待っているのが見えた。

「スナッフ」彼女は言った。「計算してたのかしら？」

「頭の中でね」と、私は答えた。「見晴らしのいい場所でやった方が、うまくいくかもしれないな」

「見晴らしのいい場所？」

「《犬の巣》《ドックズ・ネスト》さ」と、私は言った。「興味があるなら、来てくれよ」

彼女は、私のそばを歩いた。

空気は湿っていて、空は灰色だった。北東からの風が強く吹いていた。オーウェンの家を通り過ぎた時、チーターが枝からぺちゃくちゃ話しかけてきた。

「変なカップル！　変なカップル！」と彼は呼びかけた。「《開く者《オープナー》》と《閉じる者《クローザー》》！《開く者《オープナー》》と《閉じる者《クローザー》》！」

私たちは返事をしなかった。予言者には勝手に言わせておけばいい。

「あなたは、妙な呪い《カース》にかかってるのね」

だいぶん時間が経ってから、グレイモークが言った。

「というよりも、俺たちは災禍《カース》を蒐集《しゅうしゅう》してるのさ。それも、ひとつじゃない。長く生きてると、こういうのは勝手にたまってくるものだからな。だけど、きみはどうしてそのことを？」

「ジャックが、御主人様に話したのよ」

「妙だな。普段、そんなことはしないのに」

「何か理由があるに違いないわ」

「そうだろうな」

「やっぱり、今回が初めてじゃないのね。何度もゲームをプレイしてきたんでしょ？」

「ああ」

「彼は、彼女を説得して、立場を変えさせようとしているの？」

「そうだろうね」

「それって、どんな感じなのかしら」

私たちはラストフの家のあたりを通過したが、立ち止まらなかった。

その後、マッカブと路上ですれ違った。マッカブは棒を持っていて、何ともうんざりさせることに、私たちが近づくとそれを振り上げた。彼は棒を振り下ろして、呪いの文句をぶつぶつと口にした。

呪いには慣れっこだった。私の笑いは、他人にはわからない。


田園地帯に入り込み、長い時間をかけて丘にやってきた。

私たちは、石が倒れたり立ったりしているところにあがっていった。南の方では、博士の家の上空で黒雲がごろごろと鳴り響き、閃光を放つのが見えた。この高さでは風が強く、ストーン・サークルを歩き回るうちに小雨が降り始めた。

グレイモークは石のブロックの乾いた面に屈んで、あたりを眺める私を見ていた。

南西の方角で、私は遠くにある墓地を始点に、目に見える範囲の、あるいは記憶しているすべての拠点へと線を伸ばした。続いて、伯爵の遺体がある場所からも同じことをやった。私の頭の中に、新たなデザインが浮かびあがった。

新たな中心地は、司祭館から下方向、南方向に離れ、我々のいる場所を通り過ぎて、少しばかり左にずれた前方に引き寄せられた。私はそれを考える間、雨のことも忘れて突っ立っていた。ひとつひとつの線ごとにそのプロセスを繰り返し、そのたびに中心が移動するのを観察して、最終的な位置を特定する……。

再び、同じエリアが導きだされた。

そこには何も存在せず、目立った特徴もなかった。いくつかの木や岩くらいしかない山腹で、近くに建物があるわけでもない。

「何かが間違っているんだ」と、私はつぶやいた。

「何かって、何？」と、グレイモークが言った。

「わからない。正しくはないってことくらいしかね。少なくとも、これまでの候補地は、興味深く、許容できる場所だった。でも、今回は違う。南から少し西にそれた、狭い範囲の原野でしかないんだ」

「他の候補地も全部、間違ってたわ」と、彼女は言った。「どんなに面白くてもね」

グレイモークが近づいてきて、石の上に乗った。

「どこなの？」

「あそこさ」そう言って、私は頭で指し示した。「山腹に、五、六本の木が群生しているあたりの右側だ」

　彼女はそこを見つめた。

「あなたの言う通りみたい」と、グレイモークは言った。「特別有望な場所とは思えないわね。あなた、間違いなく正確に計算したの？」

「検算もしたさ」と、私は答えた。

　にわかに雨が強くなってきたので、彼女は雨宿り場所に戻った。私も後に続いた。

「行ってみた方がいいかもね」彼女は言った。「雨がやんだ後だけど、もちろん」

　グレイモークは毛づくろいを始め、それから口ごもった。

「たった今、思い出したことがあるんだけど」と、彼女は言った。「伯爵の骸骨《がいこつ》よ。あの人はまだ、指に大きな指輪をはめていたかしら？」

「いや」と、私は言った。「殺《や》った奴が、持ち去ったんだろうよ」

「なら、誰かが二倍に恩恵を受けているってことにならないかしら」

「そうだろうな」

「それで、もっと強くなるってこと？」

「魔術的にはな。だが、逆に弱点もできるかもしれない」

「でも、魔術的な側面が役に立つことだってあるでしょ」

「そうだな」

「ゲームはいつも、ある程度進むと混乱するの？　プレイヤーの思考やアイディア、価値観を台無しにして」

「いつもそうだ。イベントが滝のように流れはじめ、終わりへと加速するにつれて。我々はこの地で、特定の作業を行うことで、ある種の渦を造り出すんだ。きみの混乱が、きみの足をすくうかもしれない。他の誰かの混乱が、きみを救うかもしれない」

「状況がおかしくなっていった結果、打ち消し合うってことを言ってるの？」

「概《おおむ》ねは。もちろん、最後の結末は別だがね」


近くで光が閃き、瞬間的な雷光の亀裂が続いた。博士の家の嵐が広がり続けていた。急に風が変化して、私たちは雨を含む突風に溺《おぼ》れた。大急ぎで、反対側にあるもっと大きな石の避難所に駆け込んだ。ぐしょ濡れのみじめな状態で座っているうちに、私は突然、石の側面を凝視した。湿気によって浮かび上がったと思《おぼ》しい、ただのひっかき傷や不規則な形が、それ以上のものに見え始めたのだ。

「あいつらも、私たちの骨折りに感謝してくれるといいわね」と、彼女は言った。「ナイアルラトホテプ、クトゥルー、その他諸々の、発音しにくい連中のことよ。時々、もっと平凡な仕事に就いてたらよかったのにって思うわ。どこかの農家のおかみさんのために、ネズミを捕まえるとか……」

そう。そこに刻み込まれ、わずかに摩耗《まもう》した文字列は、私が知らないアルファベットで書かれていた。したたり落ちる水が石のいくつかの部分を暗くしてコントラストを引き出したことで、文字の存在が強調されたのである。

みるみるうちに、それらの文字は明瞭さを増していった。やがて、ほのかに赤い輝きを放ち始めたので、私は後ずさった。輝きがどんどん強くなった。

「スナッフ」と、彼女が言った。「なに、雨の中に突っ立ってるのよ?」

その時、グレイモークも私の視線の先にあるものを見て、言い足した。

「ワーオ! あいつらに聞かれちゃったのかしら!」

今や、それらの言葉は燃え上がり、まるで自らを読み上げるように流れ始めた。

さらなる光が、文字列の周囲に高い長方形の枠を描いた。

「ただの冗談だったのに」彼女はぼそぼそと口にした。

長方形の内側は、乳白色の光を帯びた。逃げ出したくもあったが、その一方でこの成り行きに魅了されてもいた。残念なことに、後者の方が勝っていた。

グレイモークもまた、黒々とした像の如く、見つめ続けていた。

その中で何かが渦を巻き始めた。私は予感としか言いようのない何かを感じて自分を取り戻し、さっと前に出ると、グレイモークのうなじを歯でつかまえて右に跳んだ。次の瞬間、長方形から稲妻が放たれ、私たちがいた場所に落ちた。小さな衝撃と、頭の毛が逆立つのを感じながら、私はよろめいた。

グレイモークが悲鳴をあげ、空気中をオゾン臭が漂った。

「怒りっぽいやつらみたいだな」

そう言って立ち上がろうとしたが、再び転んでしまった。先ほどよりも十倍は強い風が渦巻きはじめた。もう一度立とうとしたが、またもや風に殴り倒された。

石をちらりと見ると、渦巻きはおさまっているようだった。

とりあえず、さらに稲妻を喰らうことはなさそうだ。代わりに、銀色の鍵のうっすらとした輪郭がそこにぶら下がっていた。私はグレイモークの近くに這いよった。

風がいよいよ強くなり、どこかから歌声が聴こえてきた。

〈いあ！　しゅぶ＝にぐらす！　千の仔を連れた森の黒山羊よ！〉

「何が起きてるっていうの？」彼女は泣きごとをもらした。

「何者かが、きみの発言に対して非難を表明しようと、門を開いたってことさ」

私は意見を述べた。

「非難の表明は終わったのかもだが、扉はまだ閉まっていない。と、こんなとこだな」

背中を丸め、耳を伏せ、毛を逆立てながら、グレイモークは私に体を寄せた。颪はいよいよ強くなり、私たちを否応《いやおう》なくその場所の近くに押していった。

私は門の方向に地面を滑り始めた。彼女もまた、私と一緒に引きずられていた。

「閉まっちゃうわ！」と、彼女は叫んだ。「門の中に入っちゃう！」

グレイモークは体を翻《ひるがえ》し、四本の足を全部使って私の首に飛びついた。

彼女の爪は鋭かった。

「離れないで！」彼女は言った。

「わかってる！」私は声を詰まらせながら言った。

滑る速度がさらにあがった。移動しながら、私は辛うじて足を地面に向けることができた。このまま何もできずに門に吸い込まれるよりも、移動手段を確保しておいた方が、生存に繋がるかもしれない。私たちが接近しているのは、岩壁とは思えなかった。はっきりと見えたわけではないが、そこには明らかに深さがあったのである。

鍵のイメージは既に薄れていた。

向こう側に何があるかは、わからなかった。だが、私たちがそこに入りこもうとしていることは、疑いようもない。なら、こちらから入ってやろうじゃないか……。

私は足をぴんと伸ばし、前方に跳びはねた。裂け目の中に。霧の中に……。

……沈黙が広がっていた。

風と雨の音は、私たちが通り抜けてすぐにやんでいた。

硬かろうがそうでなかろうが、地面に落下することはなかった。

私たちは、真珠色に輝く空間に浮いていた。落下していたのだとしても、落ちている感覚はなかった。私の足は、フェンスを飛び越えている時のように、前後に伸びていた。そして、空高くの雲のようにほのかな霧の渦と流れが、周囲で戯《たわむ》れていた。

肉体感覚はちぐはぐだった。どの方角を向いても、別の方に向かっている感じがしたのである。やがて、私は背後に頭を向け、杭石と草が中にある長方形が薄れていくのを見た。門のあった——私たちもそこにいたわけだが——場所に点在していた雨粒や数枚の葉、草が、空中に浮いていた。あるいは、私たちと共に下降しているのだろう。いや、上昇かもしれない。要は見方の問題だ……。

グレイモークは小さく悲しげな鳴き声をあげ、それから周囲を見た。彼女はようやくリラックスしたようだった。そして、彼女は言った。

「ここで大事なのは、離れ離れにならないってことね」

「俺たちはどこにいるんだ？」と、私は尋ねた。

「んー。私は間違いなく足を下にして着地できるけど、あなたはわからないわね。背中に乗せてもらっていいかしら。その方が二匹《ふたり》とも楽になるはずよ」

彼女は私の首につかまって、最終的に肩の後ろに腰をおろした。落ち着きを取り戻したのだろう、グレイモークは爪を引っ込めた。

「どこにいるんだ？」と、私は言った。「俺たちは」

「私たちが押し流されていた時、何かが私たちを助けようとしたの」と、彼女が言った。

「稲妻と同じ種類の存在ではなかったわ。だけど、道が開かれたから、救出手段として利用したんでしょうね。それだけじゃないかもしれないけど」

「きみの言ってることはちんぷんかんぷんだ」と、私は彼女に言った。

「私たちは今、幻夢境《ドリームワールド》と私たちの世界の中間にいるの」と彼女は言った。

「以前にも来たことがあるのか？」

「だいぶん前のことだけどね」

「何やら、永遠に漂い続けそうな気がするんだが」

「ありえそう」

「前進するか戻るかする方法はないのか？」

「その辺の記憶がばらばらなのよね。向かった先が気に食わなかったら、撤退してやり直すの。とりあえず試してみるわ。あんまりおかしなことが起きるようだったら、私に呼びかけてちょうだい」

そして、彼女は沈黙した。

事態の進展を待つ間、私たちをこの場所に連れてきた出来事を振り返ることにした。旧《ふる》きものどもは、彼女のちょっとした悪口を聞いたのみならず、激しい怒りを感じて報復を実行するほどの力を発揮したのである。奇妙な話だった。

実際、力が最大限に高まる頃合いではあるのだ。だが、もっとうまい力の使い道がいくらでもあるだろうにと、私はこの浪費に困惑した。あるいは、これがかの有名な、旧《ふる》きものどもの不可解さというやつなのかもしれない。私自身は、その不可解さなるものは、単に子供っぽさの別名と考えた方がわかりやすいと思うのだが。

その時、心の奥底である可能性が閃いたが、すぐにそれどころではなくなった。考えてもみなかった変化が、私の身に起き始めたのである。

特定の光源があるわけでもないのに、私の頭上が明るくなっていき、足元の暗い部分とのコントラストが増していった。

私は、グレイモークに何も言わなかった。緊急事態を除いて、彼女の方で口をきくまでは、話しかけないことにしていたのである。

その光には、既視感があった。眠りから覚める時に見た光景なのかもしれない……。やがて、その光はだいたい二つ以上の大陸ないしは島の、地図に見られるような輪郭で、はるか遠くの頭上に漂っているのだとわかった。

この光景を見たせいで私は位置感覚を失い、うまく体の体勢を合わせようと苦闘した。足を動かしたり体をひねったりして、体を上向きにするのではなく、下向きになるよう回転しようと試みたのである。

思ったより簡単に成功した。体がぐるりと回転したのだ。

私たちが近づくにつれて視界がより明瞭になり、巨大な土地はさらに大きくなった。薄青く渦巻く雲を通して、地形がより明瞭に見えて来た。西の方には、二つの巨峰が作る谷間に、一対の大きな島があった。西と言ったが、垂直軸に沿って上の方を北と考えた場合の話である。そちらが北だという根拠はないが、北ではないとも言い難《がた》い。

その時、グレイモークが平板で、感情のない口調でつぶやき始めた。

「……南海の西には玄武岩《げんぶがん》の柱が立ち、その彼方《かなた》にカトゥリアの都がある。東は緑なす海岸と漁師町の古里だ。南は黒々とした塔のダイラス＝リーン、窓のない陰鬱《いんうつ》な家々の並ぶ白い菌類の地である。その海の底には日中においてすら、壮麗なる水没した神殿の円蓋へと続く損なわれたスフィンクスたちが並ぶ大通りを目にすることができる。北はといえば、目にとまるのは歓楽かなわぬ土地ズーラの納骨堂庭園、ザルの神殿立つ高台、ソナ＝ニルの港に立つ水晶の双子岬、タラリオンの尖塔……」

グレイモークが話している間に、私たちはさらに接近した。そして、海岸線に点在する場所から場所へ、私は注意を奪われた。私は夢の中の視覚で物事を見たので、それらの地勢はどういうわけか、実際の距離よりも遥かに広く見えた。

私の中のある部分は、この神秘的な現象に困惑させられたが、別の部分は、この現象を新たな発見というよりも、昔知っていた記憶として感じていた。

「……ダイラス＝リーン」と、彼女は唱えるように口にした。「奇妙なターバンを巻いた口の大きな商人たちが奴隷と黄金を求めてそこにやってきて、煙草《たばこ》をのべつ呑《の》まねば我慢できぬ臭いを放つ黒いガレー船で寄航し、紅玉《こうぎょく》にて支払いをし、姿を見せぬ漕ぎ手どもの力強いオールさばきとともに去ってゆく。その南西にはつなぎ目なき傾斜した雪花石膏《アラバスター》の城壁持つトゥーランで、雲にも届かんばかりの塔はみな白く黄金で飾られている。そこはスカイ川沿いで、大理石作りの波止場が……」

「そこにあるのは花崗岩の城壁を巡らした都市フラニスで、セレネル海に面している。その波止場は樫材造りで、家々は破風に梁が走り……」

「そこはクレドの馥郁《ふくいく》たる密林」と、彼女は続けた。「かつては忘れられた王国の君主たちの家であった、喪われた象牙の宮殿が平穏に眠るところ」

「……そしてセレネル海よりオウクラノス川を遡《さかのぼ》れば、なだらかな斜面の下るキランの碧玉《へきぎょく》の台地。イレク＝ヴァドの王が一年に一度、黄金の駕籠《かご》に乗ってまかり越し、月光が照らす時は常に音楽が流れる七つの塔持つ神殿で河の神へと祈りを捧《ささ》げる」

彼女が話している間、私たちは徐々に降下していった。茶色や黄色、緑色をした広大な領域を漂いながら……。

「……バハルナはダイラス＝リーンから一一日の船旅で、オリアブの島で最も重要な港だった。トンとタルの壮麗なる灯台が波止場の入口にあり、埠頭《ふとう》はすべて斑岩《はんがん》作りである。邑《むら》の廃墟があるヤス湖に通じる大運河がある。ここは花崗岩の閘門《こうもん》を備える暗渠《あんきよ》を流れていた。丘の民は縞馬を乗りこなす……西方に広がるのはナスの谷で、トォーク山脈の合間にある。そこは粘液質のドール族が積み上げられた骨の山をかきわけているのだが、その骨の山こそは食屍鬼《グール》たちが幾世紀もの饗宴《きようえん》の残肴《ざんこう》を投げ捨てたもので……その峰から南へ向かうとングラネクで、もしも夜の魍魎《もうりよう》を恐れないのであれば縞馬の背に二日間揺られる旅路。ングラネクの勾配に挑んだものがついに目にするのはそこに刻まれた巨大な顔容であり、耳朶《じだ》の長い耳、とがった鼻と顎を備えている。その表情は喜んでいるもののようには見えなかった」

「……北の地に立ち戻れば、スカイ川の近く、千三百年の昔に築かれた折、人間が生きたまま封じ込められたというアーチを有する大石橋の向こうに佳《よ》きウルタールがある。小奇麗な家屋と玉石敷きの通りのある町で、数知れぬ猫たちが往来するのは遥かな昔に我らを守るため、法務官が掟を敷いたゆえであった。旅人がくつろいで猫をなでまわすには居心地良く親切な村で、多くのものはそうするし、そうあるべきなのだ」

「……そしてインガノクへの道半ばにあり、瑪瑙《めのう》掘りたちの行き交う、低い丸屋根の並ぶウルグ……」

「……そしてレンの荒野のすぐそばにあるのがインガノクそのもので、球根状の円蓋持つ宮殿やミナレット、ピラミッドを擁し、黄金の壁は黒塗りで金象嵌《きんぞうがん》の縦溝彫、渦巻装飾を施され、門があり、金細工の柱頭が並んでいた。通りも瑪瑙敷きで、大きな鐘の音が鳴り響くごとに、それに応《こた》えるかのように角笛とヴィオールと詠唱の声からなる音楽が応じた。中心部に位置する丘には古《いにしえ》のものどもの堂々たる神殿がそびえ、それを囲うのは七つの門を備えた庭園で、柱や噴水、光放つ魚が泳ぐ池があり、神殿の露台に備えられた鼎《かなえ》の照り返しがきらめいて踊っていた。神殿それ自体は平たい円蓋の頂点に大きな鐘楼《しょうろう》を構え、鐘が鳴り響くや覆面と頭巾をまとった神官たちが現れ、湯気立てる鉢《はち》を手に地下の集会場へと向かった。覆面の王の宮殿はすぐ近くの丘にそびえている。彼はそこへとヤクの引く戦車に乗って青銅の門を抜けて行った。神殿の円蓋に棲むシャンタク鳥の父には注意せよ。あまりに長く見つめたならば、それは悪夢を送って寄越すだろうから。麗しきインガノクを避けよ。そこにはいかな猫もとどまることなく、その影の多くは我らの種には有害なるがゆえに」

「……そこはサルコマンド、レン高原の向こう側。塩に覆われた石段が玄武岩の壁と船着き場、神殿と広場、柱立ち並ぶ街路からスフィンクスを戴く門へと続き、そこから開けて中央広場と一対の有翼の獅子《しし》の記念碑が守りかためる吹き抜け階段の先は大いなる深淵《しんえん》であった」

私たちは今、一定の速度で降下していた。彼女が唱えるように話し続ける幻夢境の地誌は、まるで世界の間に吹きぬける風のように聴こえていた。

「……カダスへと至るため、我らはレンの恐ろしき荒野を横断した。そこにはモノリスに囲まれた壮大なる窓のない修道院があり、夢の世界の大神官がそこに住まうのだが、その顔は黄色い絹の覆面に覆われている。かの建物は歴史それ自身よりも古く、レンの物語をフレスコ画で掲げていた。失われた都市の中で踊る人間もどき、紫色の蜘蛛《くも》との戦争、月よりの黒いガレー船の到来……」

「……そしてわれらはカダスを抜け、氷と神秘の大いなる都市、この地の首都へと至った……」

「ついにセレネル海の浜、オオス＝ナルガイの地にある麗しきセレファイスへと辿り着いたのである……」

　今、私たちは雪に覆われた山上へと、ゆっくりと降下していった。

「……アラン山」と、彼女は唱えるように言った。

　下方にはイチョウの木々が、遠方には大理石の壁や円柱、そして銅像が見えた。

「ここでナラクサ川は海につながる。ここからタナールの尾根はそれなりに離れている。柱の立ち並ぶ通りを降りたあのトルコ石造りの神殿で、大神官がナス＝ホルタースを崇拝している。そしてようやく、われらは召喚された場所に通ずる場所を見つけたのだ」

　私たちは着実に落下し、通りの明るく切りだされた縞瑪瑙の石に触れた。着地の瞬間、風の音しか聞こえていなかった私たちの周囲に、他の音が戻ってきた。

　グレイモークが私の背中から飛び降りた。

　彼女は私の傍らで体を震わせてから、じっと見つめた。

「きみはうたた寝《キャットナッパリー》の夢の中で、これらの土地をさまよっているのかい？」

「時にはね」と、彼女は答えた。「そして、時には別の場所を。あなたはどうなの？」

「俺も、時にはそうしているのかもしれないな」

彼女はぐるりと真円を描き、いったん立ち止まってから、また歩き始めた。私は、その後をついていった。私たちは長いこと歩き続けた。商人やラクダの乗り手、蘭《らん》の花冠をつけた僧侶と行き合ったが、私たちの通行を妨げた者はいなかった。

「ここには、時間というものがないの」と、彼女は言った。

「信じるよ」と、私は答えた。


ピンク色の水蒸気が立ち込める港では、船乗りたちが私たちを追い越した。太陽の輝きが、通りと尖塔の上にきらめいた。私以外の犬を見ることはなく、匂いすら感じなかった。目が眩《くら》むような光景が遠方に見え、私たちはそちらに向かって進んでいった。

「薔薇《ばら》水晶で造られた七十の歓喜の宮殿よ」と、彼女は言った。

「彼は、そう呼んでいたわ」

私たちはそこに向かって歩いて行った。あたかも、普段は目を覚ましている部分が眠っていて、普段は眠っている部分が目を覚ましているかのような逆転が起きていた。

そのことは私に、不思議を容易に受け入れさせた。そして、過去数週間にわたり終日続いた、活動と関心事を容易に忘れさせた。

水晶の宮殿は私たちの前で大きくなり、ピンク色の氷のように輝いた。そのため私はそれを直視できず、横目で眺めた。

接近するにつれて道は静かになり、太陽の光は暖かいものとなった。

構内に入った時、私は小さい、灰色の姿を見た。視界に映る唯一の他の生き物で、宮殿の前のテラスで日光浴をしながら、頭をあげて私たちをじっと見つめていた。

グレイモークが、私をそちらへと導いた。

黒瑪瑙の広場に横たわっているその生き物は、古代の猫だとわかった。

彼女は近寄って体を伏せ、そうして言った。

「万歳《ハイル》、高らかに喉を鳴らすものよ」

「グレイモーク、娘よ」彼は答えた。「ごきげんよう。どうか立っておくれ」

彼女は立ちあがった。

「旧《ふる》きものの怒りを受けた時、あなたの存在を感じました。感謝します」

「さよう。私はあなたの月の全てを見守っている」彼は言った。「理由はわかるね」

「ええ、わかります」

彼は頭を回し、黄色い目を私の目に合わせた。彼に対する尊敬の念から、頭を下げた。

　グレイモークが、明らかに彼を非常に重要な存在と見なしていたからでもあった。

「きみは、犬の友を伴って来たのだね」

「スナッフは、友人です」と、彼女は言った。「彼は私を井戸から救い出し、旧きものの稲妻から逃れさせてくれました」

「そうだね。稲妻が落ちた時、彼があなたを動かすのを見たよ。まさに、あなたをここに呼び寄せることにする直前に。歓迎するとも。ごきげんよう、スナッフ」

「ごきげんよう、閣下《サー》」と、私は答えた。

　老猫はゆっくりと起き上がり、丸めていた背中を伸ばし、まっすぐに立ち上がった。

「時間というものは」と、彼は言った。「今や、複雑になった。きみは、並はずれた図面に思い至ったようだね。私と共に歩いておいで、娘よ。さすれば、最後の日に関わるささやかな智慧《ちえ》を与えよう。ささやかに過ぎるが故に、大いなるものの関心からはずれるものがある。そして、猫は旧き神々が知らないことを知っているものだ」

　彼女は私をちらりと見た。私の笑顔は伝わりにくいので、私は代わりに頷いてみせた。

　彼らは寺院の本殿に沿って歩いていった。

　どこか高く、険しい場所から古代の狼が私たちを見ているのかもしれないと、私はふと考えた。彼は唯一のメッセージである警告を伝えてくるのである。

〈常に見張り続けるのだ、スナッフ〉

意識の底で、時間を越えたそんな咆吼を聞いたような気がした。

私は鼻を鳴らし、待っていた。時間がない世界で、彼らがどれくらい長く不在だったかを伝えることは難しい。だが、時間がないのであれば、時間が長いとも思えないだろうし、実際そうだった。

彼が出てくるのを見た時、《開く者《オープナー》》と友好関係を結んでいることについて、私は今更ながら奇異の念を抱いた。しかも、相手は猫なのである。

グレイモークは何かに悩んでいるか、戸惑いを覚えるかしているようだった。私に近づいてくる途中、彼女は右足をあげてそれを見つめていた。

「さあ、こちらへ」と、年経たものが言った。

彼は私を見て言ったので、私も招待されたのだとわかった。

私たちは、七十の歓喜の宮殿の横にある路地に導かれた。そこには、琥珀《こはく》色、さびあさぎ色、赤褐色の溝つきごみ箱があった。その側面には黒と銀の彫刻が刻まれ、孔雀石《くじゃくいし》、翡翠《ひすい》、斑岩、金緑石の持ち手《ハンドル》が立っていて、その寺院の忘れられた謎を抱きしめていた。

紫色のネズミが私たちの接近から逃げ出した。そして、蓋のひとつががたがたと震え、薔薇色の水晶で造られた壁に反響して、鈴のような音が発せられていた。

「ここに」と、彼は私たちに言った。

私たちは彼について、寺院の裏門から暗い奥へと入っていった。その付近にある水晶の壁の上では、物質的なものではない扉が揺れていた。私たちが接近すると、扉の長方形の輪郭がくっきりし、その表面が乳白色に泡だった。

扉の前にやって来た時、彼は私に向き直った。

「きみは、我が民《たみ》の友人なので」と、彼は言った。「知識の恩恵を与えよう。どんなことでもいい、私に尋ねるがいい」

「明日、俺の身に何が起きますか？」

彼は一瞬まばたきをした。続いて、「血だ」と、そう言った。「きみをとりまく波浪《はろう》と混乱。そして、きみは友を喪うことになる。さあ、門を通っていくがいい」

グレイモークが長方形に飛び込み、いなくなった。

「お礼を言うべきでしょうかね」と、私は言った。

「Carpe baculum《カールペ・バクルム》！」

彼女の後に続こうとした時、彼は付け加えた。

私がラテン語を解することを知っていたのだろう。古の言語で「棒をとってこい《カールペ・バクルム》」というのは、よくわからないが猫的には洒落《しゃれ》の効いた言葉なのかもしれない。

犬であれば、猫からからかわれることには慣れるものだ。それにしても、猫の長《おさ》のような存在が、そんな子供っぽいことをするとは思わなかった。とはいえ、彼もまた猫であり、久しぶりに犬に会ったので、からかいの衝動に耐えられなかったのかもしれない。

「またあなたの霊とともに《エ・クーム・スピリトゥ・トゥオ》」

私は答えて前進し、扉に入った。

「祝福《ベネディクテ》を」

世界と世界の間を再び漂っていた時、彼の遠い応えが聴こえてきた。


「さっきは、何の話をしていたの？」と、グレイモークが聞いた。

「ウェルギリウスについての簡単なクイズ（ラテン語での会話のこと）を出されたのさ」

「どういうこと？」

「わかるかよ。彼みたいな存在は、えてして不可解なことをするものさ」

突然、彼女が別の長方形の中で波打った。

奇怪なことに彼女は平面になって、さざ波を立てた。それから一本の線に変化し、両端から潰れて点になり、そして消えていった。

私の番になったが、複雑な感じはしなかった。
私は《犬の巣》《ドッグズ・ネスト》の石のブロックの前に、グレイモークと共に出現した。
それは再び、傷のついた単なる石に戻っていた。
太陽は西に遠ざかっていたが、嵐はやんでいた。
私は円を描くように歩いた。いかなる方角からも、誰も忍びよってこなかった。
「まだ明るいし、あなたが見つけたスポットを調べに行けそうね」と、彼女は言った。
「明日にとっておこう。巡回に遅れてしまっている」と、私は彼女に言った。
「わかったわ」

私たちは、家の方に向かった。
老猫の恩恵のことを思い出したが、それは明日になってからのことだ。
「犬眠り《ドッグナッパリー》の地は、セレファイスに比べると地味でね」と、私は歩きながら言った。
「どんなところなの？」と、彼女は聞いた。
「俺は《吼えるもの》《グロウラー》という名の年取った狼と、始原の森に還《かえ》っていた。彼が、俺を仕込んだんだ」
「ズーグ族が棲んでいるあたりなら」と、彼女は言った。「私たちはシャイ河の西で、あなたの森を通り抜けたわ。深き眠りの門の南なんだけど」

「そうかもな」

オークの木に住み、近くに人間がいない時にはキノコを漁っていた小さな茶色の生き物のことを思い出しながら、私は言った。

《吼えるもの》は、大抵のものについてそうするように、奴らを嘲笑したものだった。


西の雲が紫色になり、私たちの足は雑草に湿らされた。

血と混乱……たぶん、助言は役に立つことだろう。


今宵は、《吼えるもの》と共に散策してみることにしよう。私たちが相戦って、私が打ち負かされる前に。

10月23日

朝のうちに、仕事で外出。

私は怪物《シング》どもをしめあげ、それから外を探索した。

黒い羽根が、玄関先に落ちていた。たぶん、ナイトウィンドの羽だろう。

《開く者《オープナー》》の厄介な呪文かもしれないし、ただの迷い羽根かもしれない。

私は野原にそれを運び、小便をかけてやった。


グレイモークが近くにいなかったので、私はラリーの家に行った。彼は中に入れてくれて、私は最後に会ってから起こった出来事をみんな話した。

「その丘を調べるべきだろうな」と、彼は行った。

「かつて、あそこには礼拝堂があったのかもしれない」

「確かに。すぐに行ってみるかい？」

「そうしよう」

彼が上着を取りにいっている間、彼の植物をじっくり眺めた。いくつかは、明らかに外国産のものだった。リンダ・エンダービーについては、まだ話していなかった。ラリーから、植物学の話しかしていないと聞いていたからだった。あるいは名探偵は、本心から植物に興味があるのかもしれない。


彼が上着を羽織って戻ってきたので、私たちは出発した。到着した時、広々とした野原のそこかしこが荒らされていた。その時、私たちは永遠に嵐が続く博士の農家の方に向かう、巨大でぶかっこうな足跡を見つけた。それは、死の匂いを漂わせていた。

「あの大男がまた外に出てきたんだ」と、私は言った。

「そういえば、彼にはまだ挨拶をしていなかったな」と、ラリーは言った。「ひょっとすると彼は、私が以前会ったことのある、自分の仕事に執心していることで有名だった人物なのではないかと疑っているんだ」

木の幹に突き刺さったクロスボウのボルトが見つかり、彼は詳しく話すのをやめた。

「ロバーツ教区司祭は？」と、私は言った。

「野心的な男だよ。彼の目的が、開放の唯一の受益者として最後にただ一人生き残ることなのだとしても別段、驚きはしないね」

「リネットのことは？　知ってると思うけど、人間の生贄なんか必要じゃない。少しばかり車輪に油を差すようなものでしかない」

「彼女については考えがある」と、彼は言った。「帰り道に教会に寄ることができるかもしれない。そうしたら、彼女の部屋の位置を教えて欲しい」

「俺自身は知らないんだ。でも、グレイモークに聞いて、あんたに教えよう」

「そうしてくれ」

私たちは歩き続け、やがて私が中心地だと算出した小さな丘の斜面にやってきた。

「ここが、そうなのかい？」と彼が言った。

「多かれ少なかれ、多少のずれはあるかもしれないがね。俺は他の連中みたいに地図を使ったりせず、線を引くんだ」

私たちはそれから、少しの間歩き回った。

「よくある普通の丘だな」と、最後にラリーは言った。「そのあたりの木々が神聖な森の残骸ということでもない限り、特別なものはなさそうだ」

「でも、それらは苗木だよ。新しく生えてきたんだと思う」

「私にもそう見える。計算式の中に、まだ何か足りない要素があるんじゃないかという気がするね。この説では、私も数に入っているのかい？」

「ああ」

「以前にも話したが、私抜きの場合はどこになるんだ？」

「丘の向こう側を、南と東に進んだあたり。大まかに言えば、あんたの家から道を横切って、オーウェンたちの家まで歩くくらいの距離だな」

「見に行こう」

私たちは丘をのぼり、反対側に下っていった。そして、南東に向かって歩いた。最終的に、私たちは湿地帯にやってきて、そこで立ち止まった。

「そのへんだよ」と、私は言った。「たぶん、五十歩か六十歩くらいの範囲。どこを見回しても泥ばかり。全部同じに見えるよ」

「そうだね。見込みはなさそうだ」

彼はそのあたりをしばらく調査した。

「いずれにせよ」彼は結論付けた。「まだ、何かが残っているに違いない」

「謎のプレイヤーが？」と、私は尋ねた。「今までずっと隠れてたってこと？」

「ありえそうなことに思えるよ。これまでに、そういうことはなかったのかい？」

私は懸命に思い出そうとした。

「試そうとした奴はいたが」と、私は言った。「だけど、いつも誰かに発見された」

「どうして？」

「こんな風に」と、私は言った。「どこかで帳尻が合わなくなるのさ」

「それで？」

「ゲームはもう後半戦もいいところだ。こんなに長く隠れられた奴はいなかったよ。一週間を切ったこの時期になると、みんな他の参加者を把握している」

「隠れている人間を、どうやって見つけ出すのかい？」

「大抵は、月の死《しんげつ》までには判明する。もしも、その後になって何かおかしなことが起きて、他のプレイヤーが存在するらしいってわかると、魔力からそのプレイヤーの正体や位置を特定できるんだ」

「試してみる価値があると思わないかい？」

「そうだな、その通りだ。もちろん、それは俺の得意分野じゃない。どんな分野についても多少の知識はあるけど、俺は《観測者》にして《計算者》だからね。だから、誰かに試してもらうことにする」

「誰に？」

「わからない。うまくやれる奴を見つけて提案し、結果を共有してもらわないとな。もちろん、あんたとも共有しよう」

「おそろしく嫌な奴だったらどうする？」

「問題ないさ。このゲームは殺し合いだけど、それでもルールってものがあるからな。ルールに従えない奴は、長くはもたないよ。俺は、そいつの望みをかなえられるかもしれない。中心地以外の何か、奇妙な計算をさせるとかね」

「たとえばどんな？」

「死体が見つかる場所。ある種のハーブが生えている場所。特定の《素材》を扱う店。まあ、そんな感じ」

「へえ！　そういった二次計算については知らなかったな。どれくらい難しいんだ？」

「あるものはとても難しくて、あるものは簡単だね」

私たちは向きを変え、帰途についた。

「死体の探知はどうかな？」

丘を登りながら、彼は尋ねた。

「実のところ、結構簡単なんだ」

「川に放り込んだ警察官の位置を算出することも？」

「余分な変数が関係しているから、今となっては難しいね。あんたが死体をどこに置いたか忘れたり、誰かが死んだのは確かだけど、それがどこなのかわからないとかだったら、そんなに難しくはないよ」

「まるで、占いか何かのようだ」と、ラリーは言った。

「あんたは、何かがいつ、どのように起きようとしているのか、誰がそこにいるのかよく知っている。あんたは《予見》と言ってるけど、それだって占いか何かなのでは？」

「違う。この力は、周知の行動を統計学的に分析する潜在能力なんだと思う」

「だけど、俺がやってる計算も、あんたが潜在能力でやってることに近いと思うよ。あんたは直観的な《計算者》なのかもしれないな」

「だが、死体まで見つけられるとなると、それはもう占いとしか思えないのだがね」

「部外者だから、そう見えているだけさ。いくつかの重要な要素の欠落が計算結果にどんな影響を与えるか、あんたも見たばかりじゃないか。占いとは違うよ」

「今朝方、あるプレイヤーの死を強く感じたことを、きみに話していたとしたら？」

「残念だけど、俺の力を越えていると思う。それが誰なのか、どんな状況だったのか知る必要があるね。俺はそういうのじゃなくて、事実や確率を扱うようにしてるんだ。あんたは、自分の感覚に重きを置いているのかい？」

「その通り。それは現実の予想なんだ」

「伯爵が杭で貫かれた時、そいつを感じた？」

「いや、感じなかった。だが、そもそもの話、彼は正確に言えば生きていないからね」

「屁理屈だな、屁理屈だ」と、私は言った。

彼は笑いに対して、笑いを返した。同族には、私の笑いが伝わるものらしい。

「《犬の巣《ドッグズ・ネスト》》とやらを見せてくれないか？　興味が湧いたんだ」

「ついて来なよ」と私は言って、丘を登りはじめた。

頂上に着いてから少し歩いて、私たちが吸い込まれた石をラリーに見せた。

あの碑文はもうほとんど目立たず、彼が判読することもできなかった。

「だけど、ここからの景色は素晴らしいな」

彼は言って、周囲を調べて回った。

「ああ、牧師館が見えるね。エンダービー夫人が木を手入れしているのかな」

これは、ちょうどいいきっかけだった。ソーホーからここまでの全ての経緯について、今この時にこそ、彼に話してもよかったのだ。

その一方で、私をためらわせている何かがあった。

彼は、私がかつて知っていた誰かを思い出させるのだ。ロッコのことを。

ロッコは、大きな耳を垂らした犬だった。彼はいつだって幸せそうにあちこちを跳ねまわり、生きている間中ずっとよだれを垂らし、人を苛々させるほどに上機嫌で、ひたむきだった。ある日、私は通りで彼に声をかけた。彼は子犬並の注意すら払わず道に飛び出し、馬車にひかれてしまった。私は彼のそばに駆け寄った。憎たらしいことに、彼は最期《さいご》の数分すらも、私に会えて幸せそうな様子だったのだ。

私が鼻づら《くち》を閉じておけば、彼はもっと長く幸せに過ごすことができたのに。

そして……まあ、ラリーにはロッコと同じような楽天的なところがあるが、ゲームという大きな問題について長いこと悩まされてきた。彼は今、問題に対処するための手段を見つけようとしているようだったが、変装で彼を欺いている名探偵の存在は、彼を大いに励ましているらしい。

どうせ、彼が情報を漏らすことはないだろう。私はロッコのことを思い出して、まあなるようになるだろうと考え直した。


私たちが降りていく時、彼は熱帯植物や温帯植物、極寒地の植物や昼夜の植物のサイクル、様々な文化圏のハーブ療法について話をしてくれた。

ラストフの家に近づいた時、ロープのようなものが木の枝から垂れ下がり、風に揺れているのが見えた。私に合図しているクイッククライムだとすぐにわかった。

私は道の左側に寄って、歩くペースを早めた。

「スナッフ！　探していたんだ！」と、彼は呼びかけてきた。

「やっちまった！　彼がやっちまったんだ！」

「何だって？」と、私は尋ねた。

「自殺だよ。食餌から戻ってきたときに、彼が首を吊ってるのを見つけたんだ。前にも言ったけど、彼はすっかり消沈していたから……」

「いつの話だ？」

「だいたい一時間前」と、彼は言った。「それからきみを探しに出たんだ」

「何時頃に外出したんだ？」

「夜明け前だよ」

「その時、彼は特に問題なかったのか？」

「ああ、眠ってた。昨夜もずっと飲み続けてたんだ」

「彼が自殺したのは確かだと思うか？」

「テーブルの近くに酒瓶があったよ」

「そいつは、あいつが昨晩飲んだくれてたって話でしかないな」

私のやり取りの間、ラリーは足を止めていた。彼に最新情報を伝えるため、私はクイックライムから離れた。

「あんたの予見は正しかったみたいだ」と、私は言った。「だが、俺はこのことを計算できなかった」

その時、ある考えが浮かんだ。

「イコンだ」と、私は言った。「あれは、まだそこにあるのか？」

「どこにも見当たらなかったんだ」と、クイックライムが返答した。「だけど、何かしらの理由で彼が取り出さない限りは、いつだって見当たらないからね」

「普段の置き場所を確認したのか?」

「だめなんだ。そのためには、手が必要なんだよ。ベッドの下に緩い板があってね。ぴったりはめこまれていて、何もおかしいところは見えないんだけど、指で簡単に持ちあげられるんだ。中には空っぽのスペースがある。彼はイコンを赤い絹のバンダナに包んで、そこに保管していたよ」

「ラリーに板を開けてもらおう」私は言った。「ロックされていない扉はあるか?」

「わからない。試してみてもらわないと。彼はいつも、全部の扉に鍵をかけてる。その場合は、私が出入りしている窓に隙間があるから、窓を持ちあげて中に入るといい」


私たちはラストフの家に向かった。クイックライムも滑ってついてきた。

正面玄関の鍵はあいていた。私たちは中に入り、クイックライムを待った。

「どっちだ?」と私は尋ねた。

「まっすぐ前方、ドアの先だよ」と、彼は言った。

私たちは部屋に入った。そこは、以前の探索の時に外から覗きこんだ部屋だった。

そこで、ラストフが垂木に結ばれたロープでぶら下がっていた。黒い眼がぎょろりと飛びだし、口の左端からしたたり落ちた血があごひげを濡らし、乾燥して黒い傷跡のような峰を作っていた。顔は紫色に腫《は》れあがり、小さい椅子が近くに転がっていた。

私たちは、彼の死体を簡単に調べた。私は、昨日出会った老猫の言葉を思い出した。これが、彼の言っていた「血」なのだろうか。

「寝室はどこだ?」と、私は尋ねた。

「背中側にある扉の向こう」と、クイックライムは答えた。

「行こう、ラリー」と、私は言った。「例の板を持ちあげて欲しいんだ」

寝室はちらかっていて、空の酒瓶がたくさんあった。ベッドは乱れていて、リネンからはすえた汗の臭いがした。

「このベッドの下に、緩い板がある」私はラリーに言い、クイックライムに確認した。「どの板だ?」

クイックライムが滑るように潜りこんで、三枚目の板の下で止まった。

「これだ」と、彼は言った。

「クイックライムが教えてくれたやつを」私はラリーに言った。「持ちあげてくれ」

ラリーは跪《ひざまず》き、爪を板の縁に立てた。すぐに仕掛けが見つかって、静かに持ち上げられた。クイックライム、私、ラリーが覗きこんだ。

赤いバンダナはまだあったが、不気味な絵が描かれた三×九インチの木片はなかった。

「なくなってしまった」クイッククライムが言った。「彼と一緒に、部屋のどこかにあるはずなんだ。見落としたに違いない」

ラリーは板を元通りにし、私たちはラストフがぶら下がっている部屋に戻った。

私たちは、徹底的に探し回った。だが、イコンはどこにもないように思えた。

「彼は、自殺したのではないと思う」私は結論した。「誰かが、酒を飲んでいたか二日酔いでふらふらになった彼を取り押さえて、吊り下げたのさ。連中は、彼が自殺したように見せかけたかったんだ」

「ラストフは、結構強かったよ」と、クイッククライムが応じた。「だけど、彼が今朝からまた飲み始めていたんだとしたら、身を守ることはできなかったかもしれないな」

私の考えをラリーに伝えると、彼は首肯した。

「ここは乱雑なので、格闘があったかどうかもこれでは判断できない」と、彼は言った。「殺人者が、倒れたりした家具をまっすぐに戻したのかもしれないしね。警察に話をしに行こう。立ち寄ってみたら、ドアが開いていたので中に入ったと伝えるよ。少なくとも、以前にここを訪問したことがあるし、私たちは面識がなかったわけじゃない。巡査は、私たちがたいして良好な間柄ではなかったと知らないだろうからね」

「それがいいと思うよ」改めて死体を眺めながら、私は言った。

「服装からも、何もわからないな。どうやらこの服のままで、幾晩も寝ていたらしい」

私たちは、家の入り口にある部屋に戻った。

「クイッククライム、お前さんはどうする？」と、私は尋ねた。「ジャックと私の家に来るかい？　《閉じる者》《クローザー》同士、手を組むのが一番、手っ取り早いかもしれない」

「やめておこう」と、彼はしゅっと音を立てた。「私のゲームは終わったんだ。彼は、いい奴だった。私の世話をしてくれたんだ。彼は、全人類と世界のことを気にかけていた。彼がどれほど、人類愛と思いやりの感情を持っていたことか。彼の深酒も、それが原因のひとつだと思う。人々の痛みをあまりにも強く感じていたんだ。うん、やっぱりゲームはやめだ。私は森に帰ることにする。今でもまだいくつかの巣穴や、ネズミの通り道を知っているからね。しばらくは、私を放っておいてくれ。スナッフ、どこかそのへんで会う時もあるだろう」

「好きにするといいさ、クイッククライム」と、私は言った。「冬の厳しさがこたえるようだったら、俺たちの家を訪ねてくれ」

「そうするよ。さよなら」

「幸運を」

ラリーは私を外に連れ出し、私たちは道路に戻った。

「私はこっちに行くよ」と、彼は右に向かった。

「なら、俺はこっちだ」私は左に向かった。

「この件の事後確認もある、また近いうちに会おう」と彼は言った。

「わかったよ」


私は家に帰った。

「きみは友人を喪うだろう」と、年老いた猫は言った。

たった今まで、そのことをすっかり忘れていた。

ジャックは不在だった。

私はすぐに巡回して、万事問題ない状態にした。それから私は外に出て、彼の匂いを気《クレイジー》ちがいジルの家へと追っていった。

壁の上にいたグレイモークが、私を見つけた。

「ハロー、スナッフ」と、彼女は言った。

「ハロー、グレイ。ジャックは来ているかい？」

「御主人様と食事をしているわ。彼、ここのところあまり食事をしてないみたいだから、旅行の前に栄養をつけてあげることにしたんですって」

「旅行だって？」私は聞いた。「何のことだい？」

「買い出し旅行よ、町へのね」

「そういえば、必需品が足りないから、マーケットに行く必要があるって言ってたな」

「そういうこと。馬車を呼びにやったんで、一時間ほどで来るはずよ。もう一度町を見に行くのも、楽しそうよね」

「きみも行くのかい？」

「みんな一緒よ。御主人様にも、必要なものがあるの」

「拠点を守るため、俺たちは残った方がいいんじゃないかな」

「御主人様が、日中の守りの効果がある呪文を知っていて、彼にも教えてあげたのよ。侵入しようとした奴の肖像を確保できるやつをね。誰かが侵入しようとするかどうか確認するのも、私たちみんなが外出する理由の一部なんだと思うわ。みんな、私たちが馬車で出かけていくのを見るでしょうからね。帰ってきた時には、誰が一番重要な敵なのかわかるって塩梅《あんばい》よ」

「決まったのは最近だよな？」

「今朝、あなたが出かけてる最中よ」

「たしかに、いい頃合なのかもしれないな」と、私は認めた。「《大いなる儀》までに、明日から数えてたった一週間しかない。その上、事態も進行しているようだしな」

「あら」と、彼女は立ち上がり、壁から飛び降りた。

「何かあったの？」

「一緒に来てくれ」と、私は言った。

「どこに？」

「司祭館さ。一時間あるんだろ？」

「わかったわ」

庭を出て、南へと向かった。

「その通り、何かあったんだ」と、私は歩きながら彼女に話した。「狂える修道僧《マッド・モンク》が亡くなったのさ」

それから私は、朝の出来事について詳しく説明した。

「教区司祭が犯人だと思ってるわけ？」と、グレイモークは質問した。

「たぶんね。あいつは、俺たちの中じゃ一番好戦的なプレイヤーらしい。だけど、あいつの拠点に行きたかった理由はそのことじゃない。ちょうど、リネットが捕われている部屋の位置を知りたかったんだよ」

「わかったわ」と彼女は言った。「もし、五芒星杯だけじゃなく、伯爵の指輪とアルハザードのイコンも手に入れたなら、今日から来週にかけて、あいつは何かとんでもなく危険なことをしでかすかもしれない。あなたは、道具はあいつの魔力を増加させるだけだと言ったわね。あなたが言ったのは儀式でのことなんだろうけど、あいつはその魔力で、他のプレイヤーたちに危害を加えているのかも。それで、御主人様に聞いたのよ」

「些細なことだ」

「でも、あなたはそのことがまるで重要じゃないみたいに行動したわ」

「俺は今でもそう思ってるよ。自分自身の能力に頼るべき時に、道具をそんなふうに使うのは愚か者のやることさ。この種の道具は、本来の目的と異なる使い方をされた時に、副作用を及ぼすんだよ。真の達人でもない限り、手ひどいしっぺ返しを喰らうのさ。そして俺は、彼がそうだとは思えない」

「どうして確信できるの？」

「クロスボウを持って走り回り、蝙蝠を射撃し、保身のためだけに、絶対にそうする必要があるわけでもないのに人間を生贄に捧げようと計画するような奴が、達人とは思えないってことさ。彼は、自分の力について不安を抱いている。達人というものは、手数をむやみに増やすのではなく、無駄を省こうとするものなんだ」

「あなたの言う通りなのかもね、スナッフ。だけど、彼の猜疑心《さいぎしん》があまりにも強いなら、道具を使って他のプレイヤーたちに干渉する誘惑に屈してもおかしくないわ。関係者の数を減らして、後で彼が事を運びやすいようにするとか」

「そこまで愚かだというなら、相応の報いを受けることになる」

「それと、あいつが魔力を向けた人間もね。あなたが狙われるかもしれないわ」

「心を平静に保ってさえいれば、安全だと思うよ」

「覚えておくわ」

司祭館に着いたので、グレイモークは私の先に立って裏手に向かった。

「あそこが」彼女は真上にある窓を見て、言った。「彼女の部屋よ」

「このあたりで、彼女を見たことがないな」と、私は言った。

「テケラに聞いた話では、彼女は何週間も監禁されているってことだから」

「警備はどの程度厳重なんだろうか」

「まあ、私の知っている限り、リネットは外に出たことがないわ。あの子の足首に鎖がつけられていたのを見たって話はしたわよね」

「太さはどれくらいある？」

「ちょっとわからないわね。もう一回、登って見てきた方がいい？」

「そうだな。教区司祭は、中にいるんだろうか」

「厩舎を見に行って、彼の馬がいるかどうか確認すればいいんじゃないかしら」

「そうしよう」

私たちは裏手にある小さな厩舎に向かい、中に入った。ふたつの馬房があって、両方とも空になっていた。

「お留守みたいね」と、彼女が言った。

垂木から「何か欲しいものでも?」という声が聞こえた。私は顔を上げ、白子のワタリガラスをまじまじと見つめた。

「こんにちは、テケラ」と、グレイモークは言った。「ちょうど通りがかったんで、あなたがラストフのことをもう知っているか、聞きに来たのよ」

わずかな間、沈黙が続いた。

「ラストフがどうしたの?」

「死んだわ」と、グレイモークは言った。「首を吊ってね」

「蛇はどうしたの?」

「森に帰るそうだ」

「よかった。蛇はあまり好きじゃないの。彼らは巣を襲って、卵を食べるのだもの」

「あんたの方には、何かニュースがあるかい?」

「大男がもう一度やってきたことくらいかしらね。農家で口論があって、彼はしばらくの間、納屋の隅にかがみこんでいたみたい。博士が彼を追いかけて、口論がさらに続いたわ。その後、彼は逃げ出したんだけど、夜になってから戻ってきたの」

「興味深いな。何を口論していたんだろう」

「知らないわ」

「じゃ、そろそろ行くとするよ。さようなら」

「ええ」


私たちは厩舎から出て、司祭館に戻った。グレイモークは後ろを振り返った。

「あの垂木からだと、見えないわね」と、彼女は言った。「上を見てきましょうか?」

「待った」と、私は言った。「ラリーから教わった手口を試してみよう」

私は裏口の扉に近づき、再び厩舎を確認した。白い姿は全く見えなかった。

私は後ろ足で立つと、片方の前足を扉に置いてバランスをとった。しばらくそのまま立ってから、前足を落として、もう片方の前足と一緒にノブを真ん中の方へ押した。それと同時に、体をひねった。私は握り方を調節しながら、三回試す必要があった。

三回目に、ノブは十分に押し込まれてかちりと音を立てた。ドアは私の体重で開いた。

私は前足をおろして、ドアの中に入った。

「なかなかの技じゃない」と、彼女は言った。「警戒の魔法を感じる?」

「いや」

危うく閉まりかけた扉を、肩で抑えた。帰る時に、すぐに開けられるようにしておく必要があったのである。

「それで、どうするの?」と、彼女が尋ねた。

「階段を見つけよう。少女を逃がす方法を確認しておきたい」

私たちは途中で学習室に立ち寄り、彼女は私に杯と頭蓋骨を見せた。杯は確かに本物だった。以前、何度か見たことがあったのだ。

イコンと指輪は、見える位置にはないようだった。

引き出しを開ける技を試す時間はなかったので、私たちは階段探しを再開した。

私たちは西の壁沿いの階段を上がり、グレイモークの案内でリネットの部屋に着いた。

扉は閉まっていたが、鍵がかかってはいないようだった。彼女が鎖で繋がれている以上、必要がないと思われたのだろう。

私は再び扉を開く技を試し、一回目でうまくいった。他に良い技を知っていないかどうか、ラリーに確認する必要がありそうだ……。

私たちが中に入ってきたので、リネットは眼を丸くした。

「あら」と、彼女は言った。

「私が彼女にすり寄って、なでなでさせておくわ」と、グレイモークは言った。「人間は、それで気持ちよくなるの。その間に、あなたは鎖を見ておくといいわ」

私の興味は、実のところ鎖ではなく鍵にこそあった。しかし、確認しようとしたまさにその時、遠くから急速に接近してくる馬の蹄の音が聞こえてきた。

グレイモークは「ワーオ」と言った。まさにその時、少女は彼女がいかに可愛らしいか話しかけながら彼女を撫でてやり、彼女も喉をごろごろと鳴らしていたのだが。

「私たちが中に入るのをテケラが見て、飛んでいって警告したに違いないわね」

私の点検は終わっていた。鎖はその役目を十分果たせるだけの重さがあって、ベッドフレームにそれを固定する錠前もかなり重かった。それに比べると、リネットの足首に鎖を固定している錠前は小さかったが、すぐにどうこうできるものではなかった。

「十分わかった」と、私は言った。

蹄の音が司祭館の近くの角を曲がり、馬のいななきが聞こえてきた。

「家まで競争よ！」

そう言いながら、グレイモークは飛び降り、階段に走って行った。

私たちが一階の床に弾んだ時、騎手はちょうど馬から降りた時だった。一、二秒後、裏口の扉が開いて、ばたんと閉まるのが聞こえた。

「まずいわね」グレイモークは言った。「私が、司祭を引きつけるわ」

「くそくらえだ！　学習室の窓を壊してやろう」

私が角に到着したちょうどその時、乗馬鞭《じょうばむち》を持った厄介な小男が別の角を回ってくるのに出くわした。

部屋に入るべく減速した時、彼は私の背中目がけてそれを振り下ろした。しかし、再度の攻撃の前に、爪を全て伸ばしたグレイモークが彼の顔面に跳びかかった。

私は、背後に悲鳴を聞きながら部屋の向こう側にすっ飛んでいった。私は窓に跳びかかり、眼をぎゅっと閉じたまま殴りつけて、窓の縦仕切りなどを全てぶち壊した。

それから私は向きを変え、グレイモークを探した。彼女の姿は見えなかったが、彼女の声が中から聴こえていた。

私は二回跳躍し、飛び跳ねて、部屋の中に引き返した。

司祭が、彼女の後ろ足を持って高く掲げ、鞭を振りおろした。彼女の悲鳴があがり、彼はグレイモークを落とした。

あいつは私が戻ってくることを予期していなかった。私は耳を伏せて、低い姿勢をとり、喉には唸り声をあげながら飛びかかった。この唸り声こそは、過去に見た夢の中で《吼えるもの《グロウラー》》から学んだものである。

私は、司祭が振り回す鞭をかいくぐった。グレイモークが死んでいたら、私は彼を殺してやるつもりだった。しかし、彼の胸を殴りつけて後方にひっくり返した時、「逃げるわよ！」という彼女の声が聞こえてきた。

私は顎をかっと開き、司祭の喉を狙っていた。だが、彼女が窓から出ていく音が聞こえたので、私は頭を回して彼の右耳に歯を走らせ、耳の軟骨が砕ける音を聞いた。

それから、彼から離れて部屋を横切り、グレイモークを追って外に出た。

背後からは、司祭の悲鳴が聞こえていた。

「俺に乗って戻るか？」と、私は彼女に呼びかけた。

「いいえ、まだ走れるわ！」

私たちは、家に着くまでずっと走り続けた。

前庭に横たわりながら、私は喘ぎ、彼女は自分の体を舐めていた。私は言った。

「きみを巻きこんですまなかった、グレイ」

「承知の上でやったのよ」と、彼女は言った。「最後、あいつに何をしたの？」

「あいつの耳を台無しにしてやったのさ」

「どうして？」

「奴は、きみを傷つけた」

「もっとひどい怪我をしたこともあるわ」

「だからといって、許せることじゃない」

「あなた、第一級の敵を作っちゃったわね」

「愚か者には等級なんかない」

「愚か者は、あなたに魔道具を使おうとするかもしれないわ。あるいは、他の誰かに」

私は喘ぐのをやめて、溜息をついた。その時、鳥のような形の影が、私たちの間を滑り抜けていった。見上げると、テケラが飛んでいくのが見えたが、驚きはしなかった。


昼食と簡単な巡回を終えた後、馬車がやってきた。私たちは皆それに乗って、町に出発した。グレイモークは私の反対側の席で丸くなり、私は窓のそばに座っていた。御主人《ジャック》と女主人《ジル》は、私の右側の窓際に向かい合って座り、おしゃべりを続けていた。

私は、ガラスを割った時に小さな切り傷を負ったのみだが、グレイモークの体の右側にはひどいみみず腫れができていた。司祭のことを考えると、私の心はざわめいた。

空を眺めていると、一マイル進む前に、私は再びテケラを見かけた。彼女は馬車の上を旋回し、中を見ようと低速で舞い降りた後に、飛び去った。

私は、それを伝えるためにグレイモークを起こしたりはしなかった。

空は曇っていて、時々、強い風が馬車に吹きつけた。

ジプシーのキャンプ地を通り過ぎた時、彼らが活動する音も、音楽も聞こえなかった。馬が蹄の音を立てて歩きながら、轍《わだち》がどうしたとか、苦労した一日に限って鞭打ちをするらしい騎手の悪癖についてぶつぶつ言っているのが聞こえた。私は、自分が馬でなかったことを嬉しく感じた。

しばらくして、私たちは橋を渡った。汚れた海を眺めながら、私はあの警官がどこに流れていったのか考えていた。果たして彼には、家族がいたのだろうか。

私たちはフリート街に沿ってストランドに移動し、ホワイトホールへ下って行った。何度か、白子のカラスがあちこちにとまって、こちらを見張っているのが見えた。

移動中、私たちは買い物のために幾度か立ち止まった。最終的に、真夜中の散歩で幾度も訪れたウェストミンスターで馬車から降りた時、ジャックは私にこう言った。

「だいたい一時間半後にここで集合しよう。少し面倒な買い物があってな」

町中の散歩を楽しみたかったので、私には好都合だった。グレイモークは昔、よく出かけたという庭を見ようと、私を連れて行った。

私たちは小一時間ほど散歩に費やし、通行人を眺めながら漂ってくる匂いを分類した。その後、私たちは近道しようと路地に入り込んだのだが、途中まで歩いたところで、何かまずいことが起きているというはっきりした感覚に捕らわれた。

次の瞬間、路地の奥にある出入り口から、耳の上にこんもりと絆創膏《ばんそうこう》を貼りつけ、頬を包帯で覆った司祭の小柄な姿が現れた。テケラが彼の肩に乗っていた。彼女の白さは包帯の白さと相まって、彼の頭部のいびつな外観を、いよいよグロテスクなものとしていた。彼女が私たちの行動を逐一伝えていたに違いなかった。

私は彼らに歯を見せながら移動した。

背後から足音が聞こえてきたのは、その時のことだ。棍棒《こんぼう》を持った二人の男が別の出入り口から飛び出し、私の頭上でそれを振り回したのである。

背を向けようとした時には、もう遅すぎた。棍棒の一本が私の頭に振り下ろされる直前、司祭の笑い声が聞こえてきた。

最後に見えたのは、グレイモークが大急ぎで路地から走り去っていく姿だった。

眼を覚ました時、私は汚れた檻の中にいた。私の鼻と喉、肺の中には、吐き気を催させる臭いが残っていた。クロロホルムを嗅がされたのである。

頭が痛む。背中が痛む。呼吸器官をすっきりさせようと、私は何度か深呼吸してクロロホルムを吐き出した。

泣き声や唸り声、哀れっぽい猫の鳴き声や、かすかな、鋭い痛みの吠え声が、あちこちから聞こえてきた。鼻が利くようになると、あらゆる種類のみじめ《ドギー》で陰惨《キャティ》な息づかいが、私のもとに届いた。

私は頭をあげて周囲を見回し、見なければよかったと後悔した。そこかしこの檻の中には、不具にされた動物たちが押し込まれていた。尻尾や足の数が足りない犬や猫、耳を切り落とされた盲目の子犬である。ある猫などは皮膚の大部分を失い、にゃあにゃあと鳴きながらむき出しの肉を舐めていた。

何と狂った場所だろうか。私は手早く自分の体をチェックして、どこも欠けていないことを確認した。

部屋の中央には手術台があり、その横には大きな器具のトレーが置かれていた。反対側の扉の横にあるフックには、かつては白かったのだろうが、今は胡乱な染みに汚れた白い研究衣がいくつもぶら下がっていた。

頭がすっきりするのと同時に記憶も戻り、何が起きたのかを理解した。教区司祭は私を生体解剖者に引き渡したのである。グレイモークだけでも逃がすことができたのは、僥倖《ぎょうこう》だったと言うべきだろう。

檻の扉を調べると、それは閉じたままにしておくだけの簡単なばね錠だったが、金網が細かすぎるため、手を伸ばして操作することができなかった。

また、歯や爪で金網を破ることも難しかった。

《吼えるもの《グロウラー》》であれば、何と言うだろうか。原生林では、物事はずっと簡単だった。最も明白な脱出プランは、疲労していると見せかけておいて、彼らが私を檻から出そうと扉を開くや否や、襲いかかってやることだった。

私は、そうしてやるつもりだったのだが、このように考えたのは私が最初というわけではなかったはずだ。彼らは、どうなってしまったのだろうか。とはいえ、素直に横たわって、医学的理解のために貢献してやるつもりはなかった。だから、他にうまいやり方が思いつかなかったら、彼らが来た時に試そうと決めた。

もちろん、彼らは準備万端でやってきた。彼らは牙に関する豊富な専門知識を有し、対処法を知り尽くしていたのである。やってきた三人のうち、二人は肘までの長さがある、詰め物入りの手袋を着用していた。私は眼を覚まして跳ね上がり、伸ばされた腕に噛みついてやった。だが、私の顎は詰め物の入った腕で押し戻され、もう一人が片方の耳を手酷くひねりあげている間、足をがっちりと抑えられてしまった。

彼らは非常に手際がよく、私は一分もかからずにテーブルに拘束された。どの程度意識を失っていたのか、私にはわからなかった。

彼らが準備を始めた時、私には彼らの会話が聞こえ始めた。

「この犬っころの仕事によ、コンだけ金をもらえるってな、妙な話だァ」

私の耳をひねりあげた男がそう言った。

「実際、妙な仕事だよ。余分な作業をしなくちゃいけないしな」

器具を並べ、整然とした列を作っていた人物が言った。

「解剖する時は各部位ごとに。蠟燭を造る時には、他の種類の動物の血や、他の部位が絶対に混ざらないようにしろとか、やけに具体的だった」

「バレやしねえっぺ」

「まあ、あいつが支払った分は、働いてやるさ」

「手を洗ってくンべえ」

「行ってこい」

しばしの間、流れる水の音が響き続けて、いよいよ私の気に障ってきた哀れっぽい声や叫び声をかき消した。

「こいつの頭の入れ物は？」

「よその部屋に置いてきちまったァ」

「とってくるんだ。全部手に入れたいんだよ。なあ、わんちゃん」

待っている間、彼は私の頭を撫でた。

口輪を嵌《は》められていたので、私が自分の意見を口にすることはできなかった。

「あいつ、妙な奴だったな」と、それまで黙っていた三番目の人物が言った。

髪が薄く、金髪で、歯並びの悪い男だった。

「何でェわざわざ、犬っころの蠟燭なんぞにこだわるんだァ？」

「知らないし、気にもするな」私を撫でていた、大柄で、青い眼をした筋骨たくましい男が言った。彼はそれから、器具に注意を戻した。

「俺たちは、対価に見合ったものを客に与えるだけだ」

もう一人が、半端なサイズのランチボックスのような容れ物を持って、戻ってきた。

彼は肩幅の広い小柄な男で、手が大きく、口の隅を時々痙攣させた。

「持ってきたぜ」と、彼は言った。

「よろしい。では、講義のために集まってくれたまえ」


その時、三秒周期で鋭い音が鼓動のような音へ低まっていくのが聞こえた。ズズン！　強力な魔術による、人間の可聴範囲を越えた音で、当初はおよそ一五〇ヤードほどの範囲をぐるぐると回っていた。ズズン！

「まず、左後脚を切除する」メスを近づけながら、たくましい男が話し始めた。他の者たちは、自分の順番に備えて他の器具を持ち、近くに寄ってきた。

ズズン！

もちろん、円はさらに小さくなっていた。扉の外が、やかましく打ちつけられた。

「何だというの《デビル》だ！」と、たくましい男は言った。

「俺が見てくっか？」と、小柄な男が言った。

「いや。我々は手術中だ。大事な用があるなら、戻ってくればいい」

ズズン！

再び、さらに重い音がした。明らかに、誰かが扉を蹴る音だった。

「不作法な礼儀知らず！」

「ごろつき！」

「田舎者！」

ズズン！

三度目の打音は、力の強い男がドアに肩をぶつけ、破壊しようとする音のようだった。

「何と生意気な！」

「おら、何か言ってきてやンよ」

「そうしてくれ」

小柄な男が入り口に一歩踏み出した時、何かが裂ける音が聞こえてきた。

そして、大きな破壊音が続いた。

ズズン！

重い足音が部屋の外を横切り、私の向こう側にある扉がすぐに開けられた。

入り口に立っていたのは、ジャックだった。彼は檻と生体解剖者、そしてテーブル上の私をじっと見つめ、グレイモークがその後ろから中を覗き込んでいた。

「民間の研究所に乱入するとは、貴様はいったい何者だ？」がっしりした男が言った。

「……科学研究の邪魔をするのか？」背の高い男が言った。

「……ドアまでぶッ壊して？」広い肩と大きい手の、小柄な男が言った。

その時、ジャックを取り巻く黒い竜巻のようなものが、体の中に入り込むのが見えた。

それが彼の中に完全に入り込んだ時、彼は自分をコントロールできなくなるだろう。

「犬を引き取りに来た」と、彼は言った。「テーブルの上にいる、彼のことだ」

ジャックが前に踏み出した。

「そういうわけにはいかないな、兄さん」と、がっしりした男が言った。「こいつは、特別なクライアントからの、特別な仕事なんだ」

「連れて行かせてもらうぞ」

がっしりした男はメスを持ちあげて、テーブルの周りを動いた。

「こいつで、男の顔に素晴らしいことをしてやれるんだがね。ハンサム野郎」

他の者たちも、メスを手にとった。

「本当の切断のやり方を知ってる人間に会うのは初めてだろうな」

がっしりした男はそう言って、前に出た。

ズズン！

それが、彼の体内に入った。

狂気の輝きを瞳に宿し、彼はポケットから手を出した。

その手には、星の光を象《かたど》るルーン文字が側面に彫り込まれた刃物が握られていた。

「来《ウエルカム》るがいい」

ジャックはそう言って、歯を見せながらにやりと笑った。

そして、まっすぐ前に歩き始めた。


立ち去る時、私は老猫が波浪と混乱についても正しいことを言ったのだと理解した。

ジャックに屠《ほふ》られた者たちの魂は、どんな風な光を放つのだろうか。

10月24日

昨晩は防護魔法が破られていた。ナイトウィンドが夕暮れに私たちの家をじっと眺めていたらしく、チーターや、体が大きく痩せた狼のような生き物の姿も見られた。

怪物《シング》どもは、熱心に逃亡を試みたものの、拘束されたままになっていた。

我ながら無茶をすると思うが、強引に足を動かし、教会の方へと歩いて行った。

テケラが教会の屋根にとまっていた。通り過ぎる際、彼女はわずかに体を動かし、じっと見つめてきた。だが、私たちは言葉を交わさなかった。

教会の前の通りを過ぎてすぐに背後を見ると、彼女はいなくなっていた。

いいぞ。私は帰宅して眠りについた。

今朝、ラリーから聞いた話では、エンダービー夫人はラストフの死が知れ渡るや否や、町に避難したということだ。

その日のより遅い時間、名探偵が遺留物と建物を調べにやってきた。私は、彼と別れた後に起きた全ての出来事をラリーに話し、情報を更新した。そして彼は、昨晩、私の家に来なかったことを保証した。

彼はリネットを救出しようとしていたが、今のところはまだ安全だと考えていた。もし、彼が事を急《せ》いて彼女を解放した場合、物理的、非物理的な両方の攻撃を受けることになるだろう。今や力は高まり、いよいよ強力なものとなっていた。

さらなる問題は、教区司祭が未知なる無辜《むこ》の人間を生贄に用いるという、新たな計画を立てる可能性があることだ。重要なのは、彼自身の言葉を借りればタイミングなのである。この方法で教区司祭の力を削ぐことこそが、彼の果たすべき役割なのだろう。

私はできうる限りの手助けをすると、彼に言った。

それから、私はたっぷりと休憩した後、グレイモークに会いに行った。

夜遅くになって降り始めた雨は、やがて霧雨になった。

ジャックは研究室で、何かのエキスないしはそれに近いものを蒸留していた。もちろん、昨夜の午前零時と一時の間に私は彼と話をした。私の冒険について詳しく説明し、最新の情報を共有したのである。

「ゲームがここまで進展した今、あんたとジルの関係は少しばかり無理がないか？」

一時近くになって、私は言った。

「仕事上の付き合いだよ」と、彼は答えた。「彼女は良い料理人だしね。お前と猫の方はどうなんだ？」

「良好だよ」と、私は言った。「彼女を《開く者《オープナー》》から心変わりさせる機会はあったのかい？」

「なかったね」と、ジャックは答えた。

「まさか、彼女の方こそ、あんたを転向させたなんてことはないだろうね」

「とんでもない！」

「ふむ、本音を言わせてもらえば……」

一時の時報が鳴り、私は言い終えることができなかった。

暗い窓が水浸しになるのをしばらく眺めた後、巡回をして、もう少し眠った。

我々の周囲で大惨事が起きる時には、どうやら前触れがあるらしい。

私は頭上で鳴り響いた雷鳴によって叩き起こされた。閉じたまぶたを通してさえ、落雷の輝きが目に入った。

どうやって辿りついたのかもわからなかったが、私は突然、玄関ホールに立っていた。ただし、落雷の音と共に、ガラスが割れる音が聞こえたことを覚えていた。鏡が粉々に砕け、怪物《シング》どもが這い出していた。私はただちに吼え始めた。

ジャックが作業中の部屋から、激しい叫び声、器具や本が落ちる音が聞こえてきた。ドアが開き、彼が私の方に急いで走ってきた。這いずるものどもを見て、彼は私にこう呼びかけた。

「スナッフ、容器を見つけてこい！」

研究室の戸棚が開く音が聞こえ、彼はそちらに引き返した。私は周囲を見回して、背後で洪水のように広がっていく這いずるものと競争するように、応接間へと駆け込んだ。

上の階では、《旅行鞄の中のもの》が脱獄しようと必死に叩き始めていた。打撃で木が裂ける音が聞こえた。そして、屋根裏でもガタガタと音がしていた。

さらなる稲光が窓の外で一瞬黄色く輝き、雷鳴が轟いて家を揺り動かした。

鏡と応接間の途中には何も置かれていなかったが、扉の近くのサイドテーブルに中身が詰まった（あるいは半分か、空っぽ？）赤い種類のポートワインの瓶が立っていた。瓶詰めの葡萄酒が魔術に使えることを思い出し、私は体を起こして、木製の床ではなく敷物の上に落ちるよう前足で瓶を払いのけた。

それは粉々にならず、コルクがはまったままだった。

さらなる閃光、雷鳴がやってきた。上階では騒々しい物音が続いていた。そのことは、少なくとも旅行鞄の住人が自由になったことを意味していた。

玄関ホールを一瞥すると、鏡の中から怪物《シング》どもが次々脱出しているのが見えた。ジャックの足音が聞こえた。不気味な輝きが、部屋とホールにあふれ始めた。それは、這いずるものどもの体内から発する光ではないようだった。

瓶を転がしていると、杖を持ったジャックがホールの反対側に立っているのが見えた。彼が手にしていた杖は、彼の所有する強力なゲーム・アーティファクト《閉門の杖《クロージング・ワンド》》ではなく、以前、這いずるものどもを鏡から鏡へと移すのに使っていた何の変哲もない杖だった。

ジャックはナイフの支配者であり、ナイフに仕えるものでもある。彼のナイフは厳密に言えばこのゲームの魔道具ではないが、彼はそれをゲームのために使用することができた。

そのナイフはジャックの呪いの具現化であり、特別な力の源でもあるのだ。

私が彼を見るのと同時に、彼は私と瓶を見た。ジャックは杖を持ちあげて、私たちの間に流れる塊を左右に分けた。彼が前進すると怪物《シング》どもは押しのけられて、背後に押し込まれた。私の傍らにやってきた彼は左手で瓶を拾い上げ、歯を使ってコルクを抜いた。

さらなる雷鳴が轟き、はっきりと緑がかった気味悪い光に照らし出され、ジャックは死体めいた姿に見えた。

何かが頭上で這いまわる音がして、旅行鞄から出てきた黄色い目をした怪物《シング》が階段の下に落下し、その途中で手すりを引き裂いた。

「そいつを何とかしろ、スナッフ！」ジャックが叫んだ。「俺には無理だ！」

彼は鏡から出てきた怪物《シング》の方に注意を向け、杖をかざして直近のものが瓶の中に入るよう強制した。

私は力を集中し、這いずるものども全部を飛び越えて階段の昇り口に移動した。怪物《シング》が迫って来た時、私の唇はめくれあがり、頭の毛が逆立った。最悪なのは、喉を引き裂いてやらねばならないというのに、そいつらの首があまりにも短いことだった。

緑色の光がそいつにまとわりつき、石つぶてのような雨が屋根と窓に叩きつけられた。

怪物《シング》は非常に長く、先端に汚《けが》らわしい鉤爪《かぎづめ》のついている腕を広げた。今まさに屋根裏の階段を這いおりてくる奴らに対処するためにも、私はただちに行動し、比較的無傷のままで数秒のうちに何もかもを終わらせる必要があった。

稲妻が閃いた。雷鳴を伴奏に唸り声をあげ、私は厄介な角度に跳び上がった。怪物《シング》の腕に殴られ、壁に打ちつけられた。だが、その途中で顎を罠《わな》のように閉じ、私の体が落下する前に体全体をひねって、そいつの喉笛を嚙み裂いてやった。

幸い、私に接触したのは鉤爪ではなく、腕の部分だった。

私は体を打ち、一瞬、意識が飛んだ。口の中にひどい味が広がった。

その時、屋根裏部屋から出てきた怪物《シング》が階段上に現れ、降下を開始した。

《旅行鞄よりのもの》が喉をかきむしり、湯気をあげる体液を流しているのを見て、《屋根裏部屋よりのもの》はしばし速度を落として殺戮《さつりく》の場を凝視した。

それから、そいつは階下に突進した。

私は足をつっぱって体を起こし、よろめく怪物《シング》を突き飛ばして迫ってくるそいつとの対決に備えた。だが、死にかけている奴はそいつの接近を攻撃と受け取ったようで、鉤爪を振り回してそいつをひっかいた。《屋根裏部屋よりのもの》は瀕死《ひんし》の怪物の腕を摑み、唸り声をあげながら、そいつのねじくれた顔に嚙みついた。

私の背後では、ジャックが動き回って這いずるものを瓶詰めにする音がしていた。

一瞬の後、手すりが壊れて、階段上にいた二匹が宙を舞った。

雷光が繰り返し炸裂《さくれつ》し、雷鳴は今や安定した伴奏と化していた。さらなる閃光が空を貫いて窓に届き、あらゆる場所が蛍光グリーンに輝いて目を強く刺激した。

どしゃぶりの雨音があたりを覆い、家は震え、きしみ始めた。

『ストランド・マガジン』の冊子が暖炉上の棚から、床に舞った。

壁からは絵画が、書棚からはディケンズやサーティースの本が落下した。

テーブルからは花瓶や燭台《しょくだい》、眼鏡、トレイが滑り落ちた。

天井からは漆喰《しっくい》が雪のように降っていて、アルバート公の肖像が、ひびわれたガラス越しにその吹雪を見つめていた。マーティン・ファークワー・タッパーの本がエリザベス・バレット・ブラウニングの本の上に横たわった。どちらの表紙も、破れていた。

《屋根裏部屋からのもの》が頭を振って、獰猛《どうもう》な光をたたえた目をぐるぐる回しながら立ち上がった時、もう一方はまだ床の上に横たわっていた。鱗状の喉からは湯気がたちのぼり、頭が左によじれていた。

あらためて喉を狙うよう促す《吼えるもの《グロウラー》》の声を聞いたような気がしたが、私は先ほどまでの動作を繰り返そうと、前方に切りつけた。

ひっかいてやろうとしたが、その前にそいつが後ずさりしたので、狙いを外した。だが、そいつは私の攻撃によろめいたので、転倒しながら左肩を裂いてやった。

私はただちに足場を確保し、そいつの右足の足首より上のところを噛んだ。そして、骨を噛み砕いてやろうと、地面に引き倒した。そいつはすぐに体勢を整え、もう一方の足で私を蹴りつけた。噛みついていられたのは数秒で、相手の蹴りの勢いで私はそいつの体を離した。こいつの動きを鈍らせられるなら、足の一本もくれてやるのだが。

しかし、私にはブルドッグの感性と体格が欠けていた。

落雷はその後も続いていた。今や雷鳴は、この家を内側から揺るがす歌を歌い続ける竜巻でもあるかのような、絶え間ない轟音の域に達していた。

強い光が私たちに緑と黒のコントラストを与え、あらゆる金属の上で小さな閃光が踊っていた。私の頭の毛もすべて直立していて、それは戦闘の興奮が原因ではなかった。

これは通常の嵐ではない。明らかに、魔法による攻撃の効果である。

私は、怪物のもう一方の足を狙い、体を回転させて腕を振った。私の攻撃は外れたが、そいつも攻撃を外した。距離をとり、唸り、大声で吼えかかりながら、私はそいつの右側にフェイントした。そいつは私に追いつこうと、負傷した足首に体重をかけた。その結果、バランスを崩し、体勢を戻せなくなった。

私はそいつの脇を通り抜けて後ろに回りこみ、またもや背後から足首を噛んだ。そこで、そいつは私に手を伸ばしながら大声で吠えたが、私はそれでも手を離さなかった。そいつは私を上から押しつぶそうと、体を背後に投げ出した。

握りを緩め、離れようとしたものの、振り回された腕が私の頭をしたたかに打った。

私は床に打ち倒され、視界が二重にぼやけた。そのせいで、二人のジャックが二本の刃を振るい、二匹の怪物《シング》の喉を刺したのが見えた。

私が屋根裏部屋の怪物が伸ばした腕の下から這い出ようとしている最中にも、地階の扉が破壊され、《円の中からのもの》が数匹、私目がけて素早く飛びかかってきた。

「犬っころ、今こそ喰ってやる！」と、そいつは言った。

意識をはっきりさせようと、私は頭を横に振った。

「スナッフ！　来い！」ジャックが、そいつに向き直りながら言った。

ズズン！

彼の手にした刃の上を、星の光が躍《おど》った。それ以上の説明はいらないだろう。

私は、ポートワインと悪霊がコルク栓で封印された瓶が転がる間を抜けて、這いずりまわるものがいなくなったホールの端に這っていった。

鏡の破片に、端がギザギザになった緑色の犬が映っていた。

手助けが必要な場合に備えて、ジャックが仕事を終えるのを見ていたのだが、ありがたいことにその必要はなかった。

漆喰が相変わらず降り続けていて、何もかもが床に放り出されていた。落雷と閃光、家の震動は、ほとんど環境の一部になりおおせたかのようだった。

長いこと住んでいるうちに、気にならなくなる日がやってくるかもしれない。

もちろん、本気でそんな日が来るのを待とうとは思わないが。

ズズン！

鮮やかな攻撃に続いて《円の中からのもの》がついに落下するのを目にした時、私は奴らの解放を引き起こした猛攻撃の張本人に対して、強い感情を向けた。

数週間にわたり封印してきたものを、役目を果たさせる前にこんなやり方で失ったのである。不愉快などというものではなかった。

適切な制約のもと、奴らは最後の夜のイベントの後、必要であれば撤退時の防御に使うつもりだった。しかる後に、彼らはいくつかの孤立した場所で自由を獲得し、より暗い性質の世界の民間伝承を増やす機会を得るはずだったのだ。

今となっては、予備計画は台無しになった。彼らの存在は不可欠というわけではなかったが、怒り狂う神々の追撃から逃れる際に役立ったかもしれないのに。

戦闘を終えたジャックは、刃で五芒星をいくつか描き、場を浄化する力を呼びこんだ。

第一の五芒星によって緑色の輝きが薄れた。第二の五芒星によって家の震動が止まり、第三の五芒星によって雷が去り、第四の五芒星によって雨がやんだ。

「また結構なショーだったな、スナッフ」と、彼は言った。

その時、裏口をノックする音がしたので、私たちは二人ともそちらに向かった。刃物は消え失せ、ジャックの髪と衣服が移動中に再生した。

ドアを開けると、そこに立っていたのはジルとグレイモークだった。

「大丈夫だった？」と、ジルが尋ねた。

ジャックは微笑み、首を縦に振って脇によけた。

「入ってくれ」と、彼は言った。

二人が家に入る時、私は外が全く濡れていないことに気づいた。

「応接間へどうぞ」と、ジャックは言った。「バラした鬼《オーガ》を何匹かまたいでもらうことになるけど、いやかい？」

「いいえ、全然」と、淑女《レディー》は答えた。ジャックは彼女を応接間の方に導いた。

応接間の床は棚やテーブル、マントルピースに置かれていたものでいっぱいで、何もかもが漆喰の粉末まみれになっていた。

ジャックはソファのクッションを逆さにひっくり返して叩き、改めて置いた。彼女は勧められた椅子に座って、ホール中に散らばる壊れた鏡や魔物の斬殺《ざんさつ》死体を眺めた。

一一時四五分を告げる時報が鳴った。

「シェリーはどうだい」と、彼は言った。「ポートワインはダメになってしまってね」

「シェリーもいいわね」

彼は倒れていた飾り棚を直して、グラスを二つ、瓶を一本取り出した。

グラスにシェリーを注ぎ、一方を彼女に渡した後、彼は自分の方を持ちあげてグラス越しに彼女を見つめた。

「どうして我が家に？」と、彼は尋ねた。

「一時間以上、あなたに会えなかったから、かしらね」

シェリーを一口ふくみ、ジルは返答した。

「たしかに」彼もシェリーに口をつけた。「だけど、それは私たちにとってはいつものことだ。実際、毎日ね。私たちはまだ……」

「あなた自身のことじゃなくて、あなたの家のことを言ってるの。水晶のベルが鳴るような小さな音がこっちの方から聞こえてきたのよ。だけど、私に見えたのは、底知れない暗闇の井戸だけだったわ」

「なるほど、《古き水晶の鐘》の効果か」と、彼はつぶやいた。「アレキサンドリア以来、見かけなかったんだが。雷の光や音は？」

「全く何も」

「認めたくはないが、うまい手際だ」

「教区司祭のしわざかしら？」

「たぶんね。スナッフがここにいるので、苛ついたんだろうさ」

「何か言ってやれば？」

「警告してやるつもりはない。誰であれ、自分の愚かさを知る機会を二回与えることにしてるのさ。三回目を試みるほど愚かだった時には、殺してやる。それでおしまいだ」

「この怪物たちは、彼があなたの背後にけしかけたのかしら」

ジルは身振りでホールを示した。

「いや」と、彼らを答えた。「こいつらは、私自身のものだ。攻撃の最中、封印が緩んでしまってね。汎用《はんよう》の解放呪文が含まれていたに違いない。残念だよ。こいつらには、味方のためのもっといい使い道があったんだ」

彼女はグラスを置くと立ち上がり、ホールに赴いてそいつらを調べて回った。

「見事なものだわ」

少しして、戻ってきた彼女が言った。

「彼らも、そして彼らがされたことも」

彼女は再び椅子に座った。

「一番気になってるのは、彼らをどうするつもりなのかってことだけど」

「んー」グラスを弄びながら、ジャックは言った。「川は結構遠かったよな」

私はぶんぶんと首を縦に振った。

「地階に放り込んで、布か何かをかけておこうと思うんだが」

「ひどい匂いがするんじゃないかしら」

「既にもうひどい悪臭だよ」

「そうだけど。腐乱し始めた頃に警察が呼ばれて、敷地内でこれが見つかったりしたら、面倒なことになるのじゃなくて?」

「確かにそうだ。どこかに大きな穴を掘って、埋めるしかないかもな」

「このあたりに埋めるのはやめた方がいいでしょうね。これだけ大きいと、遠くに引きずっていくのも大変そうだけど」

「きみの言葉には一理ある。何かいい考えがあるかい?」

「ないわ」シェリー酒をちびちび飲みながら、ジルは言った。

私は一回吠え、彼らの注意をひきつけた。

時計をちらりと見ると、午前零時まであと少しだった。

「スナッフに提案があるみたいね」と、彼女は言った。

私は頷いた。

「御主人《マスター》にはもう何分か待っていただかないと」

「私は待たないわよ」グレイモークがつっけんどんに言った。

「猫ってのはいつもそうだな」と、私は答えた。

「そいつらをどう処理するつもりなの？」

「オーウェンの家に持って行って、籐《とう》の籠に詰め込むのさ。それを大きなオークの樹のところに引きずっていって、火をつけてから一目散」

「スナッフ、グロいわよそれ」

「気に入ってくれたみたいで、嬉しいよ」と、私は言った。「ちょっとばかり気が早いが、ステキなハロウィーンのばか騒ぎってやつさ」


時計が一二時を打った。

人間たちは私のアイディアを採用し、私たちはさっそく実行に出かけた。

敵も味方も喝采を！　あいつらはステキな灯りになりましたとさ。

ヒッコリー、ディッコリー、ドック。

10月25日

昨晩、ジルは私たちの家に戻ってきて、片付けを手伝ってくれた。

グレイモークと私は、彼らがまたシェリー酒を飲んでいる最中に抜け出して、司祭館へと向かった。学習室に灯りがついていた。そして、テケラは屋根の煙突の傍らにとまり、頭を翼の下に埋めていた。

「スナッフ、あのいまいましい鳥の後ろをとってやろうかしらね」と、グレイモーク。

「お行儀が悪いぜ」

「気にしないわ」と、彼女は言って、姿を消した。

私は気長に待ち、見守っていた。突然、屋根の上を一陣の風が走り抜けた。鋭い爪が閃き、羽毛が飛び散った。テケラはがあがあと悪態をついて、夜の向こうに飛び去った。

グレイモークが角を降りて、戻ってきた。

「お疲れさん」と、私は言った。

「失敗よ。私、不器用ね。それとも、彼女が素早かったのかしら。ちぇっ」

私たちは引き返した。

「とにかく、これであいつは悪夢のひとつも見ることになるだろうさ」

「それはいいわね」と、彼女は言った。


満ちゆく月。怒り心頭の猫。風に舞う羽。秋が迫り、草は枯れる。

朝の出来事は、皮肉にも昨日の事件の皮肉な後日談となった。

グレイモークがやってきて、ドアを引っ掻いた。私が外に出ると、彼女は言った。

「一緒に来てちょうだい」

私は彼女の言う通りにした。

「何の用だい？」と、私は尋ねた。

「巡査と助手が、昨夜の火事を調べにオーウェンの家に来てるのよ」

「呼びに来てくれてありがとう」と、私は言った。「見に行こう、きっと面白いぜ」

「たぶんね」と、グレイモークは言った。


到着してみると、彼女の言葉は控えめなものだったとわかった。

巡査と彼の部下たちは歩調を揃え、採寸し、そこらじゅうをつつき回していた。籠の残骸と、籠の中にあった死体が、地面に置かれていた。四つの籠の残骸があったのだが、私の記憶にあった三つよりも増えていた。

「ふむ」と、私は言った。

「こういうわけよ、びっくりでしょ」

三つには人外の存在の死体が、四つ目には人間の死体が入っているようだった。

「誰なんだ？」と、私は尋ねた。

「オーウェンその人よ。誰かが、籠のひとつに彼を詰めこんで、火をつけたの」

「素敵なアイディアじゃないか」と、彼は言った。「盗作だけどな」

「好きなだけバカにすればいいさ」頭上から声がした。「あんたの主人《マスター》じゃないしな」

「すまない、チーター」と、私は言った。「だが、俺を毒殺しようと目論《もくろ》んだ奴に同情するのは難しいな」

「たしかに、彼には欠点もあったけど」と、リスは告白した。「町一番のオークの樹もあったんだ。昨夜のうちに、どんぐりがたくさんダメになったよ」

「誰がやったのか、見たのかい？」

「見てないんだ。僕はナイトウィンドを訪問して、町の向こう側に行ってたから」

「今、何をしてるんだ？」

「ナッツを埋めてるんだ。外で暮らすものにとっては、長い冬になりそうだからね」

「マッカブとモリスの仲間に加わればいいんじゃなくて？」と、グレイモークが言った。

「クイッククライム同様、やめようと思ってる。ゲームはとても危険になってるからね」

「オーウェンを始末した奴は、彼の黄金の鎌を奪ったんだろうか？」と、私は尋ねた。

「このあたりにはないね」と、彼は言った。「中にあるかもしれないけど」

「出入り口は知ってるんだろ？」

「うん」

「特別な保管場所のことは？」

「知ってるよ」

「中に入って、鎌がまだあるかどうか見てきてくれないかな」

「何で僕が？」

「いつか、俺たちの手助けが必要になるかもしれないぜ。残飯とか、捕食者を追い払うとか、そういったやつがな……」

「むしろ、今すぐどうにかして欲しいことがあるよ」と、チーターは言った。

「それは何だ？」私は尋ねた。

彼は跳びあがったが、落下するのではなく私たちの傍らに漂ってきた。

「あなた、ムササビだったのね。知らなかったわ」と、グレイモークは言った。

「違うよ」と、彼は言った。「ただ、そのこともお願いの一部だ」

「何を言ってるの？」と、彼女はチーターに言った。

「オーウェンに見つかるまで、僕は愚かな木の実漁り《ナット＝チェイサー》だった」と、彼は言った。

「大抵のリスはそうだけどさ。生きるために必要なことは知ってる。だけど、それだけなんだ。きみたちとは違ってね。彼は僕をより賢くしてくれたし、色々な能力をくれた。こんな風に滑空できる能力とかをね。だけど、そのために何かをなくしちまった。僕はこいつをトレードして、昔の自分に戻りたいんだよ。開けたり閉めたりとかを気にしない、幸せな木の実漁りにね」

「で、どうしたいんだ？」

「僕は、この能力のために一つのものを差し出した。それを取り戻したいのさ」

「どういうことだ？」

「僕の回りの地面を見てくれ。何が見える？」

「特に何も見えないけど」と、グレイモークは言った。

「僕には影がないんだ。彼が取っちまったからね。彼は死んでしまった。だからもう、

からないわ」

「けっこうな曇り空だし」と、グレイモークは言った。「影がないのかどうか、よくわからないわ」

「信じてよ。僕が言ってることなんだからさ」

「信じるよ」と、私は言った。「さもなきゃ、こんな風にバカみたいに騒いだりはしないだろうからな。だが、影がそんなに重要か？　誰が気にする？　木の上を飛び回っていて、自分でもほとんど影なんて見ないだろうに、都合が悪いことなんてあるのか？」

「それだけじゃ済まなかったんだ」と、チーターは説明した。「影にくっついて、他のあれこれもなくなったんだよ。以前とは感じ方が変わっちゃったんだ。昔の僕は、いろんなことを、ただ知ってるだけだった。最高の木の実のある場所や、天気の様子、繁殖期に雌のいる場所、季節の移り変わりやなんかをね。今、僕は思考ってやつができる。そういうことをみんな理解して、計画的に活用することができる。それは、以前には絶対にできなかったことなんだ。だけどその結果、僕は考えずにただ知ってることから生まれる、ささやかな感覚をなくしちまったんだ。僕は、よくよく考えた。取り戻したいんだ。考えられたり、滑空できたりするよりも、昔の気持ちに戻りたいんだよ。きみは、魔法のことをよく知ってるよね。人間よりもずっとさ。きみがオーウェンの影の呪文を壊してくれるなら、鎌について調べてきてあげるよ」

グレイモークをちらりと見たが、彼女は頭を横に振った。

「そんな呪文のこと、聞いたこともないわ」と、彼女は言った。

「チーター、魔法には色々なシステムがある」と、私は話し始めた。「力が注がれる形でしかない。だから、俺たちにはその全貌がわからないんだ。オーウェンが、お前さんの影や、直感力と言うのかな——直感力と、それに伴う感覚に何をしたのかはわからない。それがどこにあって、どうやってそいつをお前さんに戻せばいいのかわからない限り、俺たちが役に立てるとは思えんね」

「家に入れるなら、教えられると思うけど」と、彼は言った。

「おっと」と、私は言った。「どうする、グレイ？」

「私も興味があるのよね」

「さて、どうやって中に入ったものかな」と、私は尋ねた。「開いている窓や、鍵のかかってないドアがあるかい？」

「僕が使ってた出入り口は、きみのサイズには合わないだろうね。屋根裏部屋にある、小さな穴なんだ。裏口はいつも鍵をかけていないけど、人間じゃないと無理だろうね」

「そうでもないわよ」と、グレイモークは言った。

「巡査と部下たちがいなくなるまで待とう」と、私は言った。

「わかったわ」


三つの不自然な死体についての困惑混じりの会話を繰り返し聞かされながら、私たちは待ち続けた。やってきた医者は頭を振ってメモを取り、人間の死体――つまりオーウェンの死体は一人分だけだと結論した。彼は午前中に報告書を提出すると約束して、立ち去った。

エンダービー夫人と彼女の連れもやってきて、巡査と話をしていたが、その間、遺体と同じくらい長く、グレイモークと私を見つめていた。

しばらくして彼女は立ち去り、遺体は解体され、バスケットの中に残っていたものと一緒にラベル付けされて、荷車で運ばれていった。

カートのきしみ音が遠ざかると、グレイモーク、チーター、私は互いを見交わした。チーターは木の幹をよじのぼり、さらに別の木を経由して家の屋根に上がっていった。

「私たちもあんなふうにできるといいのにね」と、グレイモークは言った。

「まったくだ」私は同意して、裏口へと向かった。

私はこの前と同じように立ち上がり、ノブをしっかりと摑んでひねった。もうちょっとだ。もう一度同じことを繰り返し、我々は中に入った。

肩を使って、もう少しでドアが閉まるか閉まらないかの、カチリと音が出る直前のところまでドアを押した。私たちは台所にいた。

爪のある小さな生き物が、急いでやってくる音が頭上から聞こえてきた。間もなくチーターが到着して、ちらりとドアを見た。

「彼の仕事場が地下にあるんだ」と、彼は言った。「案内するよ」

私たちは彼に続いてキッチンのドアを出て、ぎしぎしときしむ階段をおりていった。

階下には屋外の匂いが漂う大きな部屋があって、私たちはそこに入った。

断ち切られた枝、葉っぱや根の詰まった籠、ヤドリギの箱といったものが、壁際や棚、ベンチの上に、無秩序に積み重ねられていた。いくつかのテーブルには動物の皮が広げられ、三つの椅子の上にも散らばっていた。天井と床の両方に青と緑のチョークで図形が描かれていたが、中でも特に目立つ赤い図形が離れた壁の多くを覆っていた。ドアの横には、蜻蛉《かげろう》の標本やゲール語やラテン語の本でいっぱいの小さな本棚があった。

「鎌は」と、私は言った。

チーターが小さなテーブルの上に跳び上がり、薬草の只中に着地した。

彼は体の向きを変え、前屈みになった。それから、小さな引き出しの端に爪を引っかけて体を揺すった。やがて、引き出しはゆっくりと開き始めた。

「鍵があいてる」と、チーターは言った。「見てみよう」

彼は引き出しをより大きく開いてから、私が中を調べることができるよう、私の後ろ足にあがった。引き出しには、中心が鎌の形にへこんだ青いビロードの裏張りがあった。

「御覧の通り」と、彼は言った。「なくなってる」

「ここ以外で、ありそうな場所は？」と、私は尋ねた。

「ないね」彼は答えた。「ここにないなら、彼が持ってる。そのどちらかだったよ」

「たしかに、どこにもなさそう」と、グレイモークが言った。「床の上にも、散らかっている中にもね」

「ということは、誰かが持ち去ったんだ」チーターは言った。

「妙だな」と、私は言った。「あの鎌には確かに魔力があった。だが、杖やイコン、五芒星、でもって指輪のような、魔道具《ゲーム・ツール》のひとつではなかったはずだ」

「ということは、そいつは単に、魔力が目的であれを欲しがったのかも」と、チーターは言った。「オーウェンをゲームから追い出したかったからなんだろうけどさ」

「たぶんな。彼の死は、ラストフとも関係があるのかも知れない。しかし、オーウェンは《開く者《オープナー》》で、ラストフは《閉じる者《クローザー》》だった。プレイヤーの一人が犯人だとすると、おかしなことにならないか」

「ふーむ」と、チーターは言って、私から飛び降りた。

「どうかなあ。そうかもしれないし、そうではないかもしれない。そういえばつい最近のことだけど、ラストフとオーウェンは長いこと話し合ってたよ。オーウェンが、ラストフに鞍替《くらが》えを勧めていたみたいだね。彼の自由主義的な共感とロシア人ならではの感傷が、革命的な方向に彼を押しやっていた可能性はあるよ」

「それ本当？」と、グレイモークが言った。「誰かが《開く者《オープナー》》を殺して回っているんだとしたら、ジルも危険だわ。彼らの会談のこと、誰か他に知っていて？」

「僕の知る限りでは、誰も。ラストフがクイックライムに話したとは思えないし、今まで誰にも話さなかったんだ」

「彼らはどこで話をしたの？」と、彼女は尋ねた。

「上の階だね。キッチンか応接間のどちらか」

「誰かに盗み聞きされた可能性は？」

「屋根裏のリス穴を通り抜けられるくらい体の小さい奴なら、まあどうにか」

私はゆっくりと歩きまわった。

「モリスとマッカブは《開く者《オープナー》》と《閉じる者《クローザー》》のどっちだ？」と私は尋ねた。

「私は、《開く者《オープナー》》だと思うわ。ほぼ確実にね」グレイモークが言った。

「うん」チーターも同意した。「彼らは《開く者《オープナー》》だ」

「博士はどうだ？」

「それがわからないの。占いもどうしてか、うまくいかないし」

「隠れたプレイヤーがいる」私は言った。「そいつだ」

「もう一人いるって、本当にそう思うの？」グレイモークが尋ねた。

「俺の計算が常に失敗する、考えられる唯一の原因もそれなんだ」

「どうすれば探し出せるの？」と、彼女は言った。

「わからん」

「僕はもう、どうでもいい」チーターは言った。「僕は、シンプルな生活に戻りたいだけなんだ。陰謀も計算も、もうごめんだ。僕は志願したわけじゃない。強制的に徴兵されたんだ。頼むから、僕の影を取り戻してくれ」

「どこにある？」

「あっちだ」

彼は、離れた壁に描かれた、大きく赤い図形の方を向いた。

私はそちらを見たが、彼が何を示しているのかわからなかった。

「すまんが」私は言った。「どこを見ればいいのか……」

「あそこだよ」チーターは言った。「あの図形の下の、右の方」

ようやく、私にもそれが見えた。てっきり、照明の効果だと思っていた。リスの形をした影が図形の一部を覆っていた。その影は、いくつかの直立した輝く金属片に囲まれていた。

「あれがそうか」と、私は言った。

「うん」と、彼は答えた。「七個の銀の釘で打ちつけられているんだよ」

「どうやって解放すればいい？」と私は言った。

「釘を引きぬかないと」

「そいつを引きぬいた人間に、危険が及ぶことは？」

「わからない。オーウェンは何も言わなかった」

私は立ち上がり、前足を伸ばして一番上の釘に触ってみた。釘はぐらついていて、私の身におかしなことが起きたりはしなかった。そこで、私は前屈みになって釘を歯でつかみ、引きぬくと床に落とした。

残りの六本についても、前足で確かめてみた。二本は明らかにゆるかったので、歯を使って順番に引きぬくことができた。

床の上で輝きを放つ純銀製の釘を、グレイモークが調べていた。

「釘を抜いた時」と、彼女は聞いた。「どんな感じがした？」

「特に何も」と私は言った。「俺に見えない何かがきみには見えるのかい？」

「いいえ、何も。たぶん、その壁の図形に魔力があるんだわ。反応があるとすれば、壁の方なんでしょうね」

残った四本は、既に抜いたものよりもきついようだった。

釘で留められている影の輪郭は、今やうねうねと動き始めていた。

「チーター、お前さんは何か感じたのか？」

「うん」彼は答えた。「釘が抜かれた影の位置に対応しているっぽい体の各所で、小さなうずきを感じたよ」

「その感じに変化があったら、言ってくれ」

私は言って、体を前に乗り出した。そして別の釘を噛み、歯を前後させてうまく引っ張り出した。釘をゆるめるのに三〇秒はかかったが、ようやく床に落とすことができると、私は残る三本を順番に引きぬこうと試みた。

二本はかなり固く喰い込んでいるようだったが、もう一本はちょうど抜いたばかりのものと同じだった。私はゆるい釘に嚙みつき、時間をかけてそれを何とか引きぬいた。

それは、あたかも、三次元的な厚みの側に、影が揺れていて、ゆれるたびに、その一部が見えなくなっているかのようだった。

「うずきっぱなしだ」と、チーターが言った。「しかも、体中に広がり始めたみたい」

「痛みはあるか？」

「ないよ」

残っている二本の釘を、前足の爪でつついてみた。ガチガチだ。歯が欠けるリスクを冒すよりも、ラリーにプライヤーを持ってきてもらう方が良さそうではあった。とはいえ、その前に少しくらい試してみてもいいだろう。一分ほどかけて釘の一本を押したり引いたりしてみたところ、少しばかりゆるんだようだった。

顎を休めながら、一応、両方の釘を試してみることにした。約一〇インチ左に位置するもう一本の釘には一分以上を費やしたが、多少なりともゆるんだような気すらしなかった。図形を描くのに使われている石膏《せっこう》と顔料の味は、私の好みではなかった。釘に嚙みついている間に、その下のものがわずかに口の中にこぼれてきた。地下室の土の味が口の中に広がりはしたものの、材質まではわからなかった。

私はいったん後ろに下がった。図形はよだれですっかり濡れていたが、その巧妙な仕組みに犬の唾液が何かしら影響を与えるかどうかはわからない。

「やめないで」と、チーターは言った。「再開してくれ」

「一息ぐらいついたっていいだろ」と、私は彼に言った。「今までは前歯を使っていたが、最後のやつはそう簡単にいかなそうだ。奥歯に切り替えてみよう」

再び前かがみになり、右奥歯で嚙みしめて引っ張ると、釘はわずかに動いたようだった。じっくりと時間をかけて動かしている内に、ようやくゆるんできた。銀の釘はついに床に落ちて、耳に心地よい音を立てた。

「六本目」と、私は告げた。「今、どんな感じだ?」

「うずきが強くなってきたよ」と、チーターは言った。「何か、予感もしてきた」

最後の一本を抜くために、顎の左側を使える位置に移動しながら、私は言った。

「やめるなら、これが最後の機会だ」

「やってくれ」と、彼は私に言った。

私は、これまでに効果のあったやり方——小刻みに押したり引いたりするのではなく、圧力を徐々に強めていくというやり方で釘を嚙みしめ、ゆっくりと動き始めた。

私の心配に反して、歯が割れたり欠けたりはしなかった。床に落ちた銀の釘が立てる音は好みだが、口の中の冷たい金属の味は気に入らなかった。

作業中、太陽の前を速く流れていく雲のように、チーターの影は幾度も私の眼前を通り過ぎ、ある時は私を包み込んだかと思えば、再び離れていくのだった。

　釘が少し動くのを感じた。顎が痛み始めていたが、私は左右の歯を切り替えて作業を続行した。これまでに幾度も大きな骨を嚙み割ってきた、自分の歯の力を私はよく知っている。だが、この作業には、単純な咬合《こうごう》の力以上のものが必要だった。私の顎だけでなく顎の首の筋肉を総動員する必要があったのだ。

　前に、そして後に……。釘がゆるみ始めたので、私は一休みすることにした。

「で、全部の釘が抜けたとして、それからどうするんだ？」と私は彼らに尋ねた。「影が逃げ出さないようにするにはどうすればいい？　お前さんの体にもう一度くっつける特別な手段があるのかい？」

「知らないんだ」と、チーターは言った。「考えたこともなかった」

「そもそも、どんな風にあなたから切り離されたわけ？」と、グレイモークは質問した。

「オーウェンは灯りをつけて、壁の上に影を作った」と、チーターは言った。「彼は僕の影を釘で打ち付けてから、体の近くで鎌を走らせて切断したんだよ。僕が離れると、影だけが壁に残った。すぐに違和感を感じたよ」

「その影は、あなたの命に反応するんじゃないかしら」グレイモークは言った。「うまいこと体を合わせれば、あなたにふわっとかぶさってくれるわよ。だけど、影を縫いつけていた釘に反応させるために、あなたの命を七カ所で露出させせないといけないわね」

「どういう意味？」チーターが聞いた。

「血が必要だってこと」と、彼女は言った。「両足の後ろ、頭の上、尻尾の真ん中、背中の真ん中。つまり、影についた穴と同じ七カ所にひっかき傷をつけるのよ。スナッフ、あなたは最後の釘を抜く時、まっすぐに引っぱらずに、とっても気をつけてそれを下に引き出すの。そうやって影をひっかけて、チーターを覆うために引っ張り出してちょうだい。それから、影の足を押さえていた釘の上に四つの足をおいて、尻尾も尻尾の釘の上に重ねて、首を伸ばして曲げて六番目の釘に触るようにして……」

「どの釘がどの穴に対応していたのか、もうわからないよ」と、彼は言った。

「私がわかるわ」と彼女は答えた。「見張っていたもの。スナッフは、引きずり出した影をチーターに被せて、七番目の傷があった背中に釘を落としてちょうだい。こうすれば、あなたにもう一度影を繋ぎとめることができるはずよ」

「グレイ」と、私は言った。「どうしてそんなことを知ってるんだ？」

「最近のことなんだけど、ちょっとした智慧を授かったの」と、彼女は答えた。

「上《かみ》の猫からってわけか……」

「黙って！」彼女は言った。「あそことは違うの。それには触れないでちょうだい」

「すまない」

グレイモークが釘の位置を決め、チーターは自分自身で両足と頭、尻尾を引っ掻いた。

血の匂いが私の方に漂ってきた。

「背中に前足が届かなくて、七番目の傷がつけられないよ」と、彼は言った。

グレイモークが右前足をさっと振り、背中の真ん中あたりに鮮やかな一インチほどの傷が開いた。あまりにも素早かったので、彼はひるむ間もなかった。

「そこよ」と、彼女は言った。「私が言った通りにして、自分で釘をあてなさいな」

言われた通りにすると、チーターはじっと動きを止めた。

私は最後の釘にとりついて、ゆっくりと引っ張りはじめた。

釘がゆるんだと感じるや否や、私はそれを引きずりおろし、壁と床にくっつけながら、チーターの方に引っ張って行った。

影がついてきているかどうかはわからなかったが、質問できる体勢ではなかった。それに、うまくいっていないなら、グレイモークが何か言うだろうと思ったのである。

「彼の体の上に持っていって、背中に落としてちょうだい」と、彼女。「私が印をつけた位置にね」

私は言われた通りにして、すぐに後ろへ跳び下がった。

「影はくっついたままかい？」私はチーターに尋ねた。

「何とも言えない」と、彼は言った。

「違和感があるのか？」

「わからないんだ」

「グレイ、どうだろう」私は尋ねた。「くっつくまで、どのくらい待てばいいんだ？」

「一、二分ほど待ちましょう」とグレイモークは言った。

「図形が」その時、チーターが言った。「変化してる」

壁の方に向き直り、私は図形を確認した。何かが動いた痕跡が見えたような気がしたが、ともかくも私が直面した時にはもう、何も動いていなかった。

図形はわずかに小さくなり、少し左に伸びて右にずれ、色も明るくなったようだった。

「影が元に戻ったみたいだ」と、チーターは言った。「移動してみよう」

彼は立ち上がり、釘をまき散らしながら床を走り抜けていった。階段をぽんぽんと飛び上がり、後ろを振り返って私たちを見た。彼の望みがかなえられたかどうかを確認するには、そこはまだ薄暗すぎた。

「来てよ！」と、彼は言った。「外に出よう！」

私たちは彼についていき、私は難なく勝手口を開けた。

扉が開くや否や、チーターは私たちを追い越して外に飛び出した。

太陽が顔を見せていた。そして、庭の向こうへと走っていく彼の体に、影がぴったりとくっついているのが見えた。

彼は壁の上に跳び上がって、躊躇《ためら》いながら後ろを見た。

「ありがとう！」と、彼は言った。

「どこに行くんだ？」と、私は聞いた。

「森さ」彼は答えた。「さよなら」

次の瞬間、チーターは壁から離れ、走り去って行った。

10月26日

なにもない、退屈な一日。

巡回の必要はもはやなく、ポートワインの瓶がかすかに光るのを一瞥したのみである。

私は何度か散歩に出た。

グレイモークを軽く訪問したが新しい情報は特になく、ラストフの家の回りを歩き回ってみたがクイックライムは見当たらなかった。モリスとマッカブの家も窺ってみたが、ナイトウィンドは昼間、どこかに引っ込んでいるようだった。

ラリーの家に行ってみたが、彼は外出中だった。

嵐に四方を囲まれた博士の家に行ってみたが、見える範囲には何の動きもなかった。

名探偵の拠点に行ってみたが、牧師館はすっかり静寂に包まれていて、彼がそこにいるのかどうかも全くわからなかった。

教会と司祭館を何度か通過し、二度目の時にはテケラがこちらを見てから飛び去った。

私は帰宅して食事をとり、うたた寝をした。

夕方になり、どうにも落ち着かなかったので、私は再び外出した。

グレイモークは外におらず、ラリーは戻っていなかった。

私は野原を走り抜け、古《いにしえ》の本能を維持するべく森の中をうろつくことにした。

ウサギを何匹か怖がらせた後、狐《きつね》の通り道を嗅ぎつけて、しばらくの間追跡した。だが、彼女は小さくとも賢いメスだった。彼女はすぐに私の追跡に気づき、やってきた道をこっそり戻って進路をごまかしながら、最後には小川に入って行方をくらました。

こうした技術を思い出すのも、悪くない。

その時、私は自分自身が何者かに追跡されていることに気づいた。私も、ふと思いついて小川に入った。小川の上流が風下だったので、私はそちらへ向かった。狐と同じ方向だろう。狐も私と同じく、追跡されていることに気がついたのだ。

もっとも私の追跡者はかなり不器用だったので、風下の位置取りを保ちながらこっそり回り込んで、小川の岸で驚かせるのは簡単だった。

彼は私よりも体が大きく、狼くらいのサイズがあった。

「ラリーかい?」と、私は呼びかけた。「あんたを探していたんだよ」

「え?」という応《いら》えがあった。

「あんた、ラリーじゃないな」と、私は言った。

「そうだ」

「どうして俺を尾《つ》けてきたんだ?」

「僕は数日前にやってきたところでね、この森で冬を越そうと考えてたんだ。だけど、ここは実に奇妙なところだね。このあたりに住んでる人々は、お互いに一風変わったことをするものらしい。きみを尾《つ》けたのは、ここが安全なのかどうか聞きたかったのさ」

「彼らのうちの何人かについての話だけど、今月末に起きる予定の、あることの準備の最中なのさ」と、私は言った。「この時期が過ぎ去るまでは身を潜めて、羊や豚を獲る時に少しばかり気をつけるなら、冬の間は無事に過ごせるだろうさ。つまり、死体が目立たないようにしておいてくれってこと」

「月末に何が起きるんだい？」

「奇妙なことだ」と、私は言った。「少しばかり特殊な、トチ狂ったことだ。その日の夜は、人間が集まっているところから離れておくといい」

「なぜ？」

ちょうどその時、かすかな月明かりが、枝の間を通して私たちに届いた。

「死んじまうか、さもなきゃもっと悪いことになるかもしれないからな」

「よくわからないよ」

「その必要はない」私はそう言うと、体を翻して立ち去った。

「スナッフ！　待つんだ！　戻ってきてくれ！」と、彼は呼びかけた。

だが、私は歩みを止めなかった。

彼は私の後を追いかけようとしたが、狐すらも誇りに思うだろう《吼えるもの《グロウラー》》の教えが、そうはさせなかった。私は、たやすく彼を撒いたのである。

月明かりのもと、私は彼のことを思い出した。防護魔法のスクリーンに映った、侵入者の一匹だった。私たちがロンドンにいる間に、嗅ぎまわっていたやつらのことだ。

彼は、何が起きているのか調査していただけなのかもしれない。ともかく、彼自身はそのように話していた。だが、教えていないにも関わらず、彼が私の名前を把握していたことについては、全く気に入らなかった。

力と月齢、智慧が日々増大していく月が頭上にあり、私を導いた。

彼女の銀色の輝きが、私を駆り立てるのだ。

10月27日

裏口をひっかく音で目が覚めた。

犬用の出入り口を開けに行くと、グレイモークが座ったまま待っていた。

そういえば、彼女《ねこ》の笑いもわかりにくいことに気がついた。

空は曇りがちで、ところどころ青い部分があった。

「おはよう」と、私は言った。

「おはよ、スナッフ。起こしちゃったかしら？」

私は外に飛び出して、伸びをした。

「まあね」と、俺は言った。「でも、少し寝過ぎた。起こしてくれてありがたいよ」

「痛いとか苦しいとかはもう残ってない？」

「よくなったよ。きみは？」

「上々よ」

「昨日はまったく静かな日だったな」私は言った。「珍しく」

「昼はそうだったけどね、夜はまた別よ」と、グレイモークは言った。

「おっと、本当かい？」

「火事のこと、聞いてないのね」

「火事？　どこで？　何が起きたんだ？」

「博士の家が全焼したの。今もまだ燻《くすぶ》ってるわ。早朝に散歩していて、匂いを嗅ぎとってね。それで、長い時間をかけて見て回ってきたの。あの家がなくなって、嵐もようやく止まったわ」

「博士は生きてるのか？　彼らの仲間は逃げ出せたのか？」

「知らないわ。逃げ出せたかどうかもわからない。彼らには会わなかったの」

「あの辺を嗅ぎまわってこないといけないみたいだな」と、私は言った。

「名案かもね」

私たちは、博士の家へと向かった。

暴風雨に見舞われることなく、ここに来れるというのは奇妙な感覚だった。

家は黒く焦げていて、屋根と三つの壁が崩れ果てていた。灰や瓦礫《がれき》と、高熱に焼かれた焦げ跡で、地面は暗く見えた。

近づいていくと、私たちにとっては右側にあたる西の方に、無傷の納屋が残っていた。周囲の地面は、数週間降り続けた洪水のような雨で、余すところなく濡れていた。

私たちは焼け跡をゆっくり巡回し、中を覗きこんだ。

黒焦げの梁や崩れた壁を通して、壊れた装置が地下に積み重なっているのが見えた。

炎と地面の湿気が邪魔で、役立ちそうな匂いを嗅ぎとることができなかった。

グレイモークにそのことを伝えると、彼女は言った。

「となると、博士と助手が逃げ出したのか、死んだのかはわからないってことか」

「不本意だがね」と、私は答えた。

それから、私たちは納屋を見に行くことにした。

焼け跡から離れ、納屋の建物が近づいてきた時、私は新鮮な匂いを嗅ぎとった。

実に新鮮な。しかも、すぐ目の前に。

私は全力で駆け出した。

「どうしたの?」と、グレイモークが聞いてきたが、答えている暇はなかった。

私は彼が納屋の隅で体を丸めているのを垣間見て、走り寄ったのである。

彼は、私が向かってくることに気づいた。逃げ出せないことを理解すると、彼はあたりにちらばっている木箱の一つの中に跳び込んだ。

私はその箱に近づいて、頭を突っ込んだ。

箱の一番奥で縮こまっているのは、ブーボーだった。

「窮鼠《きゅうそ》何とかってことわざを知ってるだろ」彼は言った。「僕たちを甘く見るなよ」

「わかってるさ」と、私は言った。「だが、どのあたりに問題があるんだ？ 別に、お前さんを傷つけるつもりはないんだがね」

「追いかけてきたじゃないか」

「話をしたかったんだよ」

「猫まで連れてきて」

「俺と話をしたくないってことなら、彼女に任せてもいいんだぜ」

私は後ろに引っ込もうとした。

「いやだ！ 待って！ あんたと話す方がましだ！」

「オーライ」と、私は言った。「で、ここで何があったんだ？」

「火事があったんだよ」

「見たまんまだな。原因は？」

「実験体が怒って、博士の実験室を壊し始めたんだ。それで、いくつかの機材が火花を噴いて、家が燃え始めたんだよ」

「実験体だって?」

「あんたも見たはずだよ。博士の助手が掘り出してきた人体のパーツを全部寄せ集めた、博士の大きなトモダチさ」

私は、死の匂いを嗅いだことを思い出した。あれが何だったのか理解《わか》りはじめた。

「それから、どうなったんだ?」と、私は尋ねた。

「実験体は逃げ出して、この納屋に隠れてた。口論した後、いつもそうしていたようにね。僕も外に逃げ出して、家は完全に燃えてしまった」

「博士と助手は、その前に逃げ出せたのかい?」

「わからないよ。後になって引き返してみたんだけど、何も見当たらなかったんだ」

「実験体は?　まだ納屋にいるのか?」

「いないよ。逃げ出しちゃって、どこにいるかはわからない」

私は体を後退させた。

「すまんね」と私は言って、頭を箱から引っ込めた。

グレイモークがすぐさま近寄っていき、ブーボーに質問した。

「博士は《開く者《オープナー》》？　それとも《閉じる者《クローザー》》？」

「うわあ」彼は言った。「構わないでくれ、僕はしがないただのモリネズミなんだ。スナッフ！　彼女に僕を渡さないで！」

「ご飯ならもう食べたわ」と、彼女。「それに、お仲間として敬意を払わなくちゃね」

「そんなことあるもんか！」と、彼は言った。「おしまいだ、もうおしまいなんだ」

「あなたの御主人様《マスター》が死んだからといって、あなたをプレイヤーから外して考えるつもりはないいんだけど」

「でも、わかってるんだろ。わかってるはずだ。あんたは僕を弄んでる。猫ってやつはいつもそうだ。僕はプレイヤーじゃない。プレイヤーだったことなんかないよ。きみは本当に食事をしたばかりなのかい？」

「そうよ」

「なお悪いじゃないか。僕をおもちゃにするつもりなんだ」

「いいから、お黙りなさい」

「ほら見てよ、敬意なんてもうどこかに行っちゃったじゃないか」

「騒ぐのをやめてちょうだい。少し腹が立ってきたわよ。それで、プレイヤーだったことがないというのは、どういう意味かしら？」

「言葉通りの意味だよ。僕はいいものを見て、それで参加することにしたんだ」

「説明してちょうだい」

「僕はただのモリネズミだって言ったよね。こっそりと隠れて日々のおつとめをしてた時、きみたちが話しているのを聞いたんだよ。ナイトウィンドやクイックライム、チーターにきみ、それとスナッフの会話をね。それで、ある種の奇妙なゲームが進行中で、きみたちがみんなプレイヤーだって気づいたんだ。みんな優秀なプレイヤーで、基本的には単独行動だったけど、時には互いに助け合った。それで僕は、きみたちの一人になりすませるくらい、ゲームのことを学ぼうって決めたんだ。きみたち全員に、かなり怪しい御主人や女主人がいることはすぐにわかった。それで僕は、なりすます方法を思いついた。その頃、僕はちょうど実験の残りもの目当てで、博士の家の周りをうろうろしていたからね。だから、君たちに博士がゲームに加わっていて、僕は博士に仕えていると思わせた。そして実際、僕はきみたちの残りのメンバーから、尊敬とまともな扱いを受けることができた。おかげで、楽に暮らせたよ。火事とは、何という悲劇だろう。納屋で冬を越すのは辛いんだろうな。でも、ネズミは適応力が高いんだ。僕たちは……」

「はい、そこまで」彼女が言い、彼は従った。「スナッフ、どういうことかわかる？」

「ああ」と、私は言った。「秘密のプレイヤーなんていなかった。要するに、プレイヤーを一人多く計算に含めてしまっていたというわけだ。博士はただ、実験のために人目をはばかりたくて、ここに越して来たに違いない」

「……彼についての占いが、どうしていつもふわふわしてたのかもわかったわね」

「そういうことだな。すぐに、計算をやり直してみよう。ありがとう、ブーボー。お前さんのおかげで助かったよ」

グレイモークが箱から離れ、ブーボーはじっと外を眺めた。

「行っていいってこと？」彼は言った。

パズルの最後のピースを手に入れることができて、私は寛大な気分になっていた。幸福と言っても良いかもしれない。その感情が、彼に対する憐憫《れんびん》を呼び醒ました。

「そうしたいなら、俺たちと一緒に来てもいい」と、私は言った。「何も、納屋に住む必要はない。俺の家に泊まればいい。暖かいし、食料もたっぷりある」

「本気で言ってるの？」

「もちろんだ。お前さんは助けてくれたからな」

「でも、きみんちの近所には猫が……」

グレイモークは、笑い声に似た音を立ててみせた。

「あなたの手助けは、プロ級のものだったわ」と、彼女は言った。「だから、私は敬意を払ってしかるべきプロのリストに、あなたを残しておいてあげる」

「わかった。好意に甘えさせてもらうよ」ブーボーは私に言った。

彼が箱から出てくると、私たちは引き返した。

10月28日

わかっていたことではあるが、地形を改めて確認する必要があった。謎のプレイヤーの真相に、他にも気づいたものがいるだろうかと考えながら、私は前日に足を運んだあらかたの場所を歩き回った。

私は教区司祭を見かけ、彼も遠くから私を見た。すれちがったテケラが、私のことを、彼に伝えたのだ。司祭はちょうど荷車からおろした箱を司祭館に運び込んでいたところだったが、手を止めて私を睨みつけた。彼の耳にはまだ、絆創膏がついていた。

エンダービー夫人こと名探偵は、私が通りかかった時、ちょうど双眼鏡を持って庭木に登っていたところだった。

「スナッフ、こっちに来てちょうだい！」

彼女が呼びかけてきたが、私は足を止めなかった。

雲の群れの合間から、太陽の光がさしこんでいた。木々の葉っぱが地面に落下し、風に吹き散らされていた。私は南へと向かった。


ブーボーは、私たちの家の地下室に住みついた。私たちの許可のもと、家の中を好きに歩き回り、キッチンで一緒に食事をとっていた。

「《鏡の中のもの》はどうなったんだい？　鏡もだけど」と、彼は聞いた。

それで、私は町に行った後の襲撃について、ブーボーに話をした。

その話題は、町に出かけるという話に発展した。

「あの教区司祭が、教会の前を通過させてくれないんじゃないかな」と、彼は言った。

「あいつは、クロスボウで僕を何度も撃ったんだ。せいぜいゴミ箱を漁っただけなのに、それだけのことで矢を射かけてくるなんてさ。あんなやつ、最後の最後にへまをやってきみたちが葬り去ってくれればいいんだ」

「それにしても、きみはゲームについてどれくらい知ってるんだ？」と、私は聞いた。

「たくさんのことを聞いて、たくさんのことを見たよ。みんな、僕が関係者だと思って、いくらでも話してくれた。あやうく、僕もプレイヤーの一人だと思うところだったよ」

彼の返事は、このようなものだった。

「うん、僕はゲームについて、たくさんのことを知ってるよ」

そして、彼は私に話してくれた。

虚《うつ》ろなる一〇月、その満月のハロウィーンの夜、適切な数の人間が、適切な場所に引き寄せられ、旧《ふる》き神々が地球へと帰還するための道が開かれようとする。

そして、人々の中のある者たちは道を開く手助けをするが、他の者たちは道を閉ざし続けようと努めてきたのである。

長きにわたり——敗北しかけるようなことも時にはあったが、《閉じる者《クローザー》》の側が勝利をおさめ続けてきた。

朦朧《もうろう》たる男、狂人もどき《ハーフ＝マッド》、殺人者、放浪者などと呼ばれる男と、相方の犬は、常に閉門《クローズ》を試みる側だった。ある者は、彼は地上を歩き続ける運命の刻印を捺《お》された、カインその人だと言った。他の者たちは、秘密裏に他の者を撃退しようと目論んでいた旧きものと協定を結んだ者たちの一人だと言っていたが、実のところ、本当のことを知っている者はいなかった。

プレイヤーたちは、特定の魔道具やその他の魔力を宿す物を獲得し、指定された場所で相まみえて、お互いの意志の力——魔力をぶつけあうのだ。

勝者は無事にその場を去る一方、敗者はその傲慢さを、儀式に関わった宇宙的な神々の反発によって苦しむことになるのである。

それから彼は、プレイヤーたちと彼らの魔道具の名前を挙《あ》げ、計算や占い、魔術的な攻撃と防御のために考慮すべき事柄を追加していった。

「ブーボー」と、私は言った。「全くの独力でここまで調べ上げるなんて、きみにはつくづく恐れ入った。俺をこれほど感動させた奴なぞ、滅多にいないよ」

「ネズミには強い生存本能があってね」彼は言った。「この界隈で安全に暮らしていくためにもさ、僕は知らなくちゃいけなかったんだ」

「安全なんかじゃないぜ」と、私は言った。「ゲームに関わらないでも暮らしていくことはできたはずだ。プレイヤーに偽装するほうがよっぽど危険だ」

「よくわかってるよ。でも、耳に入ってくる謎めいた話が、興味深くて仕方がなかったんだ。たぶん、僕の好奇心は、我が身を滅ぼしかねないほどに強かったのさ。つまり僕は、プレイヤーとして振る舞うことが楽しかったんだよ。僕はこれまでに何か重要なことをやったことはなかったし、とても素敵な気分になれたんだ」

「出かけようか」と、私はブーボーに言った。「背中に乗ってくれ。ジプシーを見に行こう。音楽やら何やら、いいものがたくさんあるんだ」

遅くなるまで、私たちはジプシーのキャンプに滞在した。

私には友達があまりいない。いい夜だった。

《犬の巣《ドッグズ・ネスト》》に向かう途中、私は丘の下で奇妙な足跡を見かけた。丘の頂にも足跡があった。家が壊れてしまった今、あの実験体はどこに向かっているのだろうか。

私は南西の崩壊した農家を除外した線を描き直し、頭の中でそれらを地上に投射しながら、丘の上をぐるぐると歩き回った。線は北に大きく移動した。私は二つの離れた墓地を計算に含めつつ、ラリーの家を含める場合と含めない場合の両方で計算を試みた。

それは、いかなる荒野でもなかった。

それは、既に至高の力の接触を受けた場所だった。

私は今、そこに立っていた。

最後の儀が行われる場所は、ここ――すなわち《犬の巣《ドッグズ・ネスト》》にある、いびつなストーン・サークルのただ中だったのである。

ラリーが法廷助言者《ぶがいしゃ》だったことも、これではっきりした。

私は頭をぐいっと持ちあげ、大きな吼え声をあげた。模様が、完成したのである。

あたかもそれを裏付けるかのように、私たちを以前、冒険に追いやった岩の上に、短い碑文がゆらゆらと炎をあげた。

丘の上で跳びはねながら、私はすぐに出発した。


午前零時。

「ついにわかったぞ、ジャック!」私は言った。そして、私は彼にブーボーの話をした。

「……それで、博士を除外してみたら、俺の丘が残ったんだ」と、私は結論付けた。

「もちろん、他の参加者たちも数日以内に占いで見つけるだろうが」

「そして、儀式の場所は噂でも伝わる。そういえば、誰も場所を計算できなかった時が一回だけあったな」

「あれは、ずいぶん昔のことだったな」

「そうだった。俺たちは仕方なくみんなで夕食をとって、儀式の失敗を冗談の種にして、そして別れたんだ」

「そういうことは、滅多にないのにな」

「全くね」

「今回も危ないところだったな、スナッフ」

「そうだね。そもそも最初から、今回は変なことばかり起きてたんだ。それは今後も続くかもしれない」

「というと？」

「ただの直観」

「お前の本能を信じるよ。さて、俺たちは準備にかからないとな。ジルとグレイモークについては、残念だったが」

「だけど、俺は最後まで彼らの友達のままでいるつもりだよ」と、私は言った。

ジャックは、私の肩をぎゅっと握った。

「お前の望むようにするがいい」

「ディジョンの時とは違うよな？」と、私は聞いた。

「ああ、違うね。今回のゲームは、色々とおかしかったんだ」

上唇に力を入れながら、彼はそう言った。

「友人とかな」

「そいつは、犬が笑う時の仕草だぜ」

10月29日

ジルの家で昼食をとった。ブーボーも招待されていた。彼はようやく、グレイモークが毛色の違う猫なのだと受け入れたようだった。

その後、私は博士《グッド・ドクター》の崩壊した家に歩いていった。

料理は実に素晴らしかった。食べたジャックが即座に、彼女に鞍替えを勧誘したほどである。ジルはといえば、今まさに自分が同調の葛藤を感じていることを認めつつも、始めた時と変わらぬ側でゲームを続けようと決心したようだった。

敵と食事を共にしながら、相手のことを気にかけるのは奇妙な感覚だった。だから私は食事の後、散歩に出ることにしたのである。

目的のために何かをしているよりも、一匹《ひとり》になりたかったのだ。

私は、自分のペースで歩き続けた。


黒焦げの廃墟は、未だ強い匂いを放っていた。しばらく歩き回ったが、骨など人の死を暗示するものは、何も見当たらなかった。それから、改めて納屋に向かった。実験体が隠れるために戻ってきたかもしれないと考えたのである。

扉は、私が中に入れる程度に開いていた。他者を戸惑わせる彼の匂いが納屋の中に漂っていたが、最近のものではなさそうだった。

それでも私は、馬屋のひとつひとつ、それこそ干し草の中すらも探索した。

納屋の隅や納戸、箱などあらゆる場所を確認し、屋根裏への階段をあがっていって、あたりを調べて回った。

その時、私は梁からぶら下がっている蝙蝠の、独特の後ろ姿に気づいた。私にしてみれば、あらゆる蝙蝠は——特に、逆さまの状態になっている場合はそっくりな姿に見えるのだが、その姿は私にニードルのことを思い起こさせた。

私はそいつに近づいて、大声を張り上げた。

「よお、ニードル！　こんなところで何をやってるんだ？」

そいつは少し身じろぎをしたが、目を覚ます様子はなかった。それで、私は前足を伸ばしてそいつをつついてやった。

「起きろよ、ニードル。話をしたいんだ」と、私は言った。

そいつは翼を広げ、私を見つめると、あくびをしながらこう言った。

「スナッフ、こんなところで何を？」

「火事の跡を調べに来たのさ。お前さんは？」

「ご同様。だけど、太陽が出てきちゃったから、ここで眠ることにしたんだ」

「実験体はまだここに来るのかい？」

「知らないよ。とりあえず、今日は来てない。博士が逃げたかどうかもわからないよ。

ゲームの方はどんな塩梅だい？」

「ちょうど、博士が最初からゲームに関係がなかったことを知ったばかりだ。事が露見した瞬間、俺には顕現の地がどこなのかわかった。崩れた石がある大きな丘だよ」

「本当かい。面白いことになってるじゃない。他に何か新しい話はある？」

「ラストフとオーウェンが死んで、クイックライムとチーターは森に帰ったよ」

「そのことは聞いてるよ」

「つまり、誰かが《開く者《オープナー》》を殺して回ってるってことになる」

「ラストフは《閉じる者《クローザー》》だったよ」

「オーウェンが鞍替えするよう説得したらしい」

「いや。説得はしたんだけど、うまくいかなかったんだ」

「どうしてそのことを知ってるんだ？」

「チーターの屋根裏部屋の穴からオーウェンの家に入って、話を聞いたんだよ。ラストフが殺される前の晩、あそこにいたのさ。彼らはトーマス・ペインからニーチェまで、ありとあらゆる名言を引用しながら議論してたけど、ラストフは心変わりしなかった」

「面白い。お前さんはまだ、ゲームを続けているようなことを言うんだな」

彼が口を開きかけた時、階下からかすかな音が聞こえてきた。

「うん、僕はね……伏せて！　すぐに！」

体を右に投げ出すと、クロスボウが直近を通過して真上の壁に突き刺さった。頭を回すと、ドアの近くに武器をぶら下げたロバーツ教区司祭が立っているのが見えた。

奴は、険呑《けんのん》な笑みを浮かべていた。

走って跳べば、三歩で階下に辿りつけるだろう。だが、その過程で足を痛めてしまうかもしれない。彼は容易《たやす》く私を仕留めるだろう。

別の方法は、あがってきたのと逆に、はしごを降りることだ。解剖学的な理由で、私が降りる速度は登る速度よりも遅い。だが、そうしなければ彼は武器を構え直してボルトを再装塡《さいそうてん》し、私の背後をとるだろう。そうなれば、勝率は彼の側に傾いてしまう。

少なくとも、彼は武装した手下どもを連れてきていなかった……。

通常、クロスボウを再装塡するためにかかる時間を思いだした。他に選択肢はなく、生き残るためにも無駄にできる時間はなかった。

私はハシゴに駆け寄って体の向きを変え、下に降りはじめた。司祭はもう弓を下げていて、ボルトを装塡し始めた。可能な限り素早く動いたが、木製の横木を後ろ足で探っていたので、いつ撃たれてもおかしくない状態で、背中側に恐怖を感じた。無事に下の階まで降りられたとしても、それでもまだ非常に危険だった。

私は急いだ。近くで黒い翼が羽ばたくのが見えた。

カチリという音が聞こえた。司祭が矢を嵌めこむ音だ。床には、まだ距離があった。

新たに一段を降りた。彼が武器を持ちあげているのを想像した。

あの羽ばたきが、ニードルであってほしいと思った。

もう一段……。

教区司祭が呪いの声を口にした時、私は自分の期待が正しかったことを知った。

さらにもう一段……。

その時、私はこれ以上の危険を冒《おか》すことはできないと決断した。私は体を後ろに投げ出し、残っていた高さを落下しながら、グレイモークがいつも足の側から着地することを思い出した。生まれついてそんな能力があればよかったのにとは思うが、ともかく今回だけでも成功しなければ……。私は足から力を抜き、体の長軸に沿って、正しい方向に自分の体を回転させようとした。

木の壁にボルトが突き刺さる音がした。どうやら、私の上を通過したらしい。だが、私が着地した時、司祭は既に武器の装塡を始めていた。足から着地することはできたが、すぐに体勢を崩してしまった。苦労して立ち上がりながら、私は奴が眼前で飛んでいる黒い姿——ニードルを無視して、巻きあげを終えるのを見た。

左側の後ろ足がひどく痛んだ。どうにかこうにか、私はまっすぐに立ち上がって、向きを変えた。彼は片手で矢を持ち、装塡しようと手を動かした。

作業を終える、さらなる一射を放つ前に倒してしまおうと、私は彼に駆け寄った。

もう何秒もないのは確かだった……。

その時、彼が背にした戸口に、一人の人間の影があった。

「どうしちゃったのかしら、ロバーツ教区司祭様。そんな古臭い武器を持ち出して、いったい何をしようというのです？」

リンダ・エンダービーの変装をした名探偵の、素晴らしくもコントロールされた裏声《ファルセット》が聞こえてきたのである。

教区司祭は逡巡《しゅんじゅん》した後、振りかえった。

「奥様」と、彼は言った。「私は、今にも私を襲撃しようとしている悪質な獣《けもの》を駆除するという地域奉仕活動の最中なのです」

私はすぐに尻尾を振って舌をだらりと垂らし、愚鈍な犬らしい表情を浮かべてみせた。

「悪質な獣、には見えませんわねえ」女声で話しながら、名探偵は司祭と私の間に割って入り、効果的に射撃を阻んだ。

「あらまあ、スナッフちゃんじゃありませんの。近所でも評判ですのよ。すごく優しいワンちゃんですの。良いスナッフ！　良い犬って！」

頭を軽く叩いた後に、お定まりのなでなでが続いた。私はまるで、誰かが食事を奢って以来の偉大な発明であるかのように（素晴らしいことを伝える慣用表現）、それに応えてみせた。

「あなたはこれでも、彼が反社会的だとおっしゃるの？」

「奥様、その生物はもう少しで、私の耳を引きはがすところだったのです」

「何かの間違いに決まってますわ、司祭様。自分の身を守る時を除いて、この動物がそんなに乱暴なふるまいをするとは考えられませんもの」

教区司祭の顔は紅潮し、肩がこわばりきっていた。

怒りにまかせて私を射ってもおかしくないと、少しの間思ったほどである。

「私ね、思うのですけど」と、リンダの声が続いた。「動物についての不満があるなら、まずは飼い主のところに連れて行くべきなのじゃないかしら。動物愛護協会《ヒューマン・ソサエティ》に目をつけられたり、教区民とうまくやっていけなくなるような、衝動的な行動に及ぶ前に、ね」

「あの男は、無神論者の気どり屋《ジャツカネイプス》で……」

そう言いかけたところで、彼は肩を落とした。

「たぶん、私は逸《はや》り過ぎたのでしょう。おっしゃるように、私の不満をきちんと知らせないと、教区民にあらぬ誤解をさせてしまうかもしれません。ええ、結構です」

彼は武器をおろして、緊張を解いた。

「きっと、解決されることでしょう」と、彼は言った。「もう一日か、二日も経てば。ですが、今日のところはあなたの助言を受け入れて、早まったことはいたしません」

彼はただちに外した矢を肩にかけたケースに入れ、武器を背負った。

「そうそう、奥様。あなたが持ってきてくださったクッキーにお礼を申し上げなければ。たいへん美味《おい》しかったですぞ」

「娘さんも喜んでくださいましたかしら？」

「確かに、あれも喜んでおりました。二人分の感謝を」


彼は向きを変えて、納屋から出て行った。名探偵はすぐに戸口を覗きこみ、司祭が本当に立ち去ったかどうか確かめた。しかし、私が後に続こうとすると、彼はドアを摑んでバタンと閉じた。彼は振り向いて、じっと私を吟味した。

「スナッフ」と、名探偵は言った。裏声は消え失せていた。「私が良い双眼鏡を持っていて、加えて夜遅くまでそれを使う習慣があって、きみは実に幸運だったよ」

「きみは実にユニークな生き物だ」と、彼は続けた。

「私は最初、ソーホーで一連の奇妙な殺人事件を捜査しているヤードの友人を手伝っている時に、きみに遭遇した。その後、私はきみが奇妙かつ興味深い様々な状況に居合わせていることを知った。きみの存在は、どうやら最近この界隈で起きている特別な出来事のすべての共通項である、言ってみれば分母のようなものらしい。もうだいぶん前から、私には偶然の問題だと見過ごせなくなっていたんだ」

私は後ろ足で座り、左の耳を掻いてみせた。

「そんなことをしても無駄だよ、スナッフ」と、彼は言った。「きみが愚かな犬などではないことはわかっている。今月、ここで行われている集会とその参加者について、私はよく知っているんだ。君たちは、その集会をゲームと呼んでいる。そうだね？」

私は掻くのをやめて、彼の顔を見つめた。

「ある晩のことだ。酔っ払いのロシア人と、二人揃って頭のおかしいウェールズ人がパブから家に帰る途中に、それぞれ話を聞いたんだ。旅行中の陽気なセールスマンに変装してね。私はジプシーとも話をした。きみの隣人とも。この形而上学的な戦いに関わっている、主要な人物の全てとね。そうとも。私は知っている。この暗黒の絵画の輪郭を推論するために、多くのことを観察してきたのだから」

私は犬がよくやる失礼なやり方であくびをした。彼は微笑んだ。

「うまくないぞ、スナッフ」と、彼は言った。「いいかげん、犬のふりはやめたまえ。私の言葉をすべて理解できていることはわかっているんだ。そしてきみは、万聖節前夜にここで行われる儀式に関する私の知識と、意図について興味があるに違いない」

彼は言葉を止めた。私たちは互いに見つめあい、吟味しあった。

私の嗅覚器官にすら、彼は一切の情報を与えてくれなかった。

「僕が、信頼に足る相手だとわかってくれたと思う」名探偵は最後に言った。「たった今、きみを恐ろしい危機から救いあげたという事実はさておいて、私には話したいことがいくつかある。知らなければならないことがいくつかある。これらは、私と君の双方に利益があることだと思う。きみが私の言葉を認めるなら、話を続けよう」

私は目をそらした。彼が理を尽くして話し始めた時、この展開は予想できていた。

彼が私に信頼の証《あかし》を求めてきた時、どのように応じるべきか、私の心はまだ決まっていなかった。それはつまり、彼の職業的な良心を私が信頼するかどうかということだ。

彼がここで起きようとしていることを許さないことは確信があるが、その忠誠心が、法と正義のどちらに重きを置くのかはわからなかった。そもそもの話、迫りつつある危機について、彼がどこまで理解しているのかもわからないのである。

それでも、私は彼が知り得たことと、彼の意図を知りたかった。

そして、たとえ私が彼の望みをかなえてやったとしても、後になって自分の仮説を証明する方法が彼にはないということもわかっていた。

だから私は、彼の方に向き直ると、その目を数秒間見つめた後、一回頷いてみせた。

「よろしい」と、彼は答えた。「では、続けようか。きみたちの言う〝ゲーム〟に参加しているほぼ全員が、多くの犯罪に関与していることは明らかだ。これらの犯罪の多くを法廷で実証することは事実上不可能だが、私にはその立証を求める依頼人もいなければ、個人的に追求したいわけでもない。厳密に言えば、私は警察官が殺害されたらしい事件を探索する目的で、ヤードの協力者としてここにやって来たに過ぎないんだ。この問題は、まあ適切な時期に処理されることだろう。だがね、ここに到着して以来、私は様々な不自然な出来事のほうに気を注意を引きつけられることになった。そうしている内に、タルボット氏や伯爵として知られる人物の一風変わった境遇のことなどを知って、真に異常なことが起きているという確信を持つに至ったというわけさ。この結論は好みではないが、最近の個人的な経験に基づいて、私はその正当性を受け入れることにした。こういう事情なので、私は二日後にきみたちの〝ゲーム〟に干渉するつもりだ」

私はゆっくりと、端から端まで頭を横に振った。

「スナッフ、立ち去ったならず者は万聖節前夜、義理の娘の殺害を計画しているぞ！」

私は首を縦に振った。

「きみはこの行為を是認するのか？」

私は頭を左右に振った。のみならず、向きを変えて塵の振り積もったところまで歩いていき、前足を使って四画の字を描いた。

LT。

彼はついてきて、私の行動を見届けた。それから、ゆっくりと言った。

「ローレンス《L》・タルボット《T》？」

私は首を縦に振った。

「彼が、殺人を防ごうと計画しているのかい？」

もう一度、首を縦に振った。

「スナッフ。私は彼が理解しているよりも多く、彼についてよく知っている。私自身、何年もの間、数多くの薬を試してきたからね。儀式の夜、リネットを救出するのが彼の意図だとは知っているが、彼を苦しめる月の狂気をやり過ごすのに十分な分量の薬を精錬できたとは思わない。その如何《いかん》に関わらず、ロバーツ司祭は彼の種族の誰かがゲームに関わっていることに気づいていて、司祭館の銀器を溶かして作った弾丸をその夜、携帯する拳銃に込めておくつもりなんだ」

名探偵は言葉を止め、私の反応を確かめた。彼の言葉は信じられたが、どうすればいいかは思いつかなかった。

「私がこの出来事の中で直接関われる部分があるとすれば、少女の救出だけだ。タルボット氏が失敗した場合に備えてね。だけど、そのためにはきみの情報が必要なんだ。儀式がどこで行われるのか知る必要がある。知っているかい？」

私は頷いた。

「教えてくれないか？」

私は再び頷いて、ドアの方を見た。一瞬、彼の手が私に頭の方にぴくりと動いたが、彼はその手を引っこめてにこりと笑った。そして、名探偵はドアを開いてくれた。

外に出てから、私は《犬の巣《ドッグズ・ネスト》》の方を見て一声吠えた。

それから私は歩きはじめ、名探偵がその後に続いた。

10月30日

大した出来事は起きなかった。

明日も同じなのだろう。少なくとも、夜までの間は。

生き残ったプレイヤーたちは、真夜中——午前零時に丘の上に集《つど》う。私たちは焚きつけを持ち寄って、大きな篝火《かがりび》のやぐらを造る。それは、照明の役割を果たす。私たちはその篝火に、一カ月かけて準備してきた骨や薬草、その他の《素材》をひとつ残らず投げ入れて、私たち自身には活力を、敵には混乱をもたらすのだ。

悪臭が漂うかもしれないし、芳《かぐわ》しい香りを放つかもしれない。篝火の中で色とりどりの光を発し、音楽的な音や嘆声めいた亀裂、破裂の音を時々立てながら、力同士がぶつかりあい、じゃれつきあうのである。

それから、そこが門の開く場所だと占いが示した刻印のある石の前に、弧を描いて並ぶのだ。《開く者《オープナー》》とその仲間たちは弧の一方の端に、《閉じる者《クローザー》》と他の者たちはもう一方の端に立つ。全員が、自分が使うつもりの魔道具を携えていることだろう。

これらの内、指輪や五芒星、イコンなどのいくつかは中立的なもので、着用する者の手の中で、開放と閉鎖のどちらの性質も発揮することができる。残りのものは当然ながら、陣営ごとに分かれている。二本ある杖の一方は開放用で、もう一方は閉鎖用だ。そして《開門の杖《オープニング・ワンド》》をジルが、《閉門の杖《クローズ・ワンド》》を私の御主人《マスター》が所有している。中立的な道具の力は、所有する者の陣営を支援するわけだが、ならば単純に数が多い方が勝つのかというと、決してそうではない。個々のプレイヤーの強さが非常に重要であり、これらの道具もまた、力の全体的な方向性に影響する奇妙な副作用を及ぼすようなのだ。

経験の多寡も重要な問題だ。理屈で言えば、すべては形而上学的なレベルで行われるべきなのだが、実際にそうなることは滅多にない。

だが、たとえどれほど状況が暴力的なものになっても、ジャックと彼のナイフについて回る名声は、大抵の単純な暴力に対する加護を私たちに与えている。

ひとたび儀式が始まると、私たちは円弧の中における自分の位置を維持する傾向があり、その過程において、プレイヤーたちの身には様々な事が起きるのだ。

我々の間には、ある種の精神的な回路が確立される。

円弧が崩れたからといって、そのまま壊滅的な結果に繋がるわけではないが、儀式の過程で不運な出来事に見舞われる可能性がある。個人の選択で予備儀式が始まることもあるが、これらは互いに拮抗することがある。

魔力がどんどん高まっていくことだろう。

変化を達成すべく、互いに、心霊的な攻撃を撃ち合うことがあるだろう。

その結果、災厄が起きることにもなるだろう。

プレイヤーたちは落下したり、発狂したり、炎に包まれたり、変成したりするかもしれない。

いつなりと門を開けられる場合もあれば、《開門の杖》の招請を待つ場合もある。

力と力のぶつかり合いが、ただちに始まるだろう。《閉門の杖》が行使され、誰かがそれを補助する魔力を注ぎ込む。儀式はすぐに終わることもあるが、長引いたとしても夜明けまでには勝敗が決する。膠着《こうちゃく》状態だった場合は、《閉じる者》側が自動的に勝利する。そして、敗者の身によくないことが起きるのだ。

ひとつだけ、やり残したことがあった。

私は道に出て歩き始めた。ラリーを探し出さねばならない。リンダ・エンダービーについての真実を話すのが、あまりにも遅くなってしまった。教区司祭が予見したことと、彼を待ちうける銀の弾丸についても話をしなければ。そうすれば、彼の計画を大きく修正させることができるはずだった。

彼の家の扉の前で、幾度か吼え声をあげた。答えはなかった。

私は窓を覗きこみ、引っ掻き、何度か吼えながら家の周りを歩き回った。

応答なし。どうやら、人気《ひとけ》がないようだった。

しかし、私は立ち去るのではなく、嗅ぎまわりながら周囲を歩き、全ての香りを分析した。匂いが一番強いのは家の裏手で、彼はそこから外出したようだった。

私は鼻を低くして、彼の痕跡を辿って行った。どうやら、彼の地所の背後にある、小さな林に続いているようだった。

林の中からは、水が流れる小さな音が聞こえていた。林を抜けて進んでいくと、小川の流れが途中でひきこまれ、彼の家の庭にある小さな池を満たしているのがわかった。川が庭に引き込まれているところと、庭から出ていくところの両方に、小さな扇形の橋がかかっていた。橋の両端は掃除されていて、砂の層で覆われていた。苔《こけ》むした巨岩が芸術的に配置されていたが、そのいっぽうで、カジュアルな風景にも見えた。集められた砂が渦を巻くような模様を描き、背の低い植物がそこかしこに生えていた。東に面した岩の傍らに、ラリーが瞑想《めいそう》するような姿勢で座っていた。

彼は半ば目を閉じていて、呼吸はほとんど聞こえなかった。

ラリーの瞑想と、この場所の平穏をかき乱すのはいやだった。

どのくらいの時間そうしているのか知っていたら、私は待つか、さもなければ後でまた戻ってくることにしただろう。だが、私にはわからなかった。その上、彼に伝えにやってきた報せは、彼の生命の安全に関わるものだったので、私は彼に近づいた。

「ラリー」私は言った。「俺だよ、スナッフだ。邪魔したくはないんだけど……」

彼は、私を邪魔に感じたりはしなかった。そもそも、声が聞こえた様子もなかった。

同じ言葉を繰り返し、彼の顔と呼吸の様子をじっと眺めたが、変化は生じなかった。

前足を伸ばして彼に触れても、何の反応もない。

私は何度も大声で吼えた。まるで、私などこの場にいないかの如くだった。

彼は私の知らない、どこか遠くに行ってしまっていたのである。

だから、私は頭を振りながら遠吼えをした。

彼は気づかなかったが、そのこと自体は問題ではなかった。

苛立った時には、吼えるのが良いこともある。

10月31日

かくて、その日が到来した。

曇り空で、わずかに北からの風が吹いていた。

ベテランとして、緊張など今さら感じるはずはない。不吉な苛立ち、不安な焦燥感《しょうそうかん》、純粋な恐怖の高まりもないのだと、私は自分に言い聞かせた。

だが、私はする必要のない巡回のために地下室に出向いたところで我に返り、《素材》や魔道具がきちんと揃っているかどうか繰り返し確認する有り様だった。

最後の最後に、私はラリーに会いに行った。

彼はもう野原から姿を消し、家も空のようだった。

私はグレイモークを探しに行き、彼女と一緒に散歩をした。

黙りこくったまま長いこと歩き続けてから、彼女が口にした。

「《閉じる者》《クローザー》は、あなたとジャックだけなのね」

「そうらしいな」私は答えた。

「ごめんなさい」

「気にするな」

「午後にね、ジルと私は司祭館の会議に行くわ。モリスとマッカブもいるでしょうね」

「へえ、戦略会議ってわけかい？」

「たぶんね」

私たちは《犬の巣》《ドッグズ・ネスト》に登っていき、あたりを見回した。

大きな石の前に岩が積まれ、祭壇のような隆起を造っていた。

巨大な板が何枚も向こう側に置かれていて、さらに離れた位置には篝火のための焚きつけが積み上げられていた。

「あそこなのね」と、グレイモークが言った。

「ああ」

「私たち、生贄については異議を申し立てるつもり」

「いいね」

「ラリーは、計画を成功させられると思う？」

「わからん」

私たちは登って来た時とは違う道で丘を降り、ついたばかりの奇妙な足跡を見つけた。

「あの大男、どうしているんでしょうね」と、彼女は言った。「気の毒に思うの。あの夜、私は彼につまみあげられたけど、彼には私を傷つけるつもりなんてなかったわ」

「もう一人の行方不明者か」私は言った。「ああ、気の毒なことだね」

再び、私たちは黙りこくって歩いていた。

やがて、彼女は「円弧の中では、あなたのそばに立っていたいわ」と話し始めた。

「教区司祭は、左端に立つはずよ。モリスとマッカブはその隣。テケラとナイトウィンドは彼らと一緒にいて、その次がジルよ。私は彼女の右に立つ。三歩前の位置だけど、そうすればあなたとジャックは私たちの横に来ることになるわ」

「へえ？」

「私はね、この配置になるよう働きかけているところなの。あなたは私の右、少し後ろの位置にいるようにして。つまり、ジャックの左側にね」

「なぜ？」

「彼の右に立ってたら、よくないことが起こるかもしれない」

「どうしてそんなことを知ってるんだ？」

「私のささやかな智慧によって」

私は、思考を巡らせた。

幻夢境の老猫は明らかに彼女の味方で、そして彼女は《開く者《オープナー》》だ。あるいは、私を騙して何かさせようとしているのかもしれない。だが、旧《ふる》きものどもに対する彼の発言は侮辱的なもので、私に対しては好意的なようだった。

理屈はここまでだ。私には、自分の気持ちを信じるべきだとわかっていた。

「そうするよ」

そんな話をしているうちに、私たちの住んでいるあたりが近づいてきた。

「ラリーが戻ってきたかどうか、確かめに行くつもりなんだ。来るかい？」

「いいえ。例の会議がね……」

「オーライ。まあ、きみと友達でいられてよかったよ」

「うん。私ね、今までは犬のことをよく知らなかったわ」

「猫についちゃ、俺も御同様さ。じゃ、また後で」

「ええ」

　彼女は家に帰った。

　私は改めてラリーの家の周囲を探索したが、帰ってきた様子は見られなかった。家に帰る途中、雑草の茂みの中から、私を呼ぶ、しゅっという音が聞こえた。

「スナッフ、御同輩。会えて嬉しいよ。会いに行くところだったが手間が省けて……」

「クイッククライムじゃないか！　いったいどうしたんだ？」

「発酵《ハード・スタッフ》した実を食べて、果樹園をぶらついたんだけど」と、彼は言った。「ある出来事で中断してね、それで会いに来たんだよ」

「どうしてだ？」

「あることを知った。きみにも知って欲しかったんだ」

「それは？」と、私は聞いた。

「ラストフの悪習を引き継いでね。見てくれ。脱皮しているみたいな感覚なんだ」

「そうは見えないぞ」

「わかってるよ。だけど、私は本当に彼が好きだった。きみと別れた後、私は果樹園に向かって、よく熟《う》れて発酵した実を食べ始めたんだ。彼と全く同じだった。誰かが私を必要としてるって感じたんだ。ああ、果物の酔いはほとんど抜けたよ。正気に戻ってる。大丈夫だ。でも、彼のことを恋しく思うよ。良い人だったんだ。教区司祭が殺したんだって、ナイトウィンドが言ってたよ。プレイヤーの数を減らそうとしてね。だから伯爵はオーウェンを処刑して、司祭にメッセージを送ったんだ。きみは司祭をもう殺《や》っちまったかい？」

「クイック、きみは果物《アルコール》を食べ過ぎているんだ。オーウェンが殺されたのは、伯爵が杭を打たれた後のことじゃないか」

「賢い手だよ。それこそ、私がきみに伝えに来たことなんだ。伯爵は、私たちをうまく騙しおおせた。彼はまだこのあたりにいるんだよ」

「何だって？　いったいどうやって？」

「ある晩、私は泥酔の極みにあった」彼は答えた。「突然、ひどい寂しさを感じてね。一人になりたくなかったんで、何かしら光るものや動くもの、音がするものを探しに行ったんだ。その点、完璧なのがジプシーのキャンプだった。それで、あそこに行ったんだ。私は馬車の下でとぐろを巻いて夜を過ごし、眠ろうと計画していたんだ。だけど、馬車の中から話し声が聞こえてきたので、床板の隙間から上にあがった。私が選んだ荷馬車には二人組の見張りがいてね。彼らはジプシーの言葉で話していたけれど、若い方が練習したいってことで、時々、英語を使ったんだ。私は夜の間中そこで過ごして、その話をすっかり聞いた。棺を見ることができる開口部すら発見したんだよ」

「彼は、ジプシーたちと一緒にいるのか」

「そういうこと。彼らは日中は眠っている伯爵を守り、夜に彼が出かけている間は棺を守っているんだ」

「ということは」と、私は言った。「彼は骸骨に自分の衣服を着せ、杭を突き刺して、俺たちを騙したんだな」

「うん。棺の中に既にあった、ぼろぼろの骸骨にね」

「……指輪が見つからなかったのは、そういうわけか」

「指輪を持っていったとしても、彼は安全だった。遺体の発見者が誰であれ、杭を打ち込んだ奴が奪ったんだと考えるだろうからね」

いやな予感がした。

「クイック、彼は新月の後にこの手はずを整えた。そうだな？」

「そうだ。きみの計算は影響を受けないはずだ」

「よかった。だけど、司祭がラストフを殺したから、伯爵がオーウェンを殺したというのがよくわからない。オーウェンは《開く者《オープナー》》だった。伯爵が、ラストフに同情の念を覚えたということか？　それとも、単に司祭の動きを抑えて、暴力沙汰が拡散するのを防いでいたんだろうか？」

「わからない。その件については、何の話も聞けなかったんだ」

私は小さな唸り声をあげた。

「ややこしいことになってきたぞ」と、私は言った。

「同意するよ。私が知っているのは、これで全部だ」

「感謝する。きみも、一緒に来るかい？」

「いや。私はゲームから完全に抜けたんだ。幸運を祈るよ」

「きみにもな、クイック」

彼が滑り去っていく音を、私は聞いていた。


午後から日没の直後まで、小雨が降っていた。

私は月を見ようと外に出た。ブーボーも一緒だった。

雲が彼女を覆い隠していて、見えたのは東側に漏れ出る明るい月光だけだった。

冷たい風が吹いていた。

「これから」ブーボーが口を開いた。「朝までに、何もかも決着がつくんだな」

「ああ、そうだ」

「僕もプレイヤーだったらよかったのに」

「月光のもとの願いは」と、私は言った。「実現するかもしれない。ある意味、きみはプレイヤーだったよ。きみは情報を交換し、事態が進行するのを見届けてきた。俺たち、他のプレイヤーたちと同じようにね」

「でも、残りのみんなみたいに、本当に重要な事ができたわけじゃないよ」

「ひとつひとつの小さなものの積み重ねが結集して、最終的に絵図を描き、違いを生み出すものさ」

「それはわかるよ」と、彼は言った。「うん、楽しかったな。ねえ、僕も一緒に行っていいのかな。何が起きるか見届けたいんだけど、そのためには僕も行かないと……」

「すまない」と、私は言った。「部外者の安全は保障できないんだ。荒っぽいことになるだろうからな」

「わかってる」と、彼は答えた。「そう言われるだろうとは思ってた。だけど、聞かずにはいられなかったんだ」

ブーボーはそのまま月を眺め、私は彼を残して立ち去った。

月はまだ、雲に隠れたままだった。

かくして……。


私たちは、午前零時になる前に出発した。もちろん、ジャックと私の二人だ。

彼は暖かいコートを来て、装備が入った鞄を肩にかけていた。もう一方の手には、篝火のための薪《たきぎ》がいくつか握られていた。

出発の時、私たちは扉に鍵をかけようとすらしなかった。

頭上の空からは雲が消え始めていたが、月はまだ隠れていた。だが、十分に明るい光が、私たちの道をはっきりと示してくれた。

冷たく、湿った微風が私たちの背中に吹きつけた。


ほどなくして、私たちは《犬の巣《ドッグズ・ネスト》》にやってきた。

ジャックは丘を迂回して、東の斜面から登ることにした。登りながら頂上を仰ぎ見ると、小さな灯りが碑文の石の反面を照らしているのが見えた。

さらに近づくと、ロバーツ教区司祭とモリス、マッカブが小さな焚き火を取り巻いて、より大きな範囲に広げようとしているのがはっきりと見えた。

司祭の耳からは絆創膏がなくなっていて、牙が穿った二つの穴から光が透けていた。焚き付けの山は、グレイモークと私が以前に見た時よりも遥かに大きくなっていた。篝火は、儀式において特に重要な部分だ。我々の儀式では、霧に包まれた遥か古代にまで遡ることができるのだ。両陣営にとって必要なものなので、その意味では中立的な魔道具と言えるだろう。午前零時が過ぎると、その焔は複数の世界に燃え広がる。私たちは力を強化し、最終的な目的を果たすべく、各々が集めた《素材》を投じることができる。この篝火はまた、両陣営に肩入れする異世界の存在のみならず、その戦いの過程で揺れ動く中立的な霊をも引き寄せるのだ。

声や姿は、篝火を通して、もう一つの世界にも届くので、篝火は開放もしくは閉鎖される存在に対する二次的な支援拠点としても役立つのだ。私たちは皆、火にくべるためのものを慣例的に持参している。儀式を通して、私たちは篝火と結びつくのだ。

たとえば私は、数日前に小便を引っかけた棒を持ってきている。

時には、プレイヤーが焔に襲われる時もある。また、急に現れた焔の壁にプレイヤーが守られたこともあった。証拠の隠滅にも便利だし、寒い夜にも重宝する。

「こんばんは」と、ジャックが言った。私たちは近づいていき、彼は焚き付けの木の山に持参した薪を追加した。

「こんばんは、ジャック」司祭が言って、モリスとマッカブは頷いた。

リネットが背中を上にして、祭壇に横たわっていた。私たちの方に頭を向けていた。

リネットは目を閉じて、ゆっくりと呼吸していた。薬が十分に効いているようだった。

長く白い服を着て、黒い髪をほどかれていた。

私は目をそらした。抗議は却下されたに違いない。

空気を鼻から吸い込んだ。ジルとグレイモークが現れる様子はなかった。

篝火の焰が、いよいよ明るく咲き誇った。

ジャックは鞄の中身を役立てるべく、下におろした。

私は、周囲を手早く巡回することにして、広い範囲をぐるりと一回りした。

おかしなことは何も見つからなかった。

私は巨大な石のところに行って、じっと見つめた。

まさにその時、月の縁が雲の背後から顔を覗かせ、光が石を照らした。明るく照らし出された石の表面に暗い影が刻まれ、碑文が再び浮かび上がった、
私は移動して、ジャックの鞄のそばに座った。

司祭は黒い外套をまとっていて、彼が身動きするたびに衣ずれの音がした。その服装

は彼が小柄で、小太りの男であるという事実を隠すことはなく、彼の外見上の脅威を増すこともなければ、損なうこともなかった。しかし、その顔に浮かべられた抑制された狂気の表情に、彼の脅威が現れていた。

二つの月が、彼の眼鏡に映し出されていた。


プレイヤーたちの共同作業によって、篝火はかなりの大きさに成長した。

最初に、司祭がそれに向かって何かを投げつけた。小さな包みがパチパチと音を立てて、青い焔をあげて燃え上がった。

私は嗅覚を働かせた。以前に嗅いだことのある薬草が入っているようだった。

モリスは、骨が入っているらしい二つの包みを投げ入れた。

ジャックがとても小さな包みを投げ入れると、緑色の閃光が輝いた。

私も、小便をひっかけた棒と一緒に、自分の《素材》を一つ投げ入れた。


月が雲の中から全身を現した。

司祭は義理の娘に目を向けることもなく、巨石の碑文を眺めていた。

その後、彼は石に背を向けてそこから離れ、左を向いて何歩か進んだ。そこで停止してから、石の方に戻って行った。

彼はわずかに位置を変えてから、ブーツの踵《かかと》で地面をつついた。

「私は、ここに立つことにしよう」

彼はジャックを凝視しながら、そう言った。

「異存はない」と、ジャックは言った。「さしずめ、お仲間が右に並ぶ感じかな？」

「まさしくその通り。モリスはこちらに。マッカブはその右。ジルはその隣だ」

司祭は言って、身振りでそれぞれの位置を示した。

ジャックが頷いたちょうどその時、暗い影が月の表面を通り過ぎた。

その直後、ナイトウィンドが空から降下して、木材の山のてっぺんにとまった。

「やあ、スナッフ」と、彼が声をかけてきた。「鞍替えする気にはならないかね？」

「結構だ。自分こそどうなんだ？」

彼は、フクロウ特有の奇妙な首の回転をしてみせた。

「遠慮しておこう。あらゆる意味で、きみたちの数を上回っていることだしな」

まもなく、テケラが一声カアと声をあげて飛来して、教区司祭の左肩にとまった。

「ごきげんよう、ナイトウィンド」彼女は言った。

「きみにとって佳《よ》いゲームであるように。同朋よ」

テケラは私をちらりと見て、目をそらした。
彼女は何も言わなかった。私も同じようにした。

誰もが多くのものを投げ入れて、焔はいよいよと強くなった。最後に、かなり大きな二本の薪が投じられた。色とりどりの焔を噴き上げてから、すぐに薪は黒焦げになって、焔がその表面で踊っていた。

粉末と骨、薬草、人間とそれ以外の生物両方の、解剖学的肉体サンプルが追加され、悪臭の混合物が私の方に漂ってきた。液体の入った瓶もいくつか投じられ、篝火を燻《くすぶ》らせて、太く重い煙を生じ、また一方で、眩しい火花を、一瞬、散らした。

パチパチという音は、まるで深層意識の囁きのように感じられた。

北側の斜面からジルの足音が聞こえてきて、やがて彼女の姿がそこに現れた。黒いドレスの上にフード付きの黒い外套を羽織っていたので、夜の闇の中で彼女を見分けるのには少しばかり時間がかかった。

彼女はいつもより背が高く、ほっそりしているように見えた。グレイモークを抱いていたが、私たちと同じ高さに着いたところで彼女を降ろした。

「こんばんは」彼女は穏やかに挨拶した。四人の男たちが全員、それに応じた。

「ハイ、スナッフ」そう言いながら、グレイモークが私の横にやってきた。「よく燃えてるじゃない」

「ああ」

「見たらわかると思うけど……」

「きみたちの意見は却下されたんだな」

「ラリーを見かけた？」

「いや」

「ああ、何てこと」

「代替策ってやつがあるんだが」と、私は話しかけた。

ちょうどその時、ナイトウィンドがグレイモークに挨拶しようとやってきた。

私は、月に向かって遠吼えしたいという強い望みを感じた。

そういう、吼えたく《うれしく》なるような月だったのだ。

だが、私は何とか自分を抑えこんだ。

お香の匂いが漂ってきた。ジルが篝火に小さな包みを投げ入れ始めたのである。

月が、空の中央に近づいてきた。

「始まりの時は、どうやってわかるの？」グレイモークが私に尋ねた。

「人と話せるようになった時だよ」

「なるほどね」

「背中の具合はどうだい？」

「問題ないわ。あなたも健康そうね」

「万全さ」

私たちは焔を見た。新たな薪が追加され、さらに多くの包みが投じられた。素敵な花束のような臭いがあたりを漂った。

焔はいよいよ高く噴き上がり、定期的に色を変えながら、風に揺れていた。かん高く、調子よく鳴り響く楽曲の音が焔の中から切れ切れに流れ、聞こえるか聞こえないかのかすかな人の声もした。

私は焔から目をそらし、新たな光源に視線を引き寄せられた。

碑文が輝き始めていた。

頭上の月が、中天に達した。

「ジャック、聞こえるか？」と、私は呼びかけた。

「大きく、かつ明瞭にな。スナッフ。月明かりのお陰だな。何か考え事が？」

「時間を確認したかったんだ」と、私は言った。まさにその時、ナイトウィンドはモリスとマッカブに、テケラは司祭に話しかけていた。

「時が来たみたいね」グレイモークが言った。「位置につかないと」

「そういうことだ」私は答えた。

彼女は、最後の包みを篝火に投げ込んでいたジルと合流するべく立ち去った。


色とりどりの焔の上で、大気は複数の場所で同時に燃えているかのように歪んでいた。光がゆらめいているあたりに目をやれば、別の場所を垣間見ることもできただろう。北の方角のどこかから、狼の遠吼えが聞こえてきた。

教区司祭が、自分が指定した場所に移動した。モリスとマッカブが彼の右側に立って、ナイトウィンドは二人の間にある岩にとまっていた。

その後、ジルはマッカブの横に、グレイモークは彼女の隣に猫の歩幅で三歩分の間隔を空けて移動した。私は彼女の近くに移動し、ジャックは私の右に立った。

私たちの列が描く線は、巨石から離れる方向に弧を描き、ジャックと司祭が両端に位置していた。リネットは、私の一〇フィート前方にある祭壇ですやすやと眠っていた。

司祭は、外套のどこかから五芒星杯を取りだして、自分の前の地面に置いた。

続いてアルハザードのイコンをはずし、彼の左にある、輝く石に面した岩にかけた。

ナイトウィンドは、五芒星杯の背後に移動した。

儀式を開始するのは常に《開く者《オープナー》》であり、彼らに対応するのが《閉じる者《クローザー》》の仕事なのだ。

ジャックの右にある鞄は、既に開かれていた。篝火に投げ込むために用意された数々の《素材》は、既になくなっていた。だが、彼は鞄から楽に装備を取り出せるように、身を乗り出して鞄の口を開け放っていたのである。

マッカブはその場に跪き、白い布を目の前の地面に広げた。強い風が吹いていたので、小さな石を四角に置いて重しにした。続いて、ジャケットの下のベルトに吊るした、華美な装飾の施された鞘《さや》から供犠《くぎ》のナイフに見える長くて薄い刃物を取り出した。彼はそのナイフを布に置き、祭壇の方に向けた。

その時、月の光が消えうせた。

皆が空を見上げると、黒い影が月を覆った後、私たちの頭上に急降下した。それは黒いヴェールがはためくような形状に変化し、モリスがかん高い叫びをあげた。月は再び輝きを取り戻した。そして、夜空の闇を切り取ったような黒々とした何かが、ジャックの傍らに立っていたのである。

私は、グレイモークが以前話していた、混沌《こんとん》たる変成を目撃した。彼はここにいて、あそこにもいた。ねじれ、渦を巻き、闇を歪めながら。

伯爵は、ジャックの隣で邪悪としか表現しようのない笑みを浮かべながら、黒い指輪をはめた左手をジャックの右肩に置いた。

「私は、彼の側につく」彼は言った。「お前たちを始末《クローズ》するためにな」

ロバーツ司祭は彼をじっと見据えて、唇をぺろりと舐めた。

「あなたのような存在は、今回のようなケースでは、我々と同じ側に立つと思っていたのですが」と、司祭は言った。

「あるがままの世界が好きなのだよ」と、伯爵が言った。「祈れ、そして始めよう」

教区司祭が頷いた。

「門を広げるのだ」と、司祭は言った。「しかるべき終局を迎えるために」

伯爵は、小さな包みを焔の中に投げ込んだ。

焔は様々に色を変えながら踊り、様々な音を鳴らし、夜闇に光の穴をあけた。その穴から響く声は、今や、合唱の域にまで高まっていた。

影が絶えず私たちの目の前や祭壇の上、石の表面をちらつき続けていた。

私は、再び遠吠えを聞いた。それは、近づいているようだった。

教区司祭を見ると、彼は怯んだようだった。しかし、彼はまっすぐに立ちあがり、開門の所作を行った。彼は深く、ゆっくりと呪文を詠唱した。それは空中を漂い、しかる後に共振した。石の碑文はわずかに輝きを増した。

そして今、かすかにではあるが、かつて私とグレイモークを幻夢境の冒険に放り込んだ、扉めいた長方形が碑文を額装しつつあるのが見えた。

司祭はその呪文を繰り返すと、長方形はさらにくっきりした。詠唱の最中、それに答えるように〈いあ！　しゅぶ＝にぐらす！〉と繰り返す声が、かすかに聞こえた。

私の前で、グレイモークが後ろ足で立ち上がり、体をこわばらせていた。

その後、司祭は呪文詠唱を次の段階に進めるのではなく、供犠のナイフが置かれている布の方にゆっくりと移動した。

彼の背後では、アルハザードのイコンが輝き始めていた。

司祭は跪いて両手で刃物を持ちあげ、唇へと持ちあげて接吻《せっぷん》した。そして、テケラを肩にとまらせたまま、祭壇に向かって歩き始めた。

その時、ジャックと伯爵の向こう、私の右の方で何かが動くのが見えた。何者かの黒い姿が、私たちと合流するべく移動していたのである。教区司祭が一歩前に出た時、巨大な灰色の狼が篝火の灯りの中に姿を現し、彼よりも先に祭壇に着こうと疾走した。

ラリー・タルボットは明らかに、理性を保ったままでやってきたのである。彼は少女の左肩を歯で摑み、祭壇の上から引きずりおろした。以前にも私が見たことがある素早い後ろ歩きで、彼は私たちが見ている前で彼女を北の方——彼が姿を現した、私の右側へと引き始めた。

銃声が響いた。ラリーがひるみ、左肩のあたりに黒い斑点が現れた。司祭が彼に向けている回転式拳銃《リボルバー》からは、まだ煙が立ちのぼっていた。ラリーは間髪入れず動き出したが、司祭は再び発砲した。

今度は、ラリーの頭頂部から血が噴き出した。

開かれた顎から唸るような声が発せられ、リネットが地面に落ちた。ラリーは前のめりに倒れ、焰と影が交互に入れ替わりながら、彼の体の上でゆらめいた。

……奇怪な音楽を背景に、歌うような声が響き続けていた。

〈いあ！　しゅぶ＝にぐらす！〉

司祭はさらにトリガーを引き絞った。かちりという音が拳銃から聞こえたが、弾丸は発射されなかった。彼は急いで拳銃を引き寄せて、ハンマーを動かした。

突然、鋭い発射音が響いて——司祭は拳銃を放り出した——弾丸が祭壇の南端あたりの土に穴をあけた。司祭は、その武器を地面に投げつけた。

おそらく、お手製の弾丸は三発しかなかったのだろう……。

「その娘を祭壇に戻せ！」司祭が命令した。

ただちに、モリスとマッカブが、仰向《あおむ》けに倒れた少女の方に走り出した。ラリーのわき腹は依然として痙攣し、目は閉じられていた。頭と首、肩から大量に出血していた。

「やめよ！」と、伯爵が言った。「ひとたび儀式が始まってから、プレイヤーが生贄を移動することは禁じられているのだぞ！」

教区司祭が彼を見つめた。モリスとマッカブも足を止め、司祭と伯爵を交互に眺めた。

「そのような制限は、聞いたことがないぞ」と、司祭は言った。

「伝統的なしきたりの一つだ」と、ジャックは言った。「このゲームでは常に、生贄のために小さな脱出口が開かれていなければならない。たとえ象徴的なものであってもな。彼らは遠くに逃げ出せるかもしれないし、阻止されるかもしれない。彼らが倒れた場所が、新たな祭壇になる。さもなければ、我々が造った模様が破壊されてしまうからだ。結果、悲惨なことが起きるかもしれないな」

司祭はしばらく考え込んでから、こう言った。

「お前の言葉など信じない。我々の数の方が多い。物事をややこしくする、《閉じる者《クローザー》》

のはったりだ。モリス！　マッカブ！　娘を取り戻せ！」

彼らが足を踏みだした時、伯爵が前に飛び出した。

「このような場合」と、彼は言った。「相手陣営は、冒瀆への抵抗が赦されている」

重く、凝集したような足音が遠くから聞こえてきたが、それは近づいているというよりも、丘を通り過ぎているようだった。

モリスとマッカブはわずかに逡巡した後、再びリネットに向かっていった。

伯爵の体が前方に流れた。足を動かしたようには見えなかった。

彼は瞬時に二人の横に現れ、両手を大きく広げると、ケープがひとりでに前方に広がり、二人を包み込んだ。

そのまま両腕を組みあわせるや否や、何かを砕くような音が立て続けに響いた。

伯爵が腕を開くと、全身がおかしな具合に折り曲がった二人が、地面に崩れ落ちた。

二人は耳と鼻、口からだらだらと血を垂れ流し、目を大きく見開いていた。

もはや、息をしてもいなかった。

「何ということを！」司祭が叫んだ。「我が同胞を、貴様は！」

伯爵は再び両腕をあげ、ゆっくりと頭を向けた。

「不遜《ふそん》な物言いをする」と、彼は言った。「貴様、などと軽々しいな」

彼は先ほどよりもゆっくりした速度で、司祭の方に流れていった。

楽曲の調べはより鮮明に、音高く鳴り響き、碑文はいよいよ明るくなった。

伯爵が動き出した時、私は右の森の中で、誰かが潜んでいるのに気がついた。

匂いが届く。かつて、月明かりに照らされた森で出会った匂いだ。

そいつは見知らぬ狼で、音を立てずに近づいてきた。

司祭は、外套の下から何かを引っ張り出して、伯爵に投げつけた。

伯爵の流れるような動きが止まった。

いっぽう、灯りの中に入り込んできた野良狼は、伯爵の体で司祭の視界から隠されながら、ラリーに倣《なら》ってリネットの肩を咥え、暗闇の中に引きずり戻していった。

突如、伯爵が纏《まと》っていた優雅なたたずまいが消え去った。

彼の体は、ぐらぐらと揺れ始めた。伯爵はぎこちない様子で司祭に一歩近づいた。司祭の手が、再び外套の下から何かを取り出して、同じことを繰り返した。

「何だ、これは」後ずさる司祭の方へよろめきながら、伯爵は問いかけた。

そして、伯爵はその場に倒れ伏した。

「貴様の棺のひとつから拝借した泥だ」司祭は答えた。「教父時代に由来する、我が教会の聖遺物の断片と混ぜ合わせてある。記録によれば、聖ヒラリオンの指の骨ということだ。お前は聖別された土を必要とするが、過剰摂取というものは治療薬と致死量のストリキーネの相違に似るものでな。いかがかね？」

伯爵が外国語で呟くような応えを返した時、リネットを連れた狼が姿を消した。

私が目にしたものはまさしく、最高の変装を披露してのけた名探偵の姿だった。

その時、私は理解した。ラリーとの会話に加えて自身の薬学の知識、そして入手した薬物のサンプルから、わずか数日前に適切な投薬量を見極めることに成功したのだろう。

私が目にしたのはまさしく、最高の変装を披露してのけた名探偵の姿だったのだ。

「よくやった！」と夜闇に吠えると、「幸運《グッド・ラック》を！」という遠吼えが返ってきた。

モリスとマッカブが死んだからなのだろうか。碑文は今や、煌々と輝いていた。

その時になって、司祭はリネットがいなくなったことに気づき、ジルを睨みつけた。

「どうして言わなかったんだ」と、彼は言った。

「私も今気づいたのよね」と、彼女は答えた。

「こちらも御同様だ」と、ナイトウィンドが言った。

教区司祭は取り落とした供儀のナイフを拾い、元の位置に戻って足元に突き刺した。

彼は姿勢を正して呪文を繰り返し、別の新たな呪文を口にした。

次の瞬間、司祭の顔は鼻が長くて牙が生え、ぎざぎざの耳を持つ猪《いのしし》のようになった。

変化が始まってから一分ほど経った頃、ラリーが目を見開いた。リネットがいなくなったことに気づいた彼は、すぐに祭壇を見て、彼女がそこにもいないことを確認した。

ラリーは立ち上がろうとしたが、うまくいかなかった。

彼の怪我は、どれほど深刻な状態なのだろうか。ひどい出血のように見えたが、頭部の傷とはそういうものだ。たとえ銀の弾丸を使っても、急所に当たらない限りは仕留められるものではない。ラリーは這ったまま前進しようと試みて、半フィートほど動いたところで動きを止め、ぜいぜいと呼吸を荒げた。

司祭が新たな呪文を唱え、グレイモークが突然、小さな虎のような縞模様になった。

あっという間の出来事だった。

テケラが禿鷹《はげたか》に変わったかと思えば、ジルが老いさらばえた妖婆《ようば》になった。長々と伸びた鷲鼻《わしばな》がつき出た顎にほとんど届かんばかりで、白髪の房が顔にかかっていた。

ジャックの方をちらりと見ると、彼の頭は毛むくじゃらの大きな茶色の羆《ひぐま》の頭になっていた。黄色い目が前方をぎょろりと睨み、口の端からは唾液が流れ落ちていた。

私の眉間《みけん》からは角が突き出しているようで、下を見ると毛が血で濡れていた。どんな姿になっているのかは見当もつかなかったが、グレイモークは警戒して後ずさりした。

猪が再び口を開き、冷え切った空気の中を鐘の如く呪文が響き渡った。

伯爵は、黒衣をまとった骸骨に変化した。

目に見えない何かが頭上高くを飛び、頭のおかしい子供のようにケタケタと笑った。

青白いキノコが私たちの周り中に生えてきて、篝火の方からは風向きの変わった微風が硫黄のような悪臭を運んできた。

焰からは緑色の液体が流れ出し、泡立ちながら流れだした。

詠唱には今や、私たち全員の名前が含まれているようだった。

マッカブは、厚化粧がぱらぱらと剝《は》がれている女になった。その隣で、モリスが猿に変成していた。長い、毛むくじゃらの腕を地面につけて、拳《こぶし》に体重をかけていた。口は開けっぱなしで、剝き出しの大きな歯と歯茎が見えた。

ラリーは今、人間の姿となって、地面に横たわっていた。

眼前の空気がきらめく鏡になり、この光景をあますところなく私たちに反射した。

その時、鏡に映った私たちの頭が、体から外れて左側に漂っていった。

誰かの頭が別の誰かに移っていく奇妙な感覚だった。自分は動いていないはずなのだが、熊の頭の重みを突然感じ、漂っていた猪の頭がジャックの肩に乗るのが見えた。

グレイモークの頭は、大きすぎる角の生えた魔物のようになっていた。

ジルの頭は小さな縞猫になっていた。

弧を描いて並ぶ私たちの順番に、それは起きているようだった。

続いて胴体が右にスライドし、私は熊の頭を持つ猫になって、その重みに耐えきれず地面に寝そべり、心臓が蒸気機関のように高鳴った。

ジャックは猪頭の魔物になった。

再び、頭上で笑い声が響いた。

もしも、私の胴体も頭も自分のものでないのなら、キノコと悪臭のただなかで寝そべり、新たな詠唱の波を聞いているこの私はいったい何なのだろうか？

幻覚――これは全て、幻覚に違いない。そのはずだ。

これまでの儀式でもそれはわからなかったし、今回もわからなかった。

熱を孕《はら》んだ緑色の奔流が到達するや、キノコが黒ずんだようにしなびて、朽ち果てた。

鏡に映る私たちは揺れ動き、私たちの色をした大雑把《おおざっぱ》なしぶきとなって、ひとつに混ざりあった。

改めて下に目をやると、何もかもがぼやけて見えた。

上を向くと、はっきりとわからないでもない変化がいくつか起きていた。

月が血のように赤く変じて、私たちにしたたり落ちていた。

その上を流星が横切った。またひとつ。さらにひとつ。

まもなく、数多の流星が天から降り注いだ。

鏡にはひびが入り、ジャックと私は本来の姿に戻り、二人だけで立っていた。

北からの突風がもやを吹き飛ばしていった。他の者たちもまた姿が明瞭になり、反射像の中でもとの姿に戻っていった。

流星雨がおさまりつつあった。

月の輝きはピンク色に薄れ、やがてバター色になって、象牙色に戻った。

一呼吸入れてから元の場所に戻ると、グレイモークの視線が私の向こうを見ているのに気がついた。

炎から伸びた緑色の触手が、溶岩のように固まり始めた。

一瞬、私は炎の中から諸々の動物たちの鳴き声、羊のメエメエ言う鳴き声、馬のいななき、別のいななき、鼻を鳴らす音、甲高い吠え声、何種類かの遠吠え、大型猫のせきばらい、カラスの鳴き声、子猫の鳴き声を聞いたように思った。

静寂の中、パチパチと火がはぜる音だけが続いた。

私は、覚えのあるうずきを大気中に感じた。

開門の刻が来たのだ。

ジャックを見ると、彼も同じことを感じたようだった。

ラリーは体を引きずるようにして、一フィート前に進んだ。

司祭が最後の呪文を唱えた時、伯爵の左手がぴくりと動いた。私だけでなく、司祭も気づいたようだった。彼は跪き、五芒星杯を持ちあげた。伯爵の指輪から何か暗いものが飛びだしたが、司祭は五芒星杯でそれを受け止め、夜闇の中にはじき返した。

ともあれ、あの男を殺すのはもはや遅すぎた。門は既に、開き始めていたのだから。

司祭は再び跪いてイコンを持ちあげ、それを伯爵の胸に置いた。

指輪が再び輝くことはなかった。


私はラリーと伯爵の二人を見てきたが、ある種の敬意を抱かざるをえなかった。伯爵は私の想像以上に、優れたプレイヤーだったのである。

「ジル！」と、司祭は呼びかけた。「今すぐ杖を使うのだ！」

彼女は外套の中から杖を取り出すと、それを掲げた。奇妙な事に、石の輝きが一瞬だけ弱まった。ジャックもまたすぐに自分の杖を取り出して、同じ目標にそれを向けた。

その時、重い足音が聞こえてきた。私たちに近づく足音が。

長方形の門が再び明るくなった。内部には奥行きが生じ、色とりどりの光が漂った。

篝火から聞こえる叫び声が、いよいよ大きくなった。

〈いあ！　しゅぶ＝にぐらす！　黒き山羊に喝采を！〉

音曲は盛り上がり、頭上の月はのろしの如く燃え上がった。

ラリーは、さらに遠くへと体を引きずって行った。

右の方に実験体が現れ、私たちの方に向かってきた。

ジャックを見ると、彼の目には玉のような汗が流れていた。彼はありったけの意志と霊力を杖に注いでいたのだが、門は未だ開き続けていた。

実験体が重々しい足音を響かせて、ついに私たちのところに到着した。

「かわ……いい、ねこ……ちゃん」

彼はそう口にすると、ジャックの前で立ち止まった。

彼でなければ、たちどころに命を喪っていたことだろう。だが、彼はすでに死の匂いを漂わせており、何の不都合も感じていないようだ。

突然、開門が中断し、門の深みが少しばかり失われた。実験体が跪いて、グレイモークをひっつかんだのである。

「かわ……いい」

そう繰り返すと彼は振り向き、元来た方へと歩き始めた。

「降ろして！」彼女は叫んだ。「ここにいなくちゃいけないのよ！」

大男は篝火の向こうに座り込み、彼女を撫ではじめた。

ラリーは今もゆっくりと歩き続けていた。

門は深さを取り戻した。私は、その中で蠢《うごめ》く触手を見たように思った。巨大で不定形の何かが、私たちの方へとゆっくり漂ってきているようだった。

「こりゃあ、まずいね」小さな声が聞こえた。

見ると、ジャックのコートの左ポケットから、ブーボーが頭を覗かせていた。

「ブーボーじゃないか、こんなところで何をやってるんだ」と、私は尋ねた。

「どうしても見届けなくちゃいけなかったんだ」と、彼は言った。「自分のしたことが正しかったのか、知っておきたいからね。どうも怪しい感じだけど」

今まさに触手が、暗闇から伸ばされて、巨大な質量が近づいて、門に達しようと……。

「何が言いたいんだ？」と、私は聞いた。

「僕はモリネズミだ」彼は言った。「きみたちの数が足りないと思ってね。僕は、きみたちの方に勝って欲しかった。だから、たったひとつだけ、思いついたことをやってみたんだ……」

「何をだ？」尋ねながらも、想像がつき始めていた。

黒々とした塊が接近するにつれ、濃厚な爬虫類めいた麝香の臭いが私の鼻を刺激した。

実験体が、グレイモークを下ろして立ち上がり、私たちの方に歩いてきた。

ラリーは私の左の方向、遠く離れた位置を移動していた。

門から出てきた触手があたりを手探りし、モリスの右足にぐるりと巻きついたかと思うと、彼を中に引きずりこんだ。マッカブも同じく引きずり込まれた。

やがて、ぴちゃぴちゃと啜《すす》るような音が聞こえてきた。

「きみたちがやられちゃった場合、奴らが自滅するように仕組んだのさ」彼は言った。

「どうやって？」

今や、無数の触手が門に向かって押し寄せようとしていた。

「昨日の晩、こっそりと忍びこんで」と、ブーボー。「杖を入れ替えておいたんだよ」

笑い声に聞こえなくもない、奇妙な猫の鳴き声が聞こえたように思った。

猫の笑顔はわかりにくい。

そういうことか。老猫は、棒を取ってこいと言ったのではなかったのだ。

杖《カールペ・バクルム》を抑えようと、そう言ったのである。

私は空中に飛び上がり、ジャックが握っていた杖にかじりつくと、それをもぎとった。

ジャックの表情には、驚きがありありと顕れていた。

私たちの周囲で、暴風が吹き荒れ始めた。

「いかん！」という教区司祭の叫び声が聞こえた。

テケラが翼を羽ばたかせ、彼の肩から飛び上がった。

私が振り向いた時、門は既に閉じていた。

その瞬間、あたりに響き渡った轟吼を聞けば、《吼えるもの》は誇りに思ったことだろう。ラリーが教区司祭に襲いかかったのである。

彼らが地面を転がりながら伯爵の右側を通り過ぎる時、胸のイコンにぶつかった。

強烈な風が彼らを捕らえ、閉じゆく門の方へ、さらにその彼方へと押し流していった。

ジルは困惑の表情を浮かべながら、《閉門の杖》を振り続けていた。長い髪と外套が、風にあおられて前方に流れた。

ジャックは気を引き締めると、ずるずるすべるものどもが詰まったワインの瓶を鞄の中から素早く取り出し、それをぶち壊してやろうと門に向って投げつけた。

彼は私に笑いかけた。

「まあ、嵐《きやすめ》の中の港って奴だ」

そして、彼は事態の推移を眺めた。

私は、風に押し流されているようだった。

ナイトウィンドは岩の後ろに隠れようとしていた。

その時、実験体がやってきて私たちの前に立ちふさがり、風圧が弱まった。

「伯爵は？」と、彼が聞いた。私たちの支援に、グレイモークが彼を来させたのだろう。

「地面に倒れている！」と私は答えた。「連れて行ってくれ！」

体を揺らしながらも、吹きつける暴風に逆らって、彼は私たちの前から歩き去った。

実験体は屈みこみ、力なく倒れている人物を掴むと、両腕で抱え上げた。

門をちらりと見ると、既に暗くなり始めていた。

篝火の焔があちこちに散らばり、十数の焔と、同じくらいの数の小さな火になっていた。その中のいくつかは、私が見ている間にも色あせて明滅した。

ジルは、自分の手の中にある杖を見つめていた。その表情からは、彼女が真相を理解したことが窺えた。

暗がりから、グレイモークの声が聞こえた。

「来て！」彼女は呼びかけた。「こんなところから、おさらばするのよ！」

私たちがグレイモークの忠告に従って移動し始めた時、ブーボーは既にジャックのポケットに収まっていた。

水晶の杯が砕け散るような、単一の音が空間を満たしていた。

碑文が消え、石は再びまっさらになった。

唐突に風がやんで、声はすでに聞こえなくなっていた。

私たちは北側の斜面に向かっていた。頭上には、巨大な月が輝いていた。

「行くわよ！」グレイモークが、近くにやってきた私たちを促した。

彼女の言う通りだった。夜明けまでの間、丘の頂上は危険な場所のままなのである。

振り向いて背後を見ると、伯爵を抱えた実験体が南の斜面に向かっているのが見えた。

「よう、猫さん」と、私は言った。「飲み物をおごってやるよ」

「こんにちは、犬さん」と、彼女は言った。「そうさせてやろうって思ってたとこ」

ジャックとジルが丘を降りていった。

グレイと私は、二人の後を追いかけた。

訳者あとがき

さて、諸君。ロジャー・ゼラズニイである。

ゼラズニイの単行本が本邦で刊行されたのは、一九九〇年に東京創元社から刊行された『変幻の地ディルヴィシュ』以来、実に二七年ぶりのことになる。彼が九五年に亡くなったことを考慮しても、六〇年代から八〇年代にかけて、各社から彼の作品が続々刊行されていた時代を記憶する身としては、実に長い空白だったように思う。

本作、*A Night in the Lonesome October* は、ロジャー・ゼラズニイの死の二年前に刊行された、最後の長編作品だ。厳密に言えば、死後刊行の *Psychoshop* が遺作となるのだが、こちらは『分解された男』などの作品で知られるSF作家アルフレッド・ベスターの遺稿をゼラズニイが完成させた合作なので、「単著での遺作」という条件が付加される――ともあれ、最晩年の作品であることは確かである。

ゼラズニイ自身のことについては、日本語で読むことのできる実に二五冊もの単行本に付された解説によって、既に語り尽くされている感がある。とはいえ、四半世紀以上――即《すなわ》ち、ひとつの世代を越えた年月の断絶は、到底無視できるものではない。

よって、翻訳の筆を執った者にしてみれば誠に光栄なことに、本書をもって初めて「ロジャー・ゼラズニイ」の文字が刻印された門を潜られた読者のために、ささやかな分量ではあるが、彼のことを紹介させていただきたい。

彼、ロジャー・ゼラズニイは、一九三七年五月一三日、アメリカ合衆国中西部のオハイオ州にある、ユークリッドという都市に生を享《う》けた。フルネームは、ロジャー・ジョセフ・ゼラズニイ。「ゼラズニイ」という英語圏では耳慣れぬ名前は、ポーランド人移民である父ジョセフ・フランク・ゼラズニイから継承したもので、母親のジョセフィン・フローラ・スウィートはアイルランド系アメリカ人。一人っ子であった。

大学では比較英文学を専攻し、エリザベス朝からジャコビアン時代にかけての演劇を研究対象として、ウェスタン・リザーブ大学（現在はケース工科大学と合併してケース・ウェスタン・リザーブ大学となっている）で学士号を、コロンビア大学で修士号を取得した。この時代の文芸作品を研究テーマとしたからには、アーサー王時代のブリテンとこの世ならぬ妖精の世界、そして女王エリザベス一世の統治下にある「現代」の大英帝国のオーケストラであるところのトマス・スペンサーの叙事詩『妖精の女王』に接したことは間違いなく、彼の作風と考え合わせると実に示唆的な専攻ではある。その後、合衆国社会保障庁の職員としてオハイオ支局、メリーランド支局に合計七年間務めることになるのだが、その間に二回結婚している——蛇足《だそく》ながら付け加えれば、クリストファー・S・コバックスによるゼラズニイの伝記によれば、コロンビア大学で知り合った、カントリー歌手として活躍を始めていた頃のフォークシンガー、ヘディ・ウェストと恋人関係にあったという話である。

彼が文章を書き始めたのは、幼少期に遡《さかのぼ》り、ジュニア・ハイスクールに通っていた時分から、*The Records*（記録）と題する怪物が主人公の長編作品を書き続けていたという話がある。ハイスクールでは文芸創作クラブに参加し、学校新聞の編集者として活躍した。ファンジンへと作品を寄稿し始めたのもこの頃だった。その後、いかなる経緯で彼が職業的な作家の道を歩み始めたかについては、彼の短編作品を集めた『キャメロット最後の守護者』（邦訳は早川書房）の、収録作の冒頭に掲げられた自身の解説で詳しく書かれているので、古書を探すことになってしまうかもしれないが、詳しい話についてはそちらを参照していただきたい。

筆者がゼラズニイに「イカれた」きっかけとなった、「吸血機伝説」と題するゴシックホラー風のＳＦ短編も、この作品集に収録されている。

プロデビューを果たした作品は「受難劇」と題する短めの散文と「騎士が来た！」という小説で（共に『キャメロット～』収録）、前者は〈アメイジング・ストーリーズ〉誌、後者は〈ファンタスティック〉誌の一九六二年八月号に掲載された。

その翌年に〈ファンタジイ・アンド・サイエンス・フィクション〉誌で発表した「伝道の書に捧《ささ》げる薔薇《ばら》」がヒューゴー賞にノミネートされて注目を集め、一九六六年に単行本が刊行された最初の長編作品『わが名はコンラッド』によってヒューゴー賞を受賞。

この頃になると、同時代の若手作家たちの代表格の一人となっていた。

ゼラズニイはまた、一九六〇年代の英米ＳＦを特徴づける、ニュー・ウェーブ運動の旗手の一人でもあった。英国のＳＦ作家ジェームズ・グレアム・バラードの主導による、アイザック・アシモフやアーサー・Ｃ・クラークに代表される先立つ時代のＳＦのメインテーマであった、物理的な宇宙空間を舞台とする作品群へのカウンターとして、必ずしも科学や宇宙といったテーマを扱わない、人間の内的宇宙を指向する実験的な運動で、ゼラズニイはブライアン・オールディスやハーラン・エリスン、トマス・Ｍ・ディッシュらの作家たちに肩を並べ、ニュー・ウェーブＳＦ作家たることをもって任じた。この運動そのものは一九七〇年代に落ち着いていくことになるのだが、ＳＦ、ファンタジー、詩作と見かけ上のジャンルを越えた（ただし、それらの作品は常に「ゼラズニイ的」なものだったのだが）作品を次々と発表していくゼラズニイのスタイルは、この運動を通して完成したのだと思われる。

この、「ゼラズニイ的」な作風というものを、彼の作品を特徴づけるキーワードを連ねてざっくりと説明すると——神話・伝説・古典文芸作品の時代や登場人物と、現代・未来社会の社会の交錯。不死の超人。高い知能を持つ非人間——犬や猫の動物のみならず、車などの無機物も含まれる。ある世界（宇宙、惑星、民族、国家といった様々な単位）の命運と結びついた、少数の人間たちの物語。ラテン語の警句。そして、外連味《けれんみ》に溢《あふ》れた流麗なスタイルで構築された文体、登場人物などの作品のすべて。

古くからの読者諸兄諸姉におかれては、異論を申し述べたい向きもあるやもしれないが、ともあれ筆者を魅了した部分を挙げていくと、このような具合になる。

本作の地の文は「犬が著した手記」であるという本編の仕様に基づき、いつもの饒舌《じょうぜつ》な文体はいくぶん鳴りを潜め、逐語的な文章が連なっている。それでも、古い時代の映画に出てくるターザン（原作小説のグレイストーク卿は、独学で英語を身に着けた言語学の天才なのだが）のようにたどたどしく話していた『ドリームマスター』（ハヤカワ文庫ＳＦ）のジークムンドに比べれば、本作のスナッフは実に多弁だ。

ただし、話し言葉については、軽妙洒脱な普段通りのゼラズニイである。

彼は、たったひとつのセリフで、読者に魔法をかけることのできる異能の持ち主だった。ゼラズニイ作品における印象的な名文句を並べるだけで、ちょっとした短編が作れそうだと思うこともある。いみじくも、ＳＦ評論家の津田文夫氏が『わが名はレジオン』（サンリオSF文庫）に寄せた「ゼラズニイ——その名は呪文の響き」と題する解説で触れたように、彼は名前そのものに魔法の響きがある作家たち——シェイクスピアやラヴクラフト、そしてトールキーンといったような——の一人でもあった。

そして、*A Night in the Lonesome October* には、彼自身それを最後のオリジナル長編作品と思い定めていたわけでもなかろうが、筆者が先に並べた彼の魅力のすべてが満遍なく、あますところなく詰め込まれている。

神話——ここでは敢《あ》えて、世界の事物や由来譚《ゆらいたん》としての神話と区別し、純然たる物語としての「神話物語《エピック》」という語を使うことにしよう。ゼラズニイは、インド神話に材を採った『光の王』は言うに及ばず、商業デビュー作である「受難劇」「騎士が来た！」の頃から、神話物語とゼラズニイは決して切り離せぬ表裏一体の関係にあった。

アメリカ人は、ピルグリム・ファーザーズが東海岸に上陸した古い時代から、異教的な神話への憧れを抱き続けてきた。前世紀後半に近世以前に遡る「原典」が翻訳され始めるまで、日本人が目にした総括的なギリシャ・ローマ神話や北欧神話、騎士物語に関する知識は、一九世紀のアメリカ人作家トマス・ブルフィンチの著作に拠《よ》るところが大きかった。同時代の作家ナサニエル・ホーソーンもまた、ギリシャ・ローマ神話を子供向けに再話した『ワンダー・ブック』『タングルウッド物語』を著し、ブルフィンチの著作と共に、この国で花開いたヒロイック・ファンタジーの礎《いしずえ》を築いた。

では、二〇世紀前期のアメリカで誕生した最も新しい神話物語、クトゥルー神話についてはどうだったのだろうか。自他共に認める神話のオーソリティ、ロジャー・ゼラズニイが、文字通りの意味で触手を伸ばしはしなかったのだろうか。

無論、これほど瑞々《みずみず》しい題材を、ゼラズニイが見逃すはずもなかった。彼が八〇年代頭に発表したヒロイック・ファンタジーである〈ディルヴィシュ・シリーズ〉には、H・P・ラヴクラフトやR・E・ハワードなどのパルプ雑誌時代の怪奇・幻想小説群へのゼラズニイの偏愛が惜しみなく注ぎ込まれ、どうしたってラヴクラフトのクトゥルー神話を想起させずにはいられないキーワードをいくつも見つけることができた。短編「北斎《ほくさい》の富嶽《ふがく》二十四景」についても同様である。

しかしこれらはあくまでも間接的な言及であって、クトゥルー神話そのものを題材にした作品であったかというと、決してそうではなかった。巻末解説を本編より先に読み始めるという、いささか困り者の――しかし、筆者自身もしばしばそうした誘惑に駆られてしまう読者諸兄諸姉のために、ここで詳細を語ることはしないが、*A Night in the Lonesome October* こそがそうなのだと、敢えて宣言しておこう。

なお、ゼラズニイはどうやら四三年刊行のアーカム・ハウス版 *Beyond the Wall of Sleep* ないしは、七〇年刊行のバランタイン・ブックス版 *The Dream-Quest of Unknown Kadath* を参考にしたようで、ラヴクラフトの手稿をタイプ打ちする過程で混在した誤字などが反映されてしまっていたので、訳出に際してはラヴクラフト研究家のＳ・Ｔ・ヨシによる校訂版に準拠した用語に差し替えさせていただいた。

また、主人公の相方であるジャック（ゼラズニイは過去に幾度も、この名前の人物を主人公に据えている）の対の存在とも言えるジルの名は、古くは一五世紀頃から「ジャックとジル」のカップリングで伝統的に用いられた女性名であり、リッパロロジストのウィリアム・スチュワートらによって、切り裂きジャックの正体は女性だとする「切り裂きジル」説が提唱されてきたことも、ここで併せて指摘しておこう。

せっかくなので、ここで作中の設定について駆け足で補足する。

主人公スナッフの名は、「嗅ぐ」という英単語だが、実際の殺人を撮影した映像である「スナッフ・フィルム」にもかかっているかもしれない。グレイモークは、「灰色」

と悪霊や魔女を意味する古英語「malkin」を組み合わせた「グリマルキン」の現代英語形で、一六世紀のW・ボールドウィンが著した『猫に御用心』以来の、定番的な魔女の使い魔の名前である。ラリー・タルボットは、一九四一年に公開された米ユニバーサル映画社の怪奇映画『狼男《おおかみおとこ》』『フランケンシュタインと狼男』の主人公と同じ名前だ。天体観測が趣味という設定も一致するので、同一人物と見て良いだろう。

名探偵の相棒は「博士《ドクター》」ではなく「先生《サー》」と呼ばれているので、或《あ》るいは彼に同行しているのは、「サー」の称号を持つもう一人の年代記作家なのかもしれない。

使い魔テケラの名は、ポーやラヴクラフトの作品に出てくる「テケリ＝リ」という謎めいた叫びのもじりだろう。また、ラストフは怪僧ラスプーチン、モリスとマッカブのコンビは黄金の夜明け団のマグレガー・メイザースがモチーフであるらしい。

もうひとつ――「一〇月の最終日が満月」の条件に合致する年は一八八七年。切り裂きジャックが犯行を繰り返した年の、前年にあたっている。

最後に、翻訳にあたって多大なる助力を与えてくれた海法紀光《かいほうのりみつ》氏と立花圭一《たちばなけいいち》氏、そして本書を筆者に教えてくれたクトゥルー神話研究家の竹岡啓《たけおかひらく》氏への、心からの感謝の言葉をもって、本稿を締めくくらせていただきたい。TIBI GRATIAS AGO《ありがとう》！

二〇一七年十月一日　森瀬繚

Mystery & Adventure

〈シグマフォース〉シリーズ⓪
ウバールの悪魔　上下
ジェームズ・ロリンズ／桑田　健［訳］

神の怒りで砂にまみれて消えた都市〈ウバール〉。そこには、世界を崩壊させる大いなる力が眠る……。シリーズ原点の物語！

〈シグマフォース〉シリーズ①
マギの聖骨　上下
ジェームズ・ロリンズ／桑田　健［訳］

マギの聖骨――それは〝生命の根源〟を解き明かす唯一の鍵。全米200万部突破の大ヒットシリーズ第一弾。

〈シグマフォース〉シリーズ②
ナチの亡霊　上下
ジェームズ・ロリンズ／桑田　健［訳］

ナチの残党が研究を続ける〈釣鐘〉とは何か？　ダーウィンの聖書に記された〈鍵〉を巡って、闇の勢力が動き出す！

〈シグマフォース〉シリーズ③
ユダの覚醒　上下
ジェームズ・ロリンズ／桑田　健［訳］

マルコ・ポーロが死ぬまで語らなかった謎とは……。〈ユダの菌株〉というウィルスが起こす奇病が、人類を滅ぼす⁉

〈シグマフォース〉シリーズ④
ロマの血脈　上下
ジェームズ・ロリンズ／桑田　健［訳］

「世界は燃えてしまう――」〝最後の神託〟は、破滅か救済か？　人類救済の鍵を握る〈デルポイの巫女たちの末裔〉とは？

虚ろなる十月の夜に

2017年11月2日　初版第一刷発行

著　者　ロジャー・ゼラズニイ
訳　者　森瀬繚
カバーデザイン　坂野公一(welle design)
カバーイラスト　広江礼威

発行人　後藤明信
発行所　株式会社 竹書房
〒102-0072
東京都千代田区飯田橋2-7-3
電話03-3264-1576(代表)
03-3234-6383(編集)
http://www.takeshobo.co.jp
印刷所　中央精版印刷株式会社

定価はカバーに表示してあります。
乱丁・落丁の場合には当社にてお取替えいたします。

ISBN978-4-8019-1267-0　C0197
Printed in Japan